Myron S. Augsbu

Ich werde dich wieder sehen

Myron S. Augsburger

Ich werde dich wieder sehen

Inmitten von stürmischen Zeiten riskiert Felix Manz
sein Leben für eine freie Kirche.

breakthrough
publisher

Titel der Originalausgabe: *I'll See You Again!*

1. Auflage, April 2003

ISBN-Nummer: 3-909131-09-3

Vertrieb:
Breakthrough Publisher, Saglianes, CH-7212 Seewis
e-mail: info@breakthrough.ch, Internet: www.breakthrough.ch

Übersetzung: Hans Jörg Meier und Tabea Kunz
Covergestaltung: Thomas Giger

Bildnachweis:
1508 wurde ein Schiffmann in Zürich ertränkt. Auf gleiche Art und am gleichen Ort wurde am 5. Januar 1527 Felix Manz und in den folgenden Jahren weitere Täufer hingerichtet.
Abbildung nach der Faksimile-Edition der Luzerner Chronik des Diebold Schilling.
Ein herzliches danke an den Faksimile Verlag Luzern (www.faksimile.ch), der uns dieses Bild für dieses Buch zur Verfügng gestellt hat.

Druck: MAXSOLUTION, 9000 St. Gallen

Inhaltsverzeichnis

Vorwort

Die zweifache Reformation im Zürich des 15. Jahrhunderts

Warum zweifach? Der Name Huldrych Zwingli ist vielen Menschen weltweit ein Begriff, aber wer war Felix Manz, in dessen Haus am 21.01.1525 eine reformatorische Bewegung begann, die in der Folge universale Ausmasse annahm? In vielen christlichen Gruppen und auch im religionsgeschichtlichen Unterricht an den Schulen herrscht ein grosses Defizit in Bezug auf die Entwicklung der Freikirchen in der Schweiz und in Europa.

Freikirchliche, das heisst staatsunabhängige, christliche Kirchen waren die Regel bis zur grossen Christianisierung durch Konstantin den Grossen (325). Danach kam es in unseren Breitengraden immer wieder zu kleinen, freikirchlichen Aufbrüchen, die aber ohne markante Wirkung blieben. Mit der Reformation kam es zu neuen, bedeutenden Bewegungen.

Die Freikirchen in der Schweiz sind nur einige Monate jünger als die reformierte Landeskirche. Zwingli wollte gemäss seiner anfänglichen biblischen Erkenntnis eine vom Staat unabhängige Freikirche gründen. Erst unter dem Druck der Stadtregierung von Zürich kam es zur landeskirchlichen Struktur. Der Theologe Felix Manz war ein geistliches Kind von Zwingli, dann auch Freund und anfänglich auch Mitarbeiter. An dem unterschiedlichen Taufverständnis und der Haltung der Kirche zum Staat kam es im Verlauf der Freundschaft zu konträren theologischen Ansichten. Leider trennten sich die Wege von Manz und Zwingli. Die schmerzhafte Kluft zwischen der Reformierten Landeskirche und den Freikirchen begann mit der Trennung dieser beiden Männer zu wachsen. Bis heute sind die Auswirkungen dieser Trennung sichtbar. Huldrych Zwingli wurde schliesslich zum Verfolger und Mitankläger von Felix Manz, der dann als Märtyrer starb. Bullinger, ein Nachfolger Zwinglis, verurteilte die Täuferbewegung als gefährliche Sekte.

Diese Novelle hilft dem Leser, die geistliche Entwicklung der Reformation zu verstehen, vermittelt aber auch eine prophetische, aktuelle Botschaft.

Gott schreibt seine Weltgeschichte mit Menschen, die ihm nachfolgen. Felix Manz und seine Freunde lösten mit ihrer Arbeit eine apostolische Gemeindegründerbewegung aus, in der heute weltweit Millionen von Christen ihre geistlichen Wurzeln haben. In der Schweiz ist immer noch ein beachtliches geistliches Erbe hiervon vorhanden.

Viele Menschen sind heute unzufrieden mit der Institution “Kirche” oder “Gemeinde” und den vielen religiösen Programmen. Die Sehnsucht nach authentischer Nachfolge Christi und einem Familienbewusstsein der Gläubigen ist verstärkt erkennbar. Die Bewegung von Felix Manz und seiner Gruppe vermittelt wertvolle Impulse. Ihre Versammlungen in den Häusern, die Art, wie sie sich gegenseitig annahmen und unterstützten, und ihre radikale Nachfolge Christi hatten neutestamentliche Züge.

Anzeichen einer geistlichen Erneuerung sind in unserem Land sichtbar. Zwar sind wir eine nachchristlich geprägte Gesellschaft geworden, aber Gott hat gute Pläne mit den Nachkommen der Reformation. Auf der Suche nach Vorbildern können wir an Felix Manz und seinen Freunden ebenso wenig wie an Huldrych Zwingli vorbeigehen.

Dr. Marco Gmür Goldach / Missionswissenschaftler

Gedanken des Verlegers

Lieber Leser

In den letzten Jahren werden immer wieder neue geistliche Quellen die verschüttet waren, ausgegraben. Auch die Täuferbewegung ist eine solche Quelle die einen wichtigen Akzent in der geistlichen Geschichte der Schweiz gesetzt hat.

Auch für uns als Verleger wurde dieses Buch zu einer spannenden und interessanten Angelegenheit. Seit einem Jahr wurde uns bewusst, dass wir von einem Täufer-Laienprediger abstammen. Ueli Baumgartner , unser Ur-Ur-Ur-Grossvater, war Täuferprediger im Emmental. Sein Bruder wurde eines Tages vermisst. Er hinterliess eine Frau und ein Kind. Niemand wusste ob er geflohen ist oder getötet wurde.

Unsere Grossmutter erzählt uns von Verwanden die sich heimlich in Ställen trafen oder unterirdische Höhlen bauten, um ihre Versammlungen abhalten zu können. Diese Verstecke können heute noch im Emmental besichtigt werden.

Dieses Buch wird Sie herausfordern und auch zum nachdenken bringen. Wir wünschen Ihnen viel Spass beim Lesen!!!

Breakthrough Publisher

Vorwort des Autors

Dies ist eine historische Novelle über eine der weniger bekannten, aber wichtigen Gestalten der Reformation in der Kirche des sechzehnten Jahrhunderts. Die "Wiedertäufer" waren der linke Flügel der Reformation und erhielten diesen Namen, weil sie die Erwachsenentaufe einführten, wo es doch bis dahin nur die Kindertaufe gab. Jenseits dieser Tauffrage ging es aber um die Frage des persönlichen Glaubens an Christus als Herrn. Die Taufe als solche war zwar wichtig, doch für diese Gläubigen war sie nur ein "Zeichen" dieses neuen, persönlichen Glaubens an Christus.

Die ersten Leiter dieser Gruppe waren Konrad Grebel und Felix Manz, denen sich später Georg Blaurock und Michael Sattler und noch viele andere anschlossen. Harald Bender beschreibt ihre Vision, die aus drei wesentlichen Elementen besteht: die Entdeckung des christlichen Lebens als Jüngerschaft, die Erkenntnis, dass die Gemeinde eine freiwillige Gemeinschaft von Wiedergeborenen ist, und die Überzeugung, dass die Liebe ein Lebensstil ist.

Felix Manz war eine der schillernden Figuren der Bewegung, obwohl er nach seiner Bekehrung nur noch drei Jahre lebte. Durch die Hand der Protestanten wurde er 1527 zum ersten Märtyrer in Zürich. Dennoch war er es, der dazu verhalf, die Glaubensgrundsätze der freikirchlichen Bewegung zu formen.

Die ersten drei Kapitel des Buches sind grösstenteils Fiktion, doch die verbleibenden Kapitel fussen auf sorgfältigen historischen Nachforschungen. Ich habe versucht, den Bericht historisch so korrekt wie möglich zu schreiben. Ich ging davon aus, dass es den Tatsachen entspricht, wenn Paul Peachey in seinem Buch "Die soziale Herkunft der Schweizer Täufer in der Reformationszeit" behauptet, dass Felix Manz ein Jahr älter war als Huldrich Zwingli. So konnte ich in den ersten Kapiteln von einige Annahmen ausgehen, die Ekkehard Krajewski in seiner Arbeit "Leben und Sterben des Züricher Täuferführers Felix Manz" (Kassel, 1957) nur als Fragen aufwirft. Damit konnte ich auch die Beziehungen zwischen den ersten Wiedertäufern und dem Humanismus angemessen herausstellen, die eine Bereicherung für die Kultur der damaligen Zeit waren. Was die Gestalt von Trini Hottinger betrifft, so ist es sicher, dass sie in Zollikon gewohnt hat, doch gibt es keine Hinweise für eine Freundschaft zwischen ihr und Felix Manz, wie ich sie in der Geschichte dargestellt habe.

Abgesehen von den ersten Kapitel und dieser Romanze fusst der historische Gehalt über das Leben und Werk des Felix Manz auf den besten Quellen, die zur Verfügung standen. Dazu gehören neben vielen Sekundärquellen als bedeutende Primärquelle der 2. Band von "Quellen zur Geschichte der Täufer in der Schweiz" von Heinold Fast (Zürich,

1973) und die von Leland Harder herausgegebene Arbeit "The Sources of Swiss Anabaptism" (Herald Press, 1985), hier als SSA abgekürzt.

Ich möchte mich bei Pam Harmon von der Washington Community Fellowship bedanken, die die ersten Auszüge dieses Manuskripts getippt hat. Mein Dank gilt auch Melissa Aberle und Barbara Connell von der gleichen Gemeinschaft für die Durchsicht des Manuskripts und für hilfreiche Verbesserungsvorschläge. Ebenso bedanke ich mich bei Leonard Gross von der Mennonite Historical Library in Goschen, Indiana, für das Durchlesen eines ersten Entwurfs und für seine hilfreichen Vorschläge. Meine besondere Anerkennung gilt meiner Tochter Marcia A. Kincannon für ihre redaktionelle Arbeit, für stilistische Verbesserungen und für ihre beschreibende Erweiterung an vielen Stellen im erzählenden Teil der Geschichte. Mit ihrem kreativen Beitrag ist das Lesen dieser Novelle noch viel interessanter geworden.

Dieses Buch ist eine authentischer Darstellung der wenig verstandenen Geschichte der freikirchlichen Bewegung im sechzehnten Jahrhundert, die als Wiedertäuferbewegung bekannt ist und in deren Glauben die Mennoniten, die Herrnhuter, die Amischen, die Brüdervereine und die Baptisten ihre Wurzeln haben.

Ich hoffe und bete ernstlich, dass die Leser dieser Geschichte durch den Glauben an Christus, der das Leben von Felix Manz umwandelte, ebenso inspiriert werden wie ich, während ich die Quellen studierte und danach diese Geschichte schrieb.

Myron S. Augsburger
Washington D. C.

Kapitel eins: Das Leben an der Limmat

Felix Manz sass an der Limmat, seine Beine hatte er angezogen und umklammerte sie mit den Händen. Mit seinem Kinn berührte er seine Knie. Das Wasser des Flusses war schwarzgrün und floss schnell dahin. Nun warf er seinen Kopf zurück und seufzte. Sein hellbraunes Haar wellte sich und berührte seine breiten Schultern. Er löste seine langen Finger aus der Verklammerung, legte seine Hände hinter sich auf den Boden, lehnte sich zurück, blickte in den blauen Himmel und dachte sich: "Es kommt nicht oft vor, dass man eine Entscheidung treffen muss, die den Rest des Lebens so direkt beeinflusst".

Als Felix vor einigen Jahren als Soldat einberufen wurde, hatte er keine Ahnung, dass das Militär seine Laufbahn werden könnte. Soldat war kein unpopulärer Beruf für einen Schweizer Bürger. Jetzt allerdings wollte er studieren und lieber seinen Verstand als seine Muskeln trainieren. Doch gerade Tags zuvor hatte man Felix gefragt, ob er in die Schweizer Garde eintreten wolle.

Gestern nämlich, als er von einem Morgenspaziergang zurückkehrte und über den Marktplatz ging, hatte er den päpstlichen Gesandten von Rom getroffen. Der war nach Zürich gekommen, um Soldaten anzuwerben, deren Auftrag der Schutz des Papstes sein sollte. Die Stelle wäre zweifelsohne eine ehrenvolle Stelle, nicht gefährlich, wie militärische Arbeit sonst sein kann, und gut bezahlt. Grollend dachte Felix daran, dass immer der Mangel an Geld ausschlaggebend für seine Entscheidungen war. Wieder einmal hing sein Wunsch nach einer Universitätsausbildung davon ab, dass er ein Stipendium bekam. Er wusste, dass dies ohne einen Sponsor nahezu unmöglich war. Es schien, als könne man sich nie von den Verhältnissen losreissen, in die man hineingeboren wurde.

Felix dachte zurück an die Anmeldung, die notwendig war, um Militärdienst leisten zu können. Er erinnerte sich an die Spalte, in der er Angaben zu seinen Eltern machen sollte. "Mutter: Konkubine..." Es war nie genug Platz, um die aufopfernde Gesinnung und die liebevolle Fürsorge seiner Mutter zu beschreiben, die sein Leben und das seines jüngeren Bruders Heinrich geprägt hatte; niemals genug Platz zur Beschreibung der Unterstützung und Ermutigung, die ihm sein Vater zukommen liess.

Der junge Mann sass bewegungslos an der Anlagestelle; nur seine Brust hob und senkte sich durch sein Atmen. Sein Blick ging über die geschäftigen Arbeiter hinweg, und glitt über den Horizont. Die Umrisse des als Stadtkirche dienenden Grossmünsters hoben sich vom Hintergrund der Stadt ab. Wie vertraut war ihm doch dieses Gebäude. Östlich des Grossmünsters war das Zuhause seiner Mutter, wo er sich als

Kind in den engen Kopfsteinpflasterstrassen herumtrieb. Er hatte bei dem Brunnen auf dem offenen Platz der grossen Kirche gespielt, und er hatte im Gottesdienst im Knabenchor gesungen. Er war sich immer der Lage seiner Mutter bewusst und spürte die Spannung zwischen Schande und Stolz. Seine Mutter Anna hatte ihn gelehrt, seine Unsicherheit zu überwinden und trotz der Vorurteile in der Gesellschaft für die Erfüllung seiner Träume zu kämpfen.

Jahrelang hatte sie in der grossen Kirche gearbeitet, geputzt und hart zugepackt. Ihre Hände erzählten davon. Felix hasste es zu sehen, wie sie sich jeden Abend nach Hause schleppte, erschöpft, ein schwaches Lächeln auf ihrem Gesicht, während ihr schlaff herabhängendes blondes Haar eines ihrer Augen bedeckte. Die Arbeit im Grossmünster war hart und schlecht bezahlt. Es war jedoch der einzige Weg für Anna Manz, wie sie sich selber nannte, auch wenn es nicht ihr legaler Name war und nicht sein konnte, um dem Vater ihrer Söhne nahe sein zu können. Das wusste Felix.

Hans Manz, der Vater von Felix, war leitender Kantor im Grossmünster. Als gutem katholischem Diener wurde ihm von der Kirche auferlegt, ein eheloses Leben zu führen. Aber Hans Manz hatte sich verliebt. Felix hatte erfahren, dass Hans Manz und mit ihm Hunderte von anderen Priestern durch eine jährliche Abgabe von vier Gulden an Bischof Hugo von Konstanz eine Konkubine haben konnten. Es war der einzige Weg, sowohl seinem Ruf nachzukommen als auch seine Sehnsucht nach Intimität zu befriedigen. Felix und Heinrich wussten, dass ihr Vater bei ihnen sein wollte, um ein normales Familienleben zu haben. Er gab ihnen, was er konnte: Gelegenheiten zur Ausbildung, Rat, Ermutigung, und was das Wichtigste war – er gab ihnen seine Liebe. Felix hatte von ihm ein besonderes Gehör für Musik und einen scharfen Verstand geerbt. Die Gaben seines Vaters hatten es Felix ermöglicht, im Chor mitzusingen und als junger Mann Solopartien zu singen. Die Gaben seiner Mutter, eine aufrichtige Gesinnung und eine gütige Art, hatten ihm geholfen, viele starke Freundschaften aufzubauen und sich an ihnen zu erfreuen. Sie bestand immer darauf, dass man nur mit Freundlichkeit und Charme Vorurteile überwinden kann. Er konnte sie sogar jetzt sagen hören: “Was du bist, bestimmt, wer du bist.”

Beide Eltern hatten zu seinem starken Selbstbewusstsein beigetragen. Sein Name Felix war ausgewählt worden, um ihm eine besondere Identität zu geben. Jahrhunderte zuvor, in den ersten Jahrhunderten der Gemeinde, waren ein Bruder und eine Schwester, namens Felix und Regula, aus Theben in die Region gekommen und verbreiteten das Evangelium. Der römische Kaiser Maximilian liess sie verhaften, foltern und irgendwo auf einer Insel enthaupten, die flussaufwärts von der Stelle lag, an der Felix jetzt sass. Der Mann, nach dessen Name er genannt wurde, hatte viele Menschen beeinflusst, und Felix hatte immer empfunden, dass er das Gleiche tun würde.

Als Felix einen Kieselstein nahm, ihn in den Fluss warf und beobachtete, wie die weissen Wellenspitzen ihn verschluckten, dachte er: “Ja, ich habe das Talent und die Fähigkeiten, die sich für ein Weiterstudium eignen und nicht für einen hirnlosen Job mit einer versteinerten Mine als Wächter in Rom.

Im Alter von sieben Jahren war Felix in das Karolinum im Grossmünster eingetreten. Es war eine ausgezeichnete Lateinschule, benannt nach Karl dem Grossen, dem fränkischen König im achten Jahrhundert, der als Charlemagne bekannt war. Die Schule war im Pfarrhaus an der Nordwestseite des Chorherrenplatzes, der das Grossmünster umgab. Sechs Jahre lang war er ein fleissiger Schüler gewesen und einer der besten Schüler in der Schule. Die Schwerpunkte seiner Studien waren Lateingrammatik, Literatur und Dialektik zur Übung in der Kunst des Disputierens.

Die anderen Jungen machten sich über ihn oder seine Eltern nicht lustig, obwohl er das von ihnen immer erwartete. Er meinte oftmals, in ihren Gesichtern eine Selbstgefälligkeit ihm gegenüber zu erkennen. Vielleicht war es dies, was ihn so hart zum Erfolg antrieb. Ob nun die Vorurteile existierten oder nicht, jedenfalls dienten sie ihm als Ansporn. Die Wahrheit, die er später herausfand, war, dass er, ungeachtet seines Herkunft, wegen seiner Rücksicht und seines scharfen Verstandes gern gesehen und bewundert wurde.

Er schloss die Schule am Karolinum mit sehr guten Noten ab und der Tag der Abschlussfeier war der glücklichste Tag seines Lebens, obwohl zu diesem Zeitpunkt seine Zukunft noch ungewiss war. Nach der Feier kam der Schulleiter zu ihm: “Felix, du warst ein feiner Schüler und hattest einen guten Einfluss auf deine Mitschüler.”

Das seltene Kompliment kam überraschend und Felix schluckte den Knoten in seinem Hals.

“Danke, Herr Direktor.”

“Wie sehen deine Zukunftspläne aus?”

“Es tut mir leid, ich habe keine, Herr Direktor.” Felix schlug seine Augen nieder.

“Dann will ich dich bitten, bei mir zu bleiben und mir als Assistent zu helfen.”

Hatte er richtig gehört? Wenn ja, so wäre das die Antwort auf alle seine Fragen. Es wäre die Gelegenheit, nach der er sich gesehnt hatte, im Schulbereich zu bleiben und in der Nähe von jemandem, den er sehr bewunderte. Wenn das so wäre, konnte der Tag nicht besser sein.

“Sie meinen, dass ich bleiben soll? Um hier zu lehren?” Er sprach in seiner Begeisterung zu laut und der Schuldirektor lächelte, was auch selten vorkam.

“Ja, das meine ich” sagte er. “Bleibst du dann?”

“O ja, mein Herr. Ja, mein Herr und ich bin fühle mich sehr geehrt, mein Herr.” Felix wandte sich schnell ab und rannte los, um seine Mutter aufzusuchen. Als er davoneilte, standen im plötzlich seine schlechten

Manieren vor Augen, und er schämte sich und hielt an. Er hatte nämlich vergessen, sich zu verneigen, bevor er sich von seinem Lehrer verabschiedete. Er wandte sich um, um sein Benehmen zu korrigieren aber der Mann war schon gegangen. Er hatte Felix für dieses Mal vergeben.

Das waren gute Jahre gewesen: Jahre, die ihm Selbstvertrauen gebracht hatten, Jahre, die in ihm Leiterqualitäten und Festigkeit geformt hatten, Jahre, die ihm Stolz gegeben hatten. Nun wusste er, dass er weitergehen konnte. Er wollte ein Universitätsstudium anstreben, besonders in Latein und Griechisch. Sein Herz hüpfte, als er an die Herausforderung dachte, diese schwierigen Sprachen zu erobern und es schien, als ob ihn das Adrenalin auf die Beine brachte.

Die Turmuhr durchbrach seine Gedanken mit neun nachhallenden Schlägen. Er wusste, dass es jetzt die beste Zeit wäre, die Schule zu besuchen. Einige seiner ehemaligen Schüler würden dort sein, gewiss auch der Schulmeister. Felix steckte seine Hände in die Taschen und dehnte die Hosen aus, er ging den Pfad entlang des Flusses, starrte auf das Wasser, als ob er darauf wartete, dass eine Antwort aus den Wellen an die Oberfläche gespült würde.

Kaum war er in den Eingang der Schule getreten, als ihm eine vertraute Stimme zurief: "Meister Felix! Seid willkommen bei uns. Wir haben Euch vermisst."

Felix blickte in das lächelnde Gesicht von Konrad Grebel, einem ehemaligen Schüler, der jetzt nicht mehr ein Bub, sondern ein junger Mann war. Grebel mit seinen dunklen Haaren war ungefähr so gross wie Felix mit seinen hellbraunen Locken.

"Wie gut dich zu sehen, Konrad." Zu den anderen, die bei Grebel standen, fügte er strahlend hinzu: "Ich habe euch Kerle vermisst. Wie geht es euch?"

"Es ist immer das Gleiche hier, es ändert sich nichts," sagte Konrad mit einem Lachen.

Felix erinnerte sich gut an das erste Treffen mit Grebel. Während Felix Assistent war, kam der junge Schüler von dem Schloss in Grüningen zu ihnen. Konrads Vater, Jakob Grebel, war ein Mitglied des Kleinen Rates und des Grossrates von Zürich. Konrad brachte die aristokratische Atmosphäre aus seinem Elternhaus mit sich an die Schule. Anfangs beneidete Felix den jungen Mann und widersetzte sich seiner altklugen Art. Aber mit der Zeit schätzte er die Klugheit, die der junge Grebel bewies, und respektierte, dass Konrad auf seinen eigenen Wegen voranging und nicht einfach auf den Ruf seines Vaters pochte. Um sich diesem Ansehen vielleicht zu entziehen, nahm er in seinem Verhalten manches von einem Playboy an. Felix konnte sogar jetzt das schelmische Zwinkern in seinen Augen sehen.

"Was hast du vor, Konrad?"

"Ich möchte an der Universität in Basel studieren. Wie ich höre, haben sie einen sehr straffen Studiengang für Philosophie und Sprachen, und es herrscht eine ausgelassene Atmosphäre."

"Na, Konrad, ich sehe, die Zeit konnte dich nicht zähmen." Felix erinnerte sich daran, als es seine Verantwortung war, die Jungen zu beaufsichtigen. Oftmals hatte er Streit zwischen Schülern geschlichtet und versucht, sie zu ernsthafterem Lernen zu motivieren. Damals ging es ihm auf die Nerven, dass sie ständig Karten spielten und ihre Freude hatten bei ihren gefährlichen Spielen mit Messern, Dolchen und sogar den kurzen Schwertern, und es darum ging, übereinander zu herrschen. Es war seltsam, dass er jetzt so erleichtert darauf zurückschauen konnte.

"Wie war Ihr Dienst im Militär, Meister Felix?", wollte Grebel wissen.

"Hart, körperlich sehr anstrengend für jemanden, der lieber ein Gelehrter sein will."

Konrad schüttelte kräftig die Hand von Felix und beim Weggehen sagte er: "Vielleicht treffen wir uns wieder an der Universität in Basel."

Die verschiedenen Begegnungen im Karolinum an diesem Tag waren herzlich und man fragte Felix häufig über seine Zukunftspläne. Der Tag verlief, wie er es gehofft hatte, und beim Abschied hatte er ein gutes Gefühl. Der Schulmeister war, obwohl er älter geworden war, in seinen Gedanken immer noch so klar wie früher, das hätte Felix bestätigen können. "Dein Traum wird in Erfüllung gehen und du wirst weiterstudieren, Felix. Du musst! Jemand, der so begabt ist wie du, wird seinen Weg gehen."

Felix ging die Strasse zum Grossmünster hinunter. Es trieb ihn zu seinem Vater. Als er schliesslich dort war, schüttete er ihm sein Herz aus. Hans Manz hörte mit ganzer Anteilnahme zu. "Felix", sagte er, "du musst an der Universität studieren. Du hast die Intelligenz und die Disziplin dazu. Ich werde mein Bestes tun, um Wege zu finden, dass du ein Stipendium für das Studium bekommst."

"Aber Herr Manz!" Felix zögerte, ihn Vater zu nennen und fuhr fort: "Das kann ziemlich lange dauern."

"Ja, es könnte ein oder zwei Jahre dauern, bis du an der Reihe bist und eine Entscheidung fällt, mittlerweile gibt es andere Dinge, die du tun kannst."

"Was wäre das?" Der Ton von Felix verriet Entmutigung.

"Ja, du könntest wieder als Tutor für Latein arbeiten. Das kannst du gut."

"Ja, ich denke, ich könnte, aber", er machte eine Pause und sah seinen Vater an, "da gibt es eine andere Möglichkeit, über die ich gerne mit Euch reden würde."

"Ja, was ist es?"

"Der Legat von Rom ist hier und kontaktiert Soldaten, die von ihrem Dienst zurückgekommen sind. Er lädt uns ein, der Schweizer Garde in Rom beizutreten."

"Das wäre eine rechte Ehre," sagte der Vater und lehnte sich zu seinem Sohn hin. "Das könnte genau der Dienst sein, den du jetzt brauchst."

“Das dauert aber mindestens weitere zwei Jahre meines Lebens.”

Felix’ Vater bemerkte das Drängen der Jugend, das Gefühl, das Leben sei zu kurz, um alles zu erreichen, was es einem anbot, und grübelte.

“Das Leben kann doch auch schön sein, während du im Dienst bist”, sagte er. “Es ist nicht so, als müsstest du nur für die Zukunft leben.”

“Das weiss ich,” sagte Felix. “Was bringt es mir aber, bei der Schweizer Garde zu sein, und dazu noch in Rom? Ihr wart in Rom. Was hätte es mir zu bieten?”

“Du hast dort viele Möglichkeiten, all das Schöne kennenzulernen, was die heilige Stadt bietet. Nur einen Teil deiner Zeit hast du damit zu verbringen, den Papst zu beschützen. Da gibt es viel, was du dort lernen kannst. Und nicht nur das, Felix, sondern du kannst dir einen Ruf erwerben und deine Persönlichkeit formen und kehrst dann mit einem Empfehlungsschreiben des päpstlichen Legaten aus Rom zurück.” Hans straffte seine Schultern und erhob stolz sein Haupt, als er diese Worte sagte. Dann aber liess er seinen Kopf wieder hängen. “Vielleicht kannst du dadurch die Grenzen überwinden, die dadurch bestehen, dass man dich in Zürich als . . . unehelichen Sohn des Kantors kennt.”

Felix sah die Schmerzen in den Augen seines Vaters. Er sah, was er durch die Strukturen der Kirche gelitten hatte, in der er eingesperrt war. Sie hatte ihm die Freiheit geraubt, sich an einer Ehe und Familie zu erfreuen. Felix war im Militär ein Mann geworden - genug Mann, um seine Arme um seinen Vater zu legen und ihn fest zu drücken. Ohne ein weiteres Wort verliess er seinen Vater, um den Zürichsee entlang nach Zollikon zu wandern. Er wollte mit seinem alten Freund Felix Kienast reden. Während seines Studiums am Karolinum entstand eine tiefe Freundschaft zu ihm. Die Sonne stand hoch und die Luft wehte erfrischend. Felix genoss den Anblick von Bauernhöfen und Obstgärten an den Hängen entlang der Nordseite des Sees. Kienast freute sich über das Wiedersehen. Wie alte Freunde klopften sie einander auf die Schultern. Als Felix ihm dann von der Möglichkeit erzählte, nach Rom zu gehen, war sein Freund hellauf begeistert.

“Stell dir vor, du trägst die rotgelbe Uniform, die Michelangelo selbst entworfen hat?”

“Michelangelo?” Felix war überrascht.

“Ja, wusstest du das nicht? Er hat sie extra für die Schweizer Garde entworfen. Du wirst den Frauen gefallen. Sie fallen förmlich über diese Soldaten her.” Sein Freund stiess ihn freundlich in die Rippen. “Denke doch an die Ehre, an die Aufregung.”

“Aber Felix,” nach Jahren der Freundschaft kam es ihm immer noch komisch vor, jemand anderen mit seinem eigenen Namen anzusprechen. “Ich möchte meine Schulausbildung weiter verfolgen, und das hier ist eine Unterbrechung in meinem Leben.”

“O, du kannst viel in Rom lernen, sicherlich mehr als ein alter, staubiger Professor dir beibringen könnte. Rom ist die Metropole der Kunst.”

“Das ist wahr,” stimmte Manz zu. “Ich könnte Latein studieren und mich darin fortbilden.” Er begann, die Vorteile zu erkennen, und in seiner Stimme schwang eine neue Begeisterung mit.

“Natürlich kannst du das. Wer weiss, vielleicht kannst du auch Griechisch und Hebräisch an der päpstlichen Schule studieren. Ich denke, du solltest das tun, Felix. Geh noch heute zum Legaten und sage ihm, dass du bereit bist, dich anzumelden.”

Felix Manz blickte seinen Freund an. Kienast war fast dreist geworden, als er Felix diesen Rat gab. Felix wusste aber, dass die Worte des jungen Mannes aufrichtig waren, auch wenn sein Ton überschwänglich war.

Als Felix von Zollikon zurückging, dachte er darüber nach, wie er seiner Mutter diese Neuigkeiten erzählen sollte. Sie unterstützte und ermutigte ihn immer, neue Dinge auszuprobieren und jede günstige Gelegenheit zu nutzen. Doch Felix liess seine Mutter nicht gerne alleine. Er war als ältester Sohn ihre Stütze.

Als er den See erreichte, hielt er an und beobachtete zwei Schwäne, wie sie graziös über das Wasser glitten. Sie krümmten ihre Hälse und erhoben protestierend ihre Flügel, als er zu nahe an sie herankam. Hier war offensichtlich ihr Nistplatz. Er zog sich zurück und beobachtete, wie sie sich in ihrer artistischen Weise verständigten. Sie sahen sich an, streckten ihre langen Hälse aus und legten ihre Köpfe Seite an Seite. Dann tauschten sie die Seiten, als wollten sie sagen: “Du bist mein und ich bin dein.” Felix wusste, dass Schwäne miteinander durchs ganze Leben gehen. Welch wunderbares Geschenk wäre es doch, jemandem zu gehören und jemanden zu haben, der einem gehört. Vorher, als er Felix Kienast getroffen hatte, war da ein Mädchen.

Er hatte seinen Freund im Haus von Konrad Hottinger getroffen, wo Kienast arbeitete. Trini Hottinger, die Tochter von Konrad, huschte durch das Haus und arbeitete mit den anderen. Er konnte noch immer ihr Lachen hören und ihre lächelnden Augen sehen. Sie war wunderschön und ihr dunkles Haar tanzte auf ihren Schultern, wenn sie sich bewegte. Er war sich sicher, dass sie ihn beobachtet hatte, als er sie ansah, und sie hatte sich errötend abgewandt. Vielleicht, ja vielleicht würde er nach Rom versuchen, mit ihr bekannt zu werden.

Kapitel zwei: Rom und die Schweizer Garde

Die Kolonne der Soldaten verliess Zürich Richtung Süden, ritt Richtung Luzern und nahm dann die Route entlang der Seen. Sie waren auf dem Weg nach Rom, und als sie so dahin ritten, sangen sie in ihrer ungestümen Freude und liessen ihre männlichen Stimmen kräftig erschallen. Der Legat war mit Schweizer Gardisten, die ihren Dienst beendet hatten, in den Norden gekommen. Nun hatte er die gleiche Anzahl Männer als Ersatz rekrutiert. Die Reihe von Männern und Pferden bewegte sich zügig die Strassen und Pfade entlang. Fast so, als wären sie auf einer gemächlichen Patrouille, ohne festes Ziel. Eine lange Reise lag vor ihnen, und es gab keinen Grund zur Eile.

Felix erkannte den Unterschied zwischen erfahrenen und unerfahrenen Soldaten. Ihre Haltung, ja sogar ihr Vokabular verriet sie. Stunde um Stunde verging, und die Männer wurden immer schweigsamer. Die Müdigkeit schlug sich auf ihre Stimmung.

“Wir machen uns jetzt über die Ausbildung dieser Männer keine Sorgen, das hat noch Zeit, wenn wir in Rom sind,” hörte Felix zufällig einen der Kommandanten sagen. “Wir bringen sie dann bald zurecht geschliffen.” Felix lächelte traurig. Er wusste, was dies bedeutet.

Felix verbrachte die Zeit, indem er Land und Leute beobachtete. Das Land erstreckte sich vor ihm zu beiden Seiten: Felder, in regelmässigen Reihen beackert und jetzt grün, mit Gemüse, Weizen, Gras oder Weingärten bewachsen. Wie die Bauern wohl ihre Felder so schnurgerade und gleichmässig bestellen! Es war erstaunlich. Seine Bewunderung galt ihnen, die die Äcker bestellten und wuchs mit jedem Feld, an dem er vorbeikam. Die Kühe waren fett und ihre braunen und weisen Felle leuchteten. Es stimmte Felix zufrieden, so als wäre die Landwirtschaft ein sicheres Gewerbe. Als sie an den Höfen und den landwirtschaftlichen Anwesen vorbeikamen, erzählte ihnen der dampfende Haufen Kuhmist von der Grösse der Viehherde und dem Wohlstand des Bauern. Felix bemerkte, dass auch der kleinste Haufen genauso stolz aufgeschichtet war wie der grösste. Das fröhliche Lächeln und das Geplauder der jungen Frauen um die Häuser fügte sich zu einem Bild mit den blühenden Blumen in den Fensterbänken und den hellen, bunten Vorhängen.

“Stammst du von einem Bauernhof?”, fragte der Reiter zu seiner Linken, als er sein Interesse bemerkte. Felix lachte.

“Der einzige Dreck, mit dem ich in Berührung kam, stammte von den Strassen in der Stadt,” sagte er. “Und du?”

“Nein, die meiste Zeit meines Lebens verbrachte ich hinter einer Schulbank.”

“Mein Name ist Felix Manz.” Er streckte ihm seine Hand hin.

“Hans Spicher.”

"Soweit ich weiss, werden wir bald in höher gelegene Gebiete und durch einige enge Pässe gelangen."

"Ich wäre froh, wenn wir wieder in zivilisierte Gegenden kämen," beklagte sich Hans und fügte humorvoll hinzu: "Mein Hintern wird sich freuen."

In den folgenden Tagen liessen sie das Ackerland hinter sich, und Berge umgaben die Kolonne berittener Männer. Der Aufstieg war für Ross und Reiter anstrengender, als Felix erwartet hatte. Stunde über Stunde konnte man nur das monotone Geklapper der Pferdehufe am Boden und das Knarren des Sattelleders hören. Ab und zu, von einer Lichtung aus, öffnete sich ihm der Blick ins Tal mit seinen grünen und braunen Farbtönen und gelbe, von der Sonne beschienene Flächen und graue Flecke, wo die Wolken ihre Schatten warfen. Felix hatte den Eindruck, dass ihm viele schöne Landschaftseindrücke entgingen, weil ihm der Bergpfad seine volle Konzentration abverlangte. Er war froh, mit bei der vordersten Reihe der Soldaten zu sein. Die Nähe zu den Anführern gab ihm ein Gefühl der Sicherheit, und der Legat kannte sich aus und gab Erklärungen zu den historischen Sehenswürdigkeiten auf ihrem Weg.

"Dort sieht man den Pilatus," sagte er. "Die Legende berichtet, dass Pilatus die letzten Jahre seines Lebens nach der Kreuzigung Christi vom römischen Kaiser hier in diese Gegend verbannt wurde." Er erzählte von der ungewöhnlichen Treue von Pilatus' Frau, die ihren Ehemann auch dahin begleitete und bis zu seinem Tod an seiner Seite blieb.

Weiter im Süden boten sich den Reisenden in den höheren Lagen atemberaubende Aussichten. Manchmal war der Blick frei auf die Jungfrau mit ihrer hoch emporragenden majestätischen Spitze. Dann hielten sie an und genossen den herrlichen Blick auf diesen schneebedeckten Berg, ein Symbol der Stärke und ein Wahrzeichen ihres von ihnen so geliebten Heimatlandes. Die Luft wurde dünner und war kalt und erfrischend. Felix freute sich an der Bergwelt und dem Panorama der schneebedeckten Gipfel. Trotzdem empfanden sie es als eine Erleichterung, als sie die Alpen hinter sich lassen und wieder auf weniger rauhem Boden reisen konnten. Einfach schon die Abwechslung war erfrischend. Sie ritten auf Mailand zu, wo sie ihre Pferde wechseln würden. Sie würden auch mindestens einen Ruhetag einlegen, ehe ihre Reise nach Rom weiterginge.

Felix war begeistert von dem Gedanken, in dieser berühmten Stadt eine kurze Zeit zu verweilen. Schon bald fand er sich in der Rolle der Kunstführers und erzählte der Gruppe, was es in Mailand zu sehen gibt. Allerdings fanden sich in der Gruppe der Soldaten nur wenige Interessierte.

Kaum hatten sie sich in den Baracken in Mailand niedergelassen, schon zog es Felix und Hans hinaus in die Strassen, um an dem einem Tag soviel wie möglich zu sehen. Der Höhepunkt war der Besuch des Speisesaals von Santa Maria delle Grazie. Dort hatte Leonardo da Vinci "Das Abendmahl" an eine Wand gemalt. Lange Zeit standen sie davor und bestaunten das Angesicht Christi und die zwölf Apostel und wie sie der

Künstler im Bild angeordnet hatte. Ihre Haltung und ihr Gesichtsausdruck erzählten die ganze Geschichte.

Schon beim Verlassen von Mailand planten Felix und Hans ihren Aufenthalt in Florenz. Während der Legat jetzt mehr Eile zu haben schien, baten sie ihn, mindestens einen Tag in Florenz bleiben zu können, um einige der Werke der verschieden Künstler zu besehen. Besonders interessierten sie sich für die Arbeiten Leonardo da Vincis und des jungen Künstlers, der unter ihm studiert hatte, nämlich Michelangelo. Der Legat schien erfreut zu sein, Männer unter seinem Kommando zu haben, die nicht nur ans Essen und Kämpfen dachten. Er stimmte zu, und die Reise wurde um einige Stunden verlängert.

Sie näherten sich Florenz, schon von weitem waren die roten Dachziegel zu sehen, und die Spannung in Felix und Hans stieg an. Dort angekommen begaben sie sich auf eine Blitztour. Sie rannten von einem berühmten Ort zum anderen. Der Legat hatte ihnen geraten, am Haus von Giocondo, dem führenden Kaufmann von Florenz, anzuklopfen, dort könnten sie eines der grossartigen Portraits von Leonardo ansehen. Einige Jahre zuvor engagierte Giocondo den Künstler, um seine Frau porträtieren zu lassen. Hier erwies es sich nun von Vorteil, Rekrut bei der Schweizer Garde zu sein, denn obwohl man sie nicht kannte, gewährte man ihnen doch gnädigen Einlass und bald standen sie vor dem Gemälde "La Gioconda", dem Bild, welches später als "Mona Lisa" bekannt wurde.

"Was denkst du, worüber sie lächelt?", flüsterte Hans.

"Vielleicht wüsste ihr Mann auch gerne die Antwort," sagte Felix hinter vorgehaltener Hand.

"Zweifellos ist das ihr Geheimnis und wird es auch bleiben," lächelte Hans.

Der Diener musste ihr Gespräch gehört haben, denn als er sie zur Tür führte, sagte er: "Jeder, der vor diesem Bild steht, stellt sich diese Frage."

"Vielen Dank für Ihre Freundlichkeit, wir werden es nicht vergessen," versicherte ihm Felix.

Die Werke Michelangelos waren leicht zu finden. Er war Bildhauer geworden und obwohl dies nicht so populär war wie die Malerei, so waren die von ihm geschaffenen Skulpturen so eindrucksvoll, dass sie jeder in der Stadt kannte. Hatten sie voller Ehrfurcht vor Leonardo da Vincis Gemälde gestanden, so waren sie jetzt von den wirklichkeitsnahen, überlebensgrossen Statuen von Michelangelo überwältigt. Seine in Stein festgehaltenen Gestalten sprachen in einer Weise, die einem zum stillen Nachdenken brachte. Felix stand staunend vor "David", der sechs Meter hohen Marmorstatue, die zehn Jahre zuvor von Michelangelo geschaffen wurde, und bewunderte die Schönheit, die jugendliche und doch majestätische Form und den Ausdruck der Stärke und Würde, die in dieser Skulptur verkörpert waren. Selbst als er vor Michelangelos "Pieta" stand, konnte er doch die erstaunliche künstlerische Fähigkeit nicht vergessen, die in dieser Figur des David zum Ausdruck kam. Als es Zeit war, zu den

Baracken zurückzukehren, sagte Felix zu Hans: “Ich möchte mir ;David' später noch einmal ansehen.”

Es war gut, dass Felix' Pferd ein Nachläufer war, sonst hätte es den Weg nicht gefunden. Als sie in Rom einritten, musterte Felix jedes Gebäude und jeden Brunnen, den er zu Gesicht bekam. Die römische Architektur war so ganz anders als die in der Schweiz. Prunkvolle Säulen und viele Schnörkel verzierten die Häuserfassaden. Marmor und Granit standen als Symbole der Stärke, die Rom einst besass und nun wieder erlangt hatte. Jede Strasse zeugte von der Liebe zur Kunst, und Felix war sofort klar, dass es ihm hier gefallen würde.

Da es soviel zu sehen und zu lernen gab, wusste Felix, dass die zwei Jahre in Rom rasch vergehen würden. Schon bald war er mehr als beschäftigt. Begeistert beteiligte er sich an der Formalausbildung der Schweizer Garde und freute sich an den Übungen und der gesunden Lebensweise. Die rotgelbe Uniform, über die er mit Felix Kienast geredet hatte, war eindrucksvoll. Besondere Aufmerksamkeit wurde ihm dadurch zuteil, dass er zu einem der persönlichen Wächter des Papstes bestellt wurde. In der Vergangenheit kamen die Soldaten für die Schweizer Garde aus der ganzen Schweiz. Seit jedoch Papst Julius II. eine Abmachung mit den Schweizer Kantonen Zürich und Luzern getroffen hatte, kamen die meisten Wächter aus diesen beiden Kantonen. Felix war erleichtert, dass es unter ihnen viele gab, mit denen ihn soviel Gemeinsames verband.

Während seines ersten freien Tages meldete er sich in der päpstlichen Schule an. Zu seinem grossen Vergnügen konnte er Studien in Griechisch und Hebräisch aufnehmen. Wenn er nicht durch die Stadt tourte, arbeitete er an der einen oder der anderen Sprache. Als er sich in seiner Arbeit als Soldat wohl fühlte, begann er, wenn er zur Wache von verschlossenen Gebäuden, von Kunstschätzen oder alten Büchern abgestellt war, Vokabeln auswendig zu lernen, die er in einem Notizblock bei sich trug. Es gab Zeiten, in denen er an offiziellen Essen oder Versammlungen hoher Persönlichkeiten der Kirche oder des Staates Wache stehen musste und nicht studieren konnte. Solche Dienste ermüdeten ihn am meisten. Es zehrte an seinen Kräften, die beste Haltung einzunehmen, um gesehen zu werden, aber gleichzeitig unsichtbar zu sein. Normalerweise stand er nicht nahe genug, um Gespräche mithören zu können, und das Summen der gedämpften Stimmen war irritierend.

Felix' Lieblingsplatz als Wachsoldat und in seiner Freizeit war ohne Frage die Sixtinische Kapelle. Während seines zweiten Jahres kam Michelangelo selber, um an den Fresken hoch unter der Decke und an den oberen Wänden der inneren Sakristei zu arbeiten. Jahre später berief Papst Leo X. Michelangelo, wie auch viele andere Künstler, auch Raphael und Bramante, den neuen St. Petersdom zu entwerfen, der der Mittelpunkt der Gebäude des Vatikans werden sollte.

Wenn er in der Sixtinischen Kapelle Wache stand, stellte sich Felix immer so auf, dass er mithören konnte, wenn Michelangelo frustriert zu sich selbst murmelte oder tief Luft holte, wenn ihm eine neue Idee kam.

Oftmals ging Papst Leo X. in dem grossen Raum hin und her, stemmte seine Hände in die Hüften und ging seinen Blick nach oben gerichtet im Raum umher. Eines Tages belauschte Felix ein Gespräch zwischen den beiden.

"Michelangelo, Ihre Farben sind zu stumpf."

"Aber Euer Gnaden," antwortete Michelangelo in scheinbarer Geduld, "ich möchte, dass Ihr auf die Figuren seht und was sie erzählen, nicht auf die wunderbaren Farben. Und ausserdem sind das meine Farben, stumpf hin oder her."

"Wenn wir schon bei den Figuren sind," klagte der Papst, "denkt Ihr nicht, dass Gott zu menschlich aussieht?"

"Wollt Ihr nicht heraufkommen und ihn malen, wie Ihr ihn seht? Und vielleicht möchte dann der Wächter dort drüben auch seine Eindrücke von Gott malen und bald hätten wir überall Bilder von Gott und meine Arbeit wäre fertig."

Felix sah, dass Michelangelo mit seinem Pinsel auf ihn gezeigt hatte und war erfreut, das der Künstler seine Gegenwart bemerkt hatte. In seiner gekonnten Art setzte der Künstler ein Lächeln auf. Er hatte mit dem Papst oft hitzige Debatten, aber Felix wusste, dass jeder vor dem anderen viel Respekt hatte. Und er dachte sich, dass es für Papst Leo eine Erleichterung sei, jemanden zu haben, den er herausfordern konnte, jemanden, der keine Angst hatte, ihm zu widersprechen.

Als der Papst an diesem Tag gegangen war, lachte Michelangelo leise vor sich hin, und auf seinem Hochsitz auf dem Gerüst erzählte er eine Geschichte, die fast jeder hören konnte. Felix aber, der ganz in der Nähe stand, dachte bei sich, der Künstler spreche zu ihm.

"Ich erinnere mich an den Tag, als ich eben die Skulptur des David in Florenz fertig gestellt hatte," fing er an, immer noch am Gesicht einer der Figuren malend. Felix wollte schon sagen: "O ja, ich habe sie gesehen," aber er regte sich nicht von seinem Platz ,und sein Blick ging weiter gerade aus.

"Der Fürst war gekommen und umhüllt von Marmorstaub musterte er in seinem stolzem Gehabe die Figur. Plötzlich sagte er: ‚Ich denke, seine Nase ist zu lang'."

Michelangelo tupfte mehr Farbe von seiner Palette und fuhr mit einem Lächeln in seiner Stimme fort: "Ohne ein Wort stellte ich die Leiter um, nahm den Hammer und den Meissel in eine Hand, eine Hand voll Marmorsplitter und Staub in die andere und kletterte hoch. Ich setzte den Meissel auf die Davids Nase, holte mit dem Hammer aus und tat so, als würde ich etwas von der Nase abschlagen und lies gleichzeitig etwas von den Splittern und dem Staub aus meiner Hand fallen. Dann lehnte ich mich zurück, als wäre ich mit meiner Arbeit fertig und fragte den Fürsten: ‚Wie ist es jetzt?' Der Fürst rief: ‚Besser, viel besser!' Ich kletterte die Leiter hinunter, legte den Hammer und den Meissel weg, zog meinen Schurz ab und ging aus dem Raum hinaus, ohne ihn jemals wissen zu lassen, dass ich die Nase gar nicht berührt hatte."

Michelangelo stiess ein Lachen hervor, das durch die ganze Kapelle hallte, und malte weiter.

Als Felix an diesem Abend Hans erzählte, was es alles zu berichten gab, lachten sie beide herzlich.

"Ich habe dir auch etwas zu erzählen, was dir gefallen wird," sagte Hans. "Ich belauschte heute Leonardo da Vinci im Gespräch mit jemandem. Der Mann erzählte ihm, dass er in Mailand war und sein wunderbares Gemälde ‚Das Abendmahl' besah und auch in Florenz die ‚La Cioconda'."

Felix nickte, beide Werke standen ihm noch deutlich vor Augen. Hans fuhr fort: "Da Vinci zog seine Augenbrauen hoch und lächelte. ‚Und was hielten sie von ihnen?' Der Mann erwiderte: ‚Beide beeindruckten mich in unvergesslicher Art. Besonders ergriffen war ich von dem Gemälde ‚Das Abendmahl'. Da Vinci fragte weiter, was ihn denn daran am meisten bewegt habe. Er erwiderte, es seien vor allem die Gesichtszüge gewesen, vor allem die unseres Herrn und dann auch die der Apostel und ausserdem die Art der Anordnung der Figuren auf dem Bild. Er habe dem Bild die Art abspüren können, wie man in dieser um Jesus versammelten Gruppe von Aposteln bei diesem Anlass miteinander umging.' Da Vinci sagte: ‚Danke für diese scharfsinnigen Bemerkungen. Ihr habt die Gesinnung eines Künstlers. Ihr versteht, was ich erzählen wollte.'

Er hielt einen Augenblick inne und fuhr dann fort: ‚In dem Gemälde 'Das Abendmahl' hatte ich auch zwei Silberkelche auf dem Tisch stehend gemalt. Eines Tages kam der Kaufmann Giocondo aus Florenz und bat mich, seine Frau zu porträtieren. Während er das Bild betrachtete, an dem ich arbeitete, äusserte er sich zu der schönen Form dieser Silberkelche. Da packte ich den Pinsel, übermalte die Kelche und wandte mich dann an den erstaunten Kaufmann und sagte: ‚Ich möchte, dass Ihr auf das Gesicht seht, auf seine Gesichtszüge und nicht auf die Kelche!'"

Als Felix in dieser Nacht auf seinem Feldbett lag und zu schlafen versuchte, gingen ihm diese Worte, die er an diesem Tag gehört hatte, immer wieder durch seinen Sinn.

"Ich möchte, dass Ihr auf das Gesicht seht, auf seine Gesichtszüge ..."

Als Felix über seine Zeit, die er in Rom verbracht hatte, nachdachte, merkte er, dass er die Gesichtszüge Christi nicht wirklich gesehen hatte. Er hatte silberne Kelche gesehen, die gesellschaftlichen Kreisen der Reichen und Wohlhabenden aus ganz Europa, aber das Gesicht Christi war dabei irgendwie verblasst. Wo konnte man die Botschaft Christi vernehmen? In der Kirche, so wie sie in diesem Kirchenstaat strukturiert war? Felix schüttelte den Kopf. Er hatte gesehen, wie es im Kirchenstaat zuging, wo korruptes Streben nach Macht und Wohlstand vorherrschte. Das war gewiss nicht im Sinne Christi. Konnte man Christus in Rom sehen oder in den Worten des Papstes hören? Gewiss, der Klerus war redegewandt. Doch man sprach selten vom Friede Gottes oder davon, den Armen zu essen zu geben, die Feinde zu lieben, seinem Nächsten zu dienen. Vielleicht, dachte Felix traurig, sieht man Christus am besten in den Werken der Künstler.

Kapitel drei: Studium und Trini

“Du hast in den letzten zwei Jahren viel unternommen,” sagte die Mutter zu Felix. Er blickte über den Tisch in ihre warmen Augen und fühlte sich wohl zu Hause in Zürich.

“Ja, ich bin froh, dass ich während meiner Zeit in Rom Sprachen lernen konnte, so wie ich es mir erhofft hatte. Seit ich zu Hause bin, loben mich alle, dass ich bei der Schweizer Garde war.” Seine Stimme klang irgendwie sarkastisch. “Du weisst, das war nur Nebensache. Was bleiben wird, sind meine Sprachstudien und was ich von der Kunst und ihrer Bedeutung kennenlernen konnte. Mutter, ich sehe jetzt meine Ziele viel klarer.” Felix’ Augen leuchteten. “Jetzt bin ich gerüstet für das Studium an einer Universität.”

Anna Manz lächelte und nickte, aber Felix konnte sehen, dass ihr Gesicht ausdruckslos blieb. Sie teilte seine Begeisterung nicht so recht, weder für das Studium, noch für sein inneres Drängen dorthin. Sie hatten in verschiedenen Welten gelebt. Sie wandte sich wieder dem Kessel zu. Der Eintopf, den sie zum Abendessen zubereitete, hatte zu kochen begonnen. Sie rührte ihn um, und als sie den Kochlöffel weglegte, ging Felix auf seine Mutter zu und umarmte sie. Es tat gut, zu Hause zu sein, und für einen Moment fielen all die Jahre ab, und er war wieder der kleine Junge und spürte ihren Trost. Ihr Gesicht war gezeichnet von den vielen Jahren, doch ihre Liebe war die gleiche geblieben.

“Felix!” tönte es überschwänglich aus dem Munde seines jüngeren Bruders. Beide zögerten einen kurzen Augenblick, und jeder überlegte sich, wie er den anderen in Mannesart grüssen sollte, und dann kam ein fester Händedruck und ein gegenseitiges Schulternklopfen.

“Heinrich, du bist ja so gross wie ich!” sagte Felix, “und dazu noch kräftiger.”

“So kann ich dich beim Ringkampf besser bezwingen,” erwiderte Heinrich, lachte, warf seinen Arm um die Schultern seines Bruder und nahm seinen Kopf in den Schwitzkasten.

“O, das werden wir schon sehen.” Felix schlug seine Faust sanft in den Magen von Heinrich, bevor sie sich wieder voneinander lösten. Ihre Mutter beobachtete sie aus den Augenwinkeln, während sie sich um den Eintopf kümmerte. Ihr Lächeln zeigte, dass sie sich freute, ihre beiden Buben zu Hause bei sich zu haben. Sie schien erleichtert darüber zu sein, dass sie ihrer Fürsorge entwachsen waren, und genoss es einfach, dass sie da waren.

“Wie geht es mit deinen Studien im Karolinum?”, fragte Felix.

“O Felix,” brummte Heinrich im Tonfall eines jungen Mannes, “viel zu viel Arbeit.”

“Was sind deine Zukunftspläne?”, fragte Felix lächelnd. “Und was möchtest du werden?”, fügte er hinzu. “Interessierst du dich für Musik?” Es wäre logisch gewesen, da ja ihr Vater Musiker war.

“Nein, das ist mir zu kompliziert – diatonische Tonleiter hier, chromatische da. Ich habe eine Menge anderer Interessen.”

“Du hast ja noch viel Zeit, Heinrich.”

“Ja, hoffentlich,” sagte der Jüngere. Felix konnte an seinem Ausdruck erkennen, dass er sich in diesem Alter noch nicht um die Zeit scherte.

Einen Tag nach seiner Rückkehr aus Rom, als sie gerade mit dem Abendessen fertig waren, kam Felix’ Vater für einen Abend zu ihnen nach Hause. Wie immer lag dabei über den ausgetauschten Höflichkeiten eine gewisse Spannung.

“Nun, Felix, was kommt als nächstes?”, fragte Hans Manz. “Willst du noch immer an der Universität studieren?”

“Ich bin entschiedener als je zuvor.” Felix reichte seinem Bruder die Schüssel gekochten Kohls. “Ich habe einen ansehnlichen Betrag gespart, das reicht für ein Jahr Studium, vielleicht auch für zwei.”

“Das ist grossartig,” schloss sich die Mutter ihrem Gespräch an. Felix wurde plötzlich bewusst, dass der Kreis von Personen um den Tisch eine Familie sein könnte, wenn nur die Regeln der Kirche seinem Vater den Ehestand erlaubt hätten.

“Und wo beabsichtigst du zu studieren?”, fragte Hans weiter. “Träumst du noch immer von Wien oder von Basel?”

“Das weiss ich noch nicht,” antwortete Felix. “Was meint Ihr?”

“Im Karolinum ist ein fleissiger junger Mann namens Jörg Binder. Vielleicht erinnerst du dich an ihn, obwohl er ein wenig jünger ist als du. Er begann sein Studium in Wien zusammen mit Konrad Grebel, dann kamen sie aber wieder zurück. Grebel ging nach Basel und Binder blieb hier. Seither arbeitet er als Assistent im Fach Latein, wie du früher. Soweit ich weiss, will er in einigen Wochen zum Weiterstudium nach Wien zurückkehren. Vielleicht möchtest du mit ihm reden. Ihr könntet miteinander gehen und euch so die Kosten teilen.”

“Das klingt gut,” antwortete Felix. “Morgen muss ich ihn unbedingt kennenlernen. Zumindest möchte ich mit ihm darüber sprechen.”

Am nächsten Morgen suchte er Jörg auf und dann besprachen sie die Angelegenheit im Büro des Schulmeisters miteinander.

“Du hast hier nach wie vor einen guter Ruf,” sagte Jörg lächelnd und fügte hinzu: “Man hat mir immer und immer wieder davon erzählt, was für ein ausgezeichneter Schüler du warst.”

“Vielen Dank,” nickte Felix bescheiden, aber mit einem erkennbaren Stolz in seiner Stimme.

“Und du möchtest an die Universität zu gehen?”

“Deswegen bin ich hier, um mit dir darüber zu reden. Ich habe gehört, dass du zum Studium nach Wien gehst. Vielleicht können wir miteinander reisen und so Kosten sparen. Ich habe einiges Geld gespart während meines Dienstes in der Schweizer Garde. Aber das reicht nicht lange, wenn ich nicht sparsam damit umgehe."

"Ja klar, das kann uns beiden helfen. Ich möchte in einigen Wochen aufbrechen, und wir könnten zusammen gehen. Wir müssen die entsprechenden Vorkehrungen treffen." Jörg freute sich und seine Begeisterung übertrug sich auf Felix angesichts der Möglichkeiten, die sich ihnen beiden in der akademischen Welt in Wien auftun würden. Sie trafen sich danach noch mehrmals und sprachen dabei über das Studium bei Wolfgang Haligmaier und Joachim von Watt aus St. Gallen, ein jungen Professor, den alle Vadian nannten.

"Ist er nicht erst neulich erst als Professor nach Wien gekommen?", fragte Felix.

"Ja, er ist ein Humanist," sagte Jörg ganz sachlich. Felix konnte aus seinem Ausdruck nicht entnehmen, ob er es gut fand, Humanist zu sein, oder nicht.

Im Laufe ihrer weiteren Treffen entstand ein grober Plan, anfangs September nach Wien aufzubrechen; auf diese Weise hofften sie, rechtzeitig zu Studienbeginn im Oktober dort zu sein. So verblieben Felix noch einige Wochen in Zürich bis zur Abreise.

In der folgenden Woche machte Felix mehrere Besuche in Zollikon, vordergründig um seinen alten Freund. Felix Kienast zu treffen, in Wirklichkeit aber weil ihm das Mädchen bei Hottingers nicht aus dem Sinn ging. Während der Zeit, als Felix in Rom war, hatte es Kienast als Bauer zu Wohlstand gebracht und strahlte eine neue Art von Sicherheit aus. Er war in der Zollikoner Gemeinde verwurzelt und schien alle beim Vornamen zu kennen. Als Felix so darüber nachdachte, schien es ihm, dass diese Beliebtheit unter den Bürgern zu Kienast passt. Anscheinend hatte er schon immer das Zeug zu einem Politiker, der zwischen streitenden Parteien vermittelt und dem es gelingt, bei jedem Treffen allen das Gefühl zu vermitteln, er würde sich ihnen mit all seiner Aufmerksamkeit zuwenden.

Felix gab sich bei seinen Besuchen bei der Familie von Konrad Hottingers in seinem Verhalten so lässig wie möglich, doch Kienast durchschaute ihn.

"Ist es nicht Trini, für die du dich in Wahrheit interessierst?"

Felix versuchte ein Grinsen zu verbergen, fühlte aber, wie ihm das Blut in die Wangen schoss. "Sie ist mir aufgefallen."

"Aufgefallen? Oh, mein Freund, du bist verliebt!" Kienast klopfte seinem verwirrten Freund auf den Arm. "Sie ist so lebendig wie immer und hat sich zu einer jungen Dame gemausert. Du solltest sie wirklich kennen lernen."

"Ich will einmal vorbeischauen und die Familie besuchen," stimmte Felix zu.

"Die Familie?" Kienast warf seinen Kopf zurück und lachte herzlich. Da ist keine Zeit für gesellschaftliche Unterhaltung, du hast nur ein paar Wochen Zeit. Mach dich auf, besuche das Mädchen und freunde dich wieder mit ihr an."

Mit einer Hand öffnete Kienast die Tür und mit der anderen gab er Felix einen kräftigen Schubs. Felix lachte, wandte sich um und wollte wieder hineingehen, aber sein Freund hatte die Tür schon hinter ihm zugeschlossen. So zuckte er mit den Schultern und ging. Es war eben sein Freund. Vielleicht war es genau dieser Schubs, den er benötigte.

Dem ersten Besuch von Felix folgte natürlich ein nächster und ein weiterer. Trini war ein wunderbares Mädchen. Nicht nur, dass sie schön war mit ihren dunklen Haaren und ihren grossen, braunen Augen, sie war auch lebensfroh, wissbegierig und energisch. Sie blickte die Welt mit Augen an, die Einzelheiten wahrnahmen, die Felix nicht aufgefallen waren. Sie sah in jedem Ereignis etwas Gutes und das Beste in den Menschen. Sie half Felix die Schönheiten um ihn herum zu sehen, Dinge, die er wohl gesehen und doch nicht bemerkt hatte: Blumen und Bäume, deren Namen sie alle kannte; die Bauernhöfe und Gärten, die das Leben der Gemeinde prägten. Auf ihren Spaziergängen in der Stadt zeigte ihr Felix seinerseits die grossartige Architektur und die feinen Schnitzereien an vielen alten Gebäuden in Zürich. Manchmal bemerkte Felix, wie er Trini anstarrte und sich fragte, ob dies nur ein Traum sei. Er fand soviel Bewundernswertes in ihr. Da war eine bestimmte Zurückhaltung, die sie besonders dann zeigte, wenn sie zu ihm aufsah und ihren Kopf dabei nach unten und ein wenig zur Seite neigte. Doch war sie kühn genug, ihre eigenen Gedanken auszusprechen, und bestand darauf, dass Felix das tat, was für ihn am besten war, auch wenn es auf ihre Kosten gehen sollte. Sie verlangte nie etwas von seiner Zeit für sich – zumindest sprach sie es nicht aus – aber sie hatte eine Art, die in ihm das Verlangen weckte, die Zeit mit ihr zu verbringen.

"Felix, du darfst diese Gelegenheit nicht verpassen! Du bist so intelligent und talentiert. Dein Leben liegt vor dir. Du könntest ein grosser Lehrer werden, wenn du die richtige Ausbildung dazu bekommst."

"O Trini, ich habe so viele Träume, und es gibt so vieles, was ich lernen und anpacken will. Ich werde von meinen eigenen Fragen getrieben." Felix lehnte sich zurück, stützte sich auf seine Hände und seufzte tief. Sie waren auf einem offenen Feld, doch bewusst immer noch so, dass man sie vom Haus der Hottingers aus sehen konnte.

"Aber Trini", zögerte er, "was ist mit uns?"

Trini senkte ihren Kopf und beobachtete ihre Finger, wie sie an einigen Ähren zupften. Es war still, und Felix hatte Angst, das Gespräch weiterzuführen.

Das Mädchen blickte empor und schaute ihm in sein Gesicht. "Ich werde hier sein, wenn du zurückkommst," sagte sie. "Du könntest niemals mit einer einfachen Arbeit zufrieden sein, um den Lebensunterhalt zu verdienen, und ich würde dich auch niemals um so etwas bitten.

Wieder war es still. Dieses Mal aber bedurfte es keiner Worte. Felix lehnte sich zu Trini hinüber und hob mit einem Finger ihr Kinn an. Ganz sanft küsste er sie.

Während Felix in Zürich war, nahm er regelmässig an der Messe teil, manchmal im Fraumünster, aber gewöhnlich im ihm vertrauten Grossmünster. In seiner gewohnten Weise sprach er treu seine Gebete. Es blieb aber eine Leere, und er konnte keinen Bezug zu seinem Leben darin erkennen. Zwar fühlte er ein dringendes Bedürfnis nach Antworten für seine endlosen Fragen, die aus einem inneren Hunger heraus in ihm aufstiegen, doch hielt er mit der Suche nach diesen Antworten zurück, da er hoffte, dass er an der Universität Befriedigung im Studium finden würde, und im Erreichen der Ziele, die er sich selbst gesteckt hatte.

In seinem wachen, klaren Verstand kamen mehr und mehr Fragen über die eigentliche Natur der Kirche auf. In der Kirche beobachtete Felix seinen Vater mit neuem Interesse. Er rang mit der Frage, warum der Mann an den Ordnungen der Kirche festhielt, wenn doch Ehelosigkeit so eine schwere Bürde war. Felix wusste ja, dass viele Männer in der Kirche eine Geliebte oder eine Konkubine hatten. Sie mussten für dieses Recht einfach einen Geldbetrag aufbringen, die betroffenen Frauen aber bezahlten es in ihrem Leben mit einem entsprechenden Ruf und mit harter Arbeit, die nötig war, um die Familie zu ernähren.

Ende August reisten Felix und Jörg Binder nach Wien ab. Die Tage vergingen langsam, während sie mühsam Kilometer um Kilometer zurücklegten. Dass Jörg schon vorher durch zahlreiche dieser Gebiete gereist war, erwies sich nun für sie beide als Hilfe. Wo es sich ihnen anbot, blieben sie zur Unterkunft, und sparten sich manches Geld, indem sie auf Bauernhöfen aushalfen und dafür Essen und kostenlose Übernachtung erhielten. Felix war dankbar, dass er seine Muskeln bei der Schweizer Garde so gut trainiert wurden. Ihr Weg führte sie erst Richtung Norden und dann nach Osten durch Bayern, bis sie dort die Donau erreichten. Sie fanden Arbeit auf einem Lastkahn, segelten auf der blauen Donau abwärts nach Passau, kamen dann nach Linz und schliesslich nach Wien. Felix dachte sich, dass er diese Erfahrungen eines Tages seinen Kindern erzählen will. Das sind Zeiten mit Würze im Leben.

In Wien angekommen zogen sie zu Fuss durch die Strassen der Stadt Richtung Universität, sie teilten Freud und Leid miteinander. Jörg kannte die Stadt von der Zeit, als er bereits zuvor ein Jahr an der Universität studierte. Felix war ganz begeistert und verglich die neue Umgebung ständig mit seinen Erfahrungen in Rom. Die Einschreibung an der Universität war bald erledigt, und danach fanden sie auch eine Unterkunft in der Brücken-Burse bei der Schweizer Studentengruppe.

Felix stürzte sich sofort ins Studium und überhäufte sich in seiner Begeisterung mit Arbeit. Er fand Gelegenheiten, anderen Nachhilfe in Latein zu erteilen und belegte selbst Kurse in Hebräisch und Griechisch für Fortgeschrittene. Mit anderen zusammen las er Plato mit grossem Gewinn. Zu seiner eigenen Überraschung nahm seine Faszination an Latein und Griechisch noch zu, und er hatte eine wahre Freude an der humanistischen Einstellung seines ausgezeichneten Lehrers Vadian. Der Scharfsinn und die Begeisterung, die bei den Vorlesungen von diesem jungen Professor ausgingen, spornten seine Studenten zu fleissigem Studium und eigenständigen Lesen von Literatur an. Felix selbst bewunderte seinen Professor, doch wurde er sich dabei bewusst, dass er einige Jahre älter war als seine Kommilitonen und kapselte sich darum in gewisser Weise ab.

Im Kern war der Humanismus, den Vadian vertrat, geistlich ausgerichtet und in sich einheitlich. Trotzdem galt seine erste Sorge nicht kirchlichen oder religiösen Angelegenheiten. Sein vorrangiges Interesse galt der Poesie und der Geographie. Er war ein Gelehrter, ein Humanist mit einer hohen Wertschätzung für das Ästhetische und einer gewinnenden Art der Auslegung der klassischen Antike. Parallel dazu verfocht Vadian einen Schweizer Patriotismus, der die Studenten dazu inspirierte, sich als Schweizer Gelehrte zu sehen, die sich vorübergehend im Ausland aufhalten. Sein Ziel war, und das sagte er ihnen auch, junge Schweizer Gelehrte zu fördern, die ihrem Vaterland dazu verhelfen sollten, den Bereich der Lehre künftig weiterzuentwickeln. Felix begann über die Möglichkeit nachzudenken, in Zürich eine Universität aufzubauen. Als ehemaliger Soldat und Schweizer Gardist war Felix mit allen Fasern seines Wesens an den philosophischen und politischen Diskussionen mit seinen Kommilitonen beteiligt. Die neue Art, wie man in den Vorlesungen Vanadians die Welt betrachtete, festigte sein Denken und vermittelte ihm klarere Absichten. Es schien ihm ein Gefühl zu geben, dass sein persönliches Leben eine Bedeutung habe, die er zuvor nicht kannte, und seine Unklarheit über den Wert seines Lebens verschwand.

Der neu entdeckte Humanismus, den Felix sich zu eigen machte, führte ihn zu einer zwangloseren Haltung gegenüber der Kirche und seinen geistlichen Übungen. Er ging weniger regelmässig zur Messe, und er begann mehr in den Linien einer Art Schicksalsgläubigkeit zu denken und sah die Welt als einen Ort an, wo Gott seine eigenen Zielen verwirklicht und sein Volk in gnädiger Weise belohnt. So hielt es Felix für wichtig, als Christ einen reinen Lebenswandel zu führen, da dies im Hinblick auf die Zukunft von Vorteil sei, da Gott ja gnädig ist.

Die Kunst, für die er sich auch weiterhin interessierte, wurde ihm während seines Studium zu seinem Hobby. Dies traf besonders für die Musik zu. Er hatte seine wahre Freude an den Orgelkonzerten an der prachtvollen Orgel, die kurz zuvor im Dom neu eingebaut wurde. Sie stammte von einem Orgelbauer in Bayern und markierte eine neue Entwicklung in der Musik. Diese Orgel schien damals die bekannteste Kunstattraktion der Stadt zu sein. Er fand zwar auch seine Freude an den bedeutendsten Gemälden und Skulpturen in Wien, doch beeindruckte ihn keines dieser Werke nur annähernd so sehr, wie die, die er während seiner Zeit in Italien gesehen hatte. Er stellte fest, dass er mit den Werken von Leonardo da Vinci, Michelangelo und Raphael das Beste zu sehen bekam.

Die zwei Jahre in Wien vergingen schnell. Der Frühling des Jahres 1518 bescherte Felix und Jörg den erfolgreichen Abschluss ihres Studiums. In

Zürich konnten sie noch nicht als Lehrer anfangen. Jörgs Ziel war es, sich auf die Stelle des Schulmeisters am Karolinum vorzubereiten, und er wartete darauf, diese Stelle antreten zu können. Ein Briefwechsel über die vergangenen Monate hinweg brachte ihm die Zusage, dass er die Stelle des stellvertretenden Schulmeisters übernehmen könnte. Und er hoffte, in ein, zwei Jahren Schulmeister zu werden. Felix trug sich mit der Absicht, Sprachen für Fortgeschrittene zu unterrichten, und zwar bei solchen Studenten, die sich auf das Universitätsstudium vorbereiteten. Vielleicht, das war sein Traum, würde er in Zukunft in Zürich selber eine Universität aufbauen! Dort könnte er Professor für Sprachen werden.

Die Rückreise nach Zürich geschah etwa nach dem gleichen Muster wie zwei Jahre zuvor die Hinreise, nur in umgekehrter Reihenfolge. Sie kamen wieder an all den nun schon vertrauten Ort vorbei, die sie zuvor mit einer gewissen Spannung und Ungewissheit über ihre Zukunft erlebt hatten. Nun aber lagen die Unsicherheit und viel harte Arbeit hinter ihnen, so dass sie entspannt reisen konnten. Sie sangen und hatten ihren Spass zusammen mit den anderen Männern, bei denen sie auf ihrem Weg donauaufwärts arbeiteten.

Es war August, als sie in Zürich ankamen. Sie eilten die Strasse hinauf zum berühmten Grossmünster, wo sie einen grossen Teil ihres bisherigen Lebens verbrachten. Ihre schnellen Schritte verrieten ihre Aufregung. Felix zog es in die Neustadtgasse zu seiner Mutter und seinem Bruder. Zuvor aber ging er noch mit Jörg ins Karolinum. Hier wurden sie mit freudigem Applaus von den jungen Schülern begrüsst, die sich offensichtlich noch gerne an Jörg erinnerten. Zu seiner Überraschung wurde Felix von einer Gruppe älterer, ehemaliger Schüler begrüsst, die sich in der Schule zu treffen pflegten. Unter ihnen war Konrad Grebel, der junge Mann, den Felix in der Sprachschule unterrichtet hatte. Grebel war eben von Basel zurückgekehrt, wo er die Vorlesungen des berühmten Professors Glarean hörte. Jetzt beabsichtigte er mit einigen anderen zusammen zum Weiterstudium nach Wien zu gehen.

Felix und Grebel begrüssten einander, worauf sich Felix interessiert an Grebel wandte: “Was hat dich von Basel hierher gebracht?”

“Glarean hat sein Studienzentrum geschlossen” erwiderte Konrad. “Er geht nach Paris. Was mich betrifft, so hält mich nun nichts mehr in Basel.”

“Ist denn nicht der berühmte Erasmus in Basel?”

“Ja, natürlich, ich studierte aber lieber bei Glarean. Ich war nicht besonders daran interessiert, zu einer anderen Gruppe mit ganz anderen Ansichten zu wechseln.

“Unterschiedliche Ansichten?”

“Ja,” Grebels Haltung verriet seinen Widerwillen, “Erasmus ist der Kirche und der Schrift innerlich so verpflichtet, dass er den Humanismus von Glarean kaum versteht.”

“Und wenn du nach Wien gehst,” wollte Felix wissen, “wirst du dann deine humanistischen Studien weiterführen?”

“Das ist meine Absicht. Ich möchte unter Vadian studieren. Warst du in seinen Vorlesungen?”

“Ja, er ist ein grossartiger Professor, ich habe ihn allen anderen vorgezogen.”

“Ist er tatsächlich so grossartig, wie man hört?”, fragte Konrad begeistert.

“Er ist ein ausgezeichneter Lehrer, ein begabter Poet und ein loyaler Patriot. Wenn du dein Schweizer Vaterland nicht geliebt hast, bevor du in seinen Vorlesungen warst, dann aber auf jeden Fall nach dem Kurs.” An dem Lachen, das darauf folgte, merkte Felix erst, wie viele junge Männer ihrem Gespräch zuhörten.

“Ja,” unterbrach Jörg, “Vadian hat in Wien ein kleines St. Gallen geschaffen.” Während das Gespräch weiterlief, entschuldigte sich Felix, machte sich auf und ging quer über den Chorherrenplatz hinunter in die Neustadtgasse zu seiner Mutter nach Hause. Obwohl er bereits ein Mann von dreissig Jahren war, spürte er doch eine eigenartige, herzlich warme Zuneigung in seinem Herzen, als er nun wieder an seine Mutter dachte, an ihre grosszügige, aufopfernde Gesinnung, ihre uneingeschränkte Liebe ihm gegenüber und ihre Unterstützung. Oftmals hatte man ihn gehänselt, weil er kein normales Zuhause mit Vater und Mutter hatte. Dann floh er nach der Schule zu ihr, barg sein Gesicht in ihrer Schürze, weinte sich aus und spürte ihre tröstende Hand und hörte ihre sanfte Stimme, die ihm wieder neuen Mut gab. Diese Worte gingen ihm nie aus dem Sinn.

“Felix, es geht um dein Leben, und es ist wichtig, was aus dir wird; Gott wird dir helfen, ein Mann zu werden, der in der ihm entgegenbrachten Wertschätzung anderen nicht nachsteht.”

Das Wiedersehen war herzlich. An diesem Abend sass er mit seiner Mutter und seinem jüngeren Bruder zusammen und erzählte ihnen von seiner Studienzeit in Wien. Heinrichs Augen funkelten vor Begeisterung, als Felix die Reise nach Wien schilderte, besonders als er von den Erfahrungen auf den Lastkähnen sprach. Es war offensichtlich, dass Heinrichs Interesse für die Welt und das Leben der Menschen viel grösser war als für Bücher und Kunst.

Felix zog es nach Zollikon, denn er wollte Trini sehen. Da es aber schon spät am Abend war, musste er diesen Besuch auf den anderen Morgen verschieben. Kurz darauf kam Hans Manz an die Tür. Felix erhob sich von seinem Stuhl und grüsste seinen Vater. Ein festes Schulterklopfen sagte ihm: “Es ist schön, dich wieder zu sehen.”

“Ich habe dich vermisst, mein Sohn,” sagte Hans und setzte sich.

“Ich bin gespannt auf deine Erfahrungen. Ich wollte schon früher kommen, konnte aber nicht weg.”

“Ich verstehe,” erwiderte Felix und schlug seine Augen nieder. Er merkte, dass er es nach all der Zeit immer noch nicht verstehen konnte. Doch dann stand ihm wieder vor Augen, was er kurz zuvor erlebte und fasste Zuversicht.

“Ich denke, dass du gute Voraussetzungen für eine Stelle als Lehrer mitbringst,” sagte sein Vater. “Ich habe viele junge Männer durch das

Karolinum gehen sehen, die sollten nun auf ein Studium an der Universität vorbereitet werden, und diese Vorbereitung könntest du übernehmen. Allerdings denke ich, die Zeit hierfür ist noch nicht ganz reif."

"Was meinst du dazu?" Felix schaute besorgt.

"Ich weiss aus internen Quellen von der kirchlichen Leitung," sagte er und lächelte, "dass man in den nächsten paar Jahren einen Hauptpfarrer für den Dienst im Grossmünster bestellen wird. Wer immer dies auch sein wird, er wird jedenfalls einen grossen Einfluss auf die zukünftige Richtung der Arbeit in der Kirche ausüben. Vor dieser Ernennung besteht kaum eine Chance zur Gründung einer Universität."

"Und was soll ich in der Zwischenzeit tun?" In Felix stieg Felix Ärger darüber auf, dass seine ganze bisherige Ausbildung umsonst gewesen sein könnte.

"Das ist guter Rat teuer, Felix, denn es bietet sich im Augenblick kaum etwas an."

Felix seufzte und schüttelte seinen Kopf. Er strich sich mit seinen Fingern durchs Haar und wandte sich dann wieder zu seinem Vater: "Was haltet Ihr davon, wenn ich zu einem Weiterstudium nach Basel und zu dessen Finanzierung eine Teilzeitarbeit annehme?"

Herr Manz war überrascht. "Warum redest du von Basel?"

"Ich habe heute mit Konrad Grebel gesprochen, der gerade von Studium dort zurückkam. Ich fragte ihn über Erasmus, er hatte aber dessen Vorlesungen nicht besucht. Ich selber bin sehr daran interessiert."

"Erasmus ist viel eher ein Mann der Kirche als der Humanist Glarean, bei dem Grebel studierte," erwiderte der Kantor.

"Was das angeht," entgegnete Felix, "ich habe mich genug mit Humanismus und der Kunst beschäftigt, dass es nun gut für mich wäre, zu sehen wie Erasmus kirchliches und religiöses Gedankengut in der humanistisch geprägten Universität in Basel vertritt."

Felix blickte zu seiner Mutter hinüber, die besorgt ihre Augenbrauen hochzog. Er merkte, dass sie sich äussern wollte, und hielt darum im Gespräch inne, um sie zu Wort kommen zu lassen.

"Felix," begann sie, "du warst während der letzten Jahren genug unterwegs. Möchtest du wirklich wieder fortgehen? Kannst du nicht hier eine Stelle als Lehrer suchen?"

"Ich weiss, Mutter, aber Basel ist nicht so weit weg wie Rom oder Wien. Ich könnte viel öfter heimkommen und mit dir und Heinrich zusammen sein," fügte er hinzu und sah seinen Vater an, als wolle er sich dafür entschuldigen, dass er seinen Namen nicht erwähnt hatte.

Der Kantor schaute auf seine Hände, die er in seinen Schoss gelegt hatte. Er blickte zu Felix auf und sagte: "Mein Sohn," er hielt einen kurzen Augenblick inne, und man spürte seine tiefe Zuneigung, "ausser meiner Unterstützung und meiner Liebe kann ich dir kaum etwas bieten." Solltest du dich für Basel entscheiden, werde ich dich darin unterstützen. In der Zwischenzeit werde ich meinen Teil zur Förderung deiner Idee von einer Schule für ein Fortgeschrittenenstudium hier in Zürich beitragen."

Der Kantor wünschte ihnen allen eine gute Nacht, und indem er sich zu Anna niederbeugte, küsste er sie vor ihren Söhnen mit einem seltenen Ausdruck von Zuneigung auf ihre Wange. Dann wandte er sich um, und mit einem offensichtlichen Schmerzensseufzer ging er zur Türe hinaus in die Nacht.

Wiederum hatten sich die Pläne von Felix innerhalb eines Tages geändert. Früh am nächsten Morgen ging er den vertrauten Weg nach Zollikon zu Trini. Er ging durch das bekannte Markttor, und seine Schritte waren lang und schnell vor Aufregung. Ehe er sich versah, kam er den ausgetretenen Pfad hinauf und klopfte an die Tür bei Hottingers. Während er wartete, merkte er, wie sein Herz hämmerte. Trini erschien selbst an der Tür, und plötzlich lagen sie sich in den Armen. Felix vergrub sein Gesicht in ihren Haaren und freute sich, sie in seinen Armen zu halten. Bis zu diesem Augenblick hatte er nicht gewusst, wie sehr er sie vermisst hatte. Es brauchte keine Worte. Während der langen Zeit ihrer Trennung hatten sie die Stufen übersprungen, die man üblicherweise in solch einer Beziehung eine um die andere nimmt, und in der Stille hatten sie sich einander versprochen. Es war einfach, über Liebe zu reden und wie jeder Teil im Leben des anderen sein wollte.

Trini schien erwartet zu haben, dass Felix jetzt nicht in Zürich bleiben würde. Sie gab sich damit zufrieden, auf ihn zu warten, im Wissen, dass er sie beständig in Herz und Sinn tragen würde. Sie genoss das Leben auf dem Bauernhof und in ihrem Elternhaus. Sie hatte keine Eile, ihr bisheriges Zuhause zu verlassen.

"Unser ganzes Leben liegt noch vor uns," sagte sie.

"Ja, tatsächlich," erwiderte Felix, dachte aber bei sich, dass sie noch jung sei und nicht ahne, wie lange er schon gewartet habe.

Die nächsten Wochen vergingen rasch, sie freuten sich aber an ihrer gemeinsamen Zeit. Im Spätherbst reiste Felix nach Basel und schrieb sich an der Universität für einige Vorlesungen bei Erasmus ein. Dort sah er sich mit einer neuen Art von Humanismus auf der Grundlage einer religiösen Spiritualität konfrontiert. Zu seiner Überraschung eröffnete sich ihm bei Erasmus ein ganz neues Verständnis der Heiligen Schrift, insbesondere was die Lehren Jesu betraf.

Um seinen Unterhalt zu verdienen, stellte er sich reihum bei den verschiedenen bekannten Buchdruckern in Basel vor, auch bei Froben, Amerbach und dem berühmten Kratander. Die meisten dieser Stellen waren schon von anderen Studenten besetzt, doch Erasmus, der Felix' Sprachfähigkeiten erkannte, bat für ihn bei Kratander um die Stelle eines Korrekturlesers. Diese Aufgabe hatte den besonderen Vorteil, dass er dem Professor bei der Endredaktion vor Drucklegung seiner Schriften helfen und so diese Schriften gleichzeitig auch kennenlernen konnte.

An einem Spätnachmittag, als Felix nach getaner Arbeit gerade dabei war, die Papierstapel auf seinem Schreibtisch wieder zu ordnen, hörte er seinen Namen vom grossen Zimmer des Buchdruckers her. Er blickte auf und sah einen Boten auf sich zukommen.

“Felix Manz?”

“Ja.”

“Aus Zürich?” Felix nickte, und der Bote händigte ihm ein Papier aus. Es wäre ihm nie in den Sinn gekommen. Er hatte keine Ahnung, was in dem Brief stehen könnte, und selbst als er in seinen Stuhl sank, konnte er es noch nicht glauben: Sein Vater war gestorben.

Auf seinem Weg zurück nach Zürich dachte er daran, wie wenig er seinen Vater wirklich gekannt hatte, und dass er das jetzt nicht mehr nachholen konnte. Es kam ihm seine Mutter in den Sinn, und mit welcher Hingabe sie für diesen Mann gelebt hatte. Er dachte an seinen Bruder und fragte sich, ob er seinem Vater nahe gestanden hat. Am meisten beschäftigte ihn aber der Abstand zu seinem Vater über all die Jahre, doch er dachte, dass dies immerhin noch besser war als ein Leben ganz ohne ihn.

Von seiner Mutter sollte er nach all dem bisherigen nicht überrascht sein. Die gleich tapfere Gesinnung, in der sie bisher ihr Leben geführt hatte, wurde auch in der Art sichtbar, in der Anna Manz dieses Leid annahm. Sie hatte eine tiefe Liebe zu dem Kantor und war ihm eine Quelle der Kraft gewesen. Die Möglichkeiten ihrer Beziehung zueinander waren aber so eingeschränkt, dass sie den Verlust schon fast so annahm, als ob es für sie eine Erleichterung sei, eine Befreiung von einer Art Bindung, einer Bindung, die sie in Liebe ertragen hatte, die aber ihr Leben schwer gemacht hatte.

Das Wiedersehen daheim war zwar von Trauer überschattet, er freute sich aber auch wieder Zuhause zu sein. Der feste familiäre Zusammenhalt, an dem seine Mutter über die Jahre hinweg so entschieden gearbeitet hatte, erwies sich für die Drei nun als eine Stärkung. Felix entschied sich, in Zürich zu bleiben, und Heinrich war erleichtert, dass ihm damit einiges von der Last der Verantwortung für die Familie abgenommen wurde.

Als Jörg Binder von der Rückkehr von Felix hörte, stellte er ihn sofort als Aushilfslehrer für die älteren Schüler im Karolinum ein. Jörg war jetzt der Schulmeister und war sehr beliebt, denn er war ein fähiger Lehrer und ein guter Direktor. Felix hatte eine gute und angenehme Beziehung zu ihm und war froh, dass er nach einem regelmässigen Stundenplan arbeiten konnte.

Daneben freute es ihn auch, dass man im Grossmünster jetzt mit einem neuen Pfarrer verhandelte. Das Domkapitel berief nämlich Ulrich Zwingli, der damals Priester in Einsiedeln war und dort in einer sehr segensreichen Arbeit stand. Der neue Priester kam im Januar 1519 und begann seine Arbeit mit ganzer Hingabe. Felix war von Zwingli beeindruckt und war überrascht, als er herausfand, dass sie praktisch gleich alt waren. Zwingli hatte 1506 sein Studium in Basel abgeschlossen und verliess die Universität als Magister. Er stand nun im Briefwechsel mit Erasmus und las alles, was von diesem grossen Humanisten verlegt wurde. Er hatte einen Teil seines Doktorstudiums in Wien verbracht, und so diente diese gemeinsame Erfahrung dazu, dass zwischen Felix und dem neuen Pfarrer eine Freundschaft begann.

Felix wurde zuerst durch seine Tätigkeit am Karolinum mit Zwingli bekannt. Je mehr sie einander kennenlernen konnten, desto mehr gemeinsame Interessen fanden sie, besonders im Gespräch über das Denken von Erasmus. Seine Ehrfurcht vor Zwingli und dessen überragende Persönlichkeit, dessen Bildung und Begabung machten es Felix schwierig, sich an ihn mit dem Vorschlag zur Gründung einer Schule für fortgeschrittene Schüler zu wenden. Statt dessen suchte Felix den Rat Zwinglis wegen eines Weiterstudiums an der Universität. Er war erstaunt, als Zwingli vorschlug, er solle in Paris studieren und sich dort als Universitätsdozent im Hinblick auf eine spätere Lehrtätigkeit in Zürich ausbilden lassen. Das ermutigte Felix, besonders der Vorschlag Zwinglis, dass er seine Studien auf die Sprachen und die Literatur der klassischen Antike konzentrieren sollte.

“Meister Zwingli, das ist einer meiner Träume!”

Sie besprachen und planten miteinander die Gründung einer künftigen Universität in der Stadt Zürich. Das stimulierte Felix in neuer Weise, und er fasste frischen Mut für seine eigene berufliche Zukunft.

Es gab ein Abkommen zwischen dem Züricher Rat und dem König von Frankreich zur Gewährung von Stipendien, und jedes Jahr gab es hierfür eine bedeutende Zahl von Anwärtern. Als Felix noch in Basel war, kehrte sein Freund Grebel aus Wien zurück und ging dann mit einem solchen Stipendium nach Paris. Nun stellte Zwingli für Felix Manz einen Antrag für ein zweijähriges Stipendium in Paris beim Zürcher Rat und empfahl ihn hierfür mit einem ausgezeichneten Gutachten. Felix hatte zwar schon oft daran gedacht, aber es kaum in Erwägung zu ziehen gewagt. Er wusste, dass vorwiegend junge Männer aus aristokratischen Kreisen zu den Stipendiaten zählten. Zwingli aber setzte sich für Felix als erstklassigem Kandidaten für dieses Stipendium ein, und im Frühling 1520 kam die Nachricht vom Stadtrat, dass er als Stipendiat angenommen ist. Trotz politischer Spannungen zwischen der Schweiz und Frankreich wurden alle Vorbereitungen getroffen, dass er im Herbst anfangen konnte. Felix war überglücklich, nicht nur, dass er eine solche Gelegenheit erhalten hatte, sondern auch weil er in seinem Wert und in seiner Würde bestärkt wurde.

Im Verlaufe der folgenden Monate beendete Felix seine Arbeit am Karolinum. Er besuchte die Schule der Prophetie, wie man die Klassen nannte, in denen Zwingli unterrichtete, und hörte gespannt zu und achtete sowohl auf die Art, wie Zwingli vortrug wie auch auf das, was er vortrug. Die jüngsten Ereignisse in Sachsen, wo sich der Mönch Martin Luther gegen die Kirche stellte und sich den päpstlichen Dekreten widersetzte, waren zu einem Hauptthema in kirchlichen Kreisen geworden. Zwingli interessierte sich in ganz besonderer Weise für Luther, ein Interesse, das manchmal fast zwanghafte Züge anzunehmen schien. Als Zwingli die Ideen Luthers mit Männern besprach wie Heinrich Engelhart, Pfarrer am Fraumünster, und Kaspar Grossmann, bekannt als Megander und Kaplan am Züricher Hospital, wurde es Felix und den anderen, die diesen lebhaften Diskussionen zuhörten, klar, dass Zwingli sich mit Luther persönlich identifizierte.

Die Krankheit, die den Vater von Felix hinwegraffte, kursierte in Zürich nach wie vor. In den Folgemonaten traten mehrere ernsthafte Krankheitsfälle dieser Art auf und die Zahl der Todesfälle nahm zu. Die Pest war solch eine Bedrohung, dass Felix vorsichtig wurde und Trini nicht allzu oft besuchte, um nicht unabsichtlich den Keim der Ansteckung zu ihr zu schleppen. Der Stadtrat war besorgt über die zunehmende Zahl der an Pest erkrankten Personen und rief zu besonderen Gesundheitsvorsorgemassnahmen auf.

Es war ein grosser Schock, als Ulrich Zwingli, der neue, so beliebte Priester der römischen Kirche, mitten im Winter von der Krankheit befallen wurde. Felix war verzweifelt. Es hatte sich eine tiefe Freundschaft zu Zwingli entwickelt und die Gespräche über Luther hatten ihn höchst motiviert. Gemeinsam hatten sie begonnen, das Evangelium im Neuen Testament neu zu entdecken und an der Erneuerung und der Einheit der Kirche zu arbeiten. Mit Zwinglis Krankheit kam dies alles vorläufig zu einem abrupten Ende. Felix besuchte regelmässig die Messe, und in tiefer Sorge über seinen neuen Freund und hoch geschätzten Pfarrer betete er dort das "Gegrüsset seist du Maria". Im Frühling 1520 erholte sich Zwingli von der Krankheit soweit, dass er zumindest einigen seiner Pflichten im Grossmünster wieder nachkommen konnte. Auch ihre gemeinsamen Gespräche konnten sie wieder fortsetzen.

Felix merkte, dass sich Zwingli verändert hatte, und zwar in seiner Gesinnung und in seinen Ansichten. Zwingli selbst sprach dabei nicht im gleichen Sinne von einer Bekehrung, wie er von einer früheren Veränderung in seinem Leben tat. Im Jahre 1516 hatte er nämlich eine intellektuelle Bekehrung erlebt, als er sich dem Denken von Erasmus öffnete. Es war aber offensichtlich, dass sich während seiner Krankheit seine Gesinnung verändert hatte. Denn jetzt sprach Zwingli über seinen Glauben und seine persönlichen Erfahrungen und von einer Hingabe, die im Schmelztiegel des Leidens geboren wurde, als er vor dem Tod stand.

Man spürte ein neue Leidenschaft in seinem Leben, wenn er von der Kirche, von der Notwendigkeit ihrer Erneuerung und der Wiederentdeckung der Bedeutung des Evangeliums im Neuen Testaments redete. In seinen Gesprächen mit Felix betonte er jetzt auch, wie wichtig das eigene Engagement von Felix für die Arbeit in der Kirche sei.

"Ein neuer Tag beginnt heraufzudämmern, der die treuen Gläubigen neu herausfordern wird," sagte Zwingli. "Die Kirche ist eine kleine Herde in einer ihr feindlich gesinnten Welt, eine Gruppe hingegebener Menschen, die in der Verfolgung, die sie erleiden werden, ihre Treue zum Evangelium Christi unter Beweis stellen müssen. Und du wirst einer ihrer Anführer werden."

Vom Rhein herauf kam die Nachricht nach Zürich, dass Martin Luther vom Kurfürsten von Sachsen unter Schutzhaft genommen wurde und sich nun in der Wartburg befand.

"Welch ein Glück für Luther," sagte Zwingli, "der Kurfürst hat ihn fürs erste gerettet."

Oft äusserte sich Zwingli gegenüber Felix und Jörg Binder, dass er Angst habe, Luther könnte wie Jan Hus zu einem Märtyrer werden. Aus tiefer Überzeugung kam es aus ihm heraus: "Ich will mich auf den gleichen Weg begeben, auch wenn es Leiden bedeuten sollte." Dann nahm er einen Brief von seinem Schreibtisch.

"Ich habe eben an meinen Freund Myconius in Luzern geschrieben. Ich möchte, dass ihr wisst, was darin steht." Er begann zu lesen: "Aus Blut ist die Kirche geboren, und es gibt keinen anderen Weg zu ihrer Wiederherstellung, als durch Blut ...." Felix erschauderte bei diesen Worten. Es waren hehre Worte, aber insoweit auch erschreckend, als dass sie keinen Zweifel daran liessen, wie sie sich verwirklichen würden. Die Aussichten waren ernüchternd.

Die Vereinbarungen, die Zwingli mit dem Grossrat von Zürich getroffen hatte, was das Stipendium für das Studium in Paris betraf, gaben Felix eine klare Richtung vor. Noch immer hatte er eine gewisse Angst zu gehen. Alle Berichte sagten, dass die Pest in Paris weiter grassierte. Er und Trini waren darüber sehr besorgt. Schliesslich konnte man aber aus den Nachrichten aus Paris entnehmen, dass die Pest eingedämmt sei, wiewohl Tausende Einwohner in Paris ihr Leben verloren hatten. Man hörte auch davon, dass einige der Schweizer Studenten, darunter auch Konrad Grebel, den Felix ja gut kannte, aus Paris geflohen waren und nun in Melun, dem Verwaltungssitz der Region Seine-et-Marne, lebten. Die Stadt lag an der Seine dreissig Kilometer flussaufwärts von Paris. Glarean, bei dem Felix studieren wollte, hatte seine Schüler ein wenig weiter in Marnay an der Seine angesiedelt und hielt nun dort seine Vorlesungen über griechische Sprache und Literatur.

Felix war gespannt, ob er das Stipendium nun bekommen würde angesichts der Pest und der zögerlichen Haltung anderer Studenten, ein Stipendium für Paris in Anspruch zu nehmen. Aber Zwingli ermutigte ihn, das Stipendium nun in Anspruch nehmen, und so machte er sich auf den Weg nach Paris.

Es war eine lange und ermüdende Reise. Die meiste Zeit reiste er allein und musste auf eine unterhaltsame Begleitung verzichten, wie er sie auf dem Weg nach Wien mit Jörg Binder erlebt hatte. Er genoss es aber, nordwärts Richtung Südschwarzschwald zu ziehen. Sein Weg führte an Freiburg vorbei und weiter nördlich nahm er eine Fähre über den Rhein. Mit einer gewissen Distanz beobachtete er die Herzlichkeit der robusten Bauern, die mit ihm fuhren, und blieb zwar für sich, hielt sich aber doch nahe genug, dass er ihre Gespräche mithören konnte. Von Zeit zu Zeit erzählte einer der Männer, dessen rote Nase eine ausgesprochene Vorliebe für Alkohol verriet, einen Witz, um dann die Reaktion von Felix zu beobachten. Felix lächelte und kicherte leise, doch mehr aus Freundlichkeit.

Die hoch emporragende Turmspitze des Strassburger Münsters grüsste schon von weitem. Als er in die Stadt kam, genoss er es nach den vielen einsamen Tagen auf der Reise wieder, unter Menschen zu sein. In den paar Tagen der Rast besichtigte er das Münster, und bei einem Besuch auf dem Markt ergab sich ein Kontakt zu einem Händler, der eine Versorgungsroute nach Paris unterhielt. Felix bewarb sich als Arbeiter auf einem dieser Versorgungswagen und verdiente sich auf diese Weise das Essen und die Möglichkeit, von Strassburg aus nach Paris fahren zu können. Er freute sich über die Abwechslung, die ihm die Arbeit mit dieser Versorgungsmannschaft in den folgenden paar Wochen brachte, und trotz begrenzter Französischkenntnisse gelang ihm unterwegs doch manche längere Unterhaltung. In Paris blieb er nur kurze Zeit und reiste dann weiter nach Marnay. Glarean hatte sich mit seinem Kreis junger Studenten vorübergehend dort niedergelassen. Er selber war gerade von einer Reise aus Basel zurückgekommen, und mit ihm waren einige Studenten aus der Schweiz gereist, die sich dieser Studentenverbindung anschlossen. Für Felix war es eine Erleichterung, in diesen Kreis von Studenten aufgenommen zu werden. Er fühlte sich wieder wohl unter Menschen seinesgleichen und stürzte sich ins Studium. Dass er in einer der interessantesten Städte der Welt lebte, schien keinen Einfluss auf sein Leben zu haben, und sein Augenmerk war nur auf die Bücher gerichtet, so als trüge er Scheuklappen. Von Zeit zu Zeit ging er nach Paris, doch nur um Kunstausstellungen und die Architektur zu besichtigen. Am meisten faszinierte ihn die turmlose gotische Architektur der Kathedrale von Notre Dame. Es war ein Meisterwerk von Menschenhand: die starken, hochragenden Strebepfeiler, die vom Symmetrieverständis des Menschen und den Ordnungen in der Schöpfung Gottes zeugten. Er liess sich hiervon in vielfacher Weise inspirieren, und es zog ihn oft dorthin, mehr als an jedes andere berühmte Gebäude in Paris. Eine andere Freude war ihm der Besuch der Messe in der Kirche Sacre Coeur, hoch auf einem Hügel über der Stadt.

In dem Studienhaus, in dem Felix seinen Studien nachging, ging es zu wie in einem Lateininstitut. Sogar im alltäglichen Leben sprach man Latein, das war für ihn neu. Seit Glarean Spezialvorlesungen in Griechisch und Hebräisch für fortgeschrittene Studenten gab, pflegte er zu dieser kleineren Gruppe eine engere Freundschaft. Doch Felix verbrachte die nahezu zwei Jahre, die er in Paris war, vorwiegend mit Studieren und kaum in Gesellschaft. Er las Homer in Griechisch, Livius in Latein und zahlreiche Auslegungen der Schriften des Alten Testaments in Hebräisch. Er fand ein wachsendes Interesse an der hebräischen Sprache, und ein noch ein tieferes Interesse am Studium der Propheten des Alten Testamentes.

Es hatte sich für Felix keine Gelegenheit ergeben, sich mit Konrad Grebel und seinen Freunden in Paris zu treffen, obwohl es seiner Meinung nach hätte möglich sein sollen. Als Felix in Paris ankam, war Grebel mit seinem Cousin Johann Jakob Grebel bereits auf dem Weg zurück nach Zürich. Später vernahm Felix die unerfreuliche Geschichte. Am 1. Januar 1519 hatte Grebel im betrunkenen Zustand spontan mit Glarean gebrochen und keine weiteren Vorlesungen mehr bei ihm besucht. Glarean erzählte Felix, wie enttäuscht er war über den Mangel an Disziplin und Interesse am Studium der kleinen Gruppe um Grebel. Besonders unerfreulich war für ihn ihre Zecherei und ihr ausschweifendes Leben.

"Konrad ist intelligent und hat eine dichterische Begabung, doch er vergeudete viel Zeit in den zwei Jahren, in denen er in Paris war," sagte Glarean. Am Lateininstitut erzählte man sich, dass Konrad Paris verlassen habe, um mit seinem Freund Johann Ammann nach Bologna zu gehen, um in Mailand oder in Padua oder Pisa zu studieren. In einem Brief von Jörg Binder hiess es, dass Konrads Bruder Andreas gestorben sei. Der jüngere Bruder hatte am Hof von König Ferdinand in Innsbruck gedient, war aber an Pest erkrankt und nach Hause gekommen. Dort war er Anfang September gestorben. Doch nach allem, was Felix hörte, hatte Konrad Paris möglicherweise mehr aus Angst um seine eigene Sicherheit verlassen.

Einige Monate nach dem Bruch mit Glarean war Konrad in ein Handgemenge verwickelt, bei dem zwei Franzosen getötet wurden. Sie gehörten offensichtlich zu der Gruppe von Räubern, die den Bershof ausrauben wollten. In dem Kampf, der ausbrach, wurden zwei von ihnen getötet, und es war nicht einfach, dies den französischen Behörden klar zu machen. Konrad und seine Gefährten befanden sich in einer gefährlichen Lage, in der sie hätten zum Tode verurteilt werden können. Eine Eingabe an den König bewahrte sie vor einer Verurteilung, aber das brachte ihnen keine Sicherheit vor den Banditen. So entschied sich Konrad aus Angst vor ihren Racheplänen, diese Gegend zu verlassen.

Felix folgte in seiner Ausbildung dem normalen Muster eines Universitätsstudiums jener Zeit, nur mit einer Ausnahme: Die Studenten an der Universität diskutierten viel über Martin Luther, den revolutionären deutschen Mönch, über den er mit Zwingli so oft gesprochen hatte. Felix hatte zwar Vorbehalte gegenüber Luther, weil er sich Rom gegenüber so offen widersetzte, doch konnte er sich noch mit aller Deutlichkeit darin erinnern, wie Zwingli in ihren gemeinsamen Gesprächen Luthers Reformation unterstützte, und das beunruhigte ihn damals sehr. In der Meinung, dass es besser wäre, an den Diskussionen teilzunehmen, um besser verstehen zu können, worum es ging, fing er bald an, Luther in seiner Überzeugung zu bewundern und kam zu einer ganz neuen Bewertung der Punkte, in denen dieser Mönch Rom anklagte.

Felix pflegte einen regen Briefwechsel mit seinen Freunden am Grossmünster. Dabei suchte er nach Anzeichen dafür, dass Zwingli Schritte in Richtung auf die Gründung einer Universität in Zürich unternehmen würde. Aus Jörgs Briefen erfuhr er aber schon bald, dass Zwingli verstärkt in Richtung einer Reform auf religiösem Gebiet tätig wurde. Zwingli sprach nun in seinen Predigten offen die Ungerechtigkeiten an, die er in der römischen Kirche erkannte. Als leitender Pfarrer in der Kirchengemeinde hatte er sogar öffentlich auf seine Pensionsansprüche an die römische Kirche verzichtet. Jetzt aber wurde er in seinem Vorgehen radikaler und führte in Zürich diejenigen an, die darauf drängten, sich von dem Bündnis der Stadt mit dem katholischen Frankreich zurückzuziehen. Inzwischen war er auch als Humanist ein überzeugter Pazifist geworden und setzte sich dafür ein, dass die Söhne Zürichs sich nicht mehr als Söldner verdingten. In einem Brief von Jörg an Felix hiess es, dass Oswald Myconius, ein guter Freund Zwinglis, der ganz auf der Seite Zwinglis stand, eine Streitschrift[1] verfasste gegen die Gepflogenheit von jungen Schweizern, als Söldner in ausländischen Heeren in den Krieg zu ziehen, und stärkte so die Position Zwinglis.

Felix begann sich sowohl in Paris, aber auch wenn er in Gedanken in Zürich war, wie ein Fremder zu fühlen. Er wusste, dass seine Zeit in Paris zu Ende gehen würde. Zwingli, so schien es ihm, war praktisch in das Lager Luthers übergewechselt, und das erfüllte ihn mit grosser Sorge. Er selbst war vom Standpunkt Luthers nicht völlig überzeugt und er hatte das Gefühl, persönlich mit Zwingli darüber reden zu müssen. Vielleicht sollte er die Nachrichten aus zweiter Hand nicht so ernst nehmen, auch wenn sie von einer Person stammen, der er hohen Respekt zollte.

In seinem neusten Brief hatte Jörg Binder seine eigene Begeisterung für Zwingli zum Ausdruck gebracht als einem Menschen, der ernsthaft die Heilige Schrift studiert und ein vollmächtiger Prediger ist. Zu jener Zeit ging Zwingli in seinen Predigten systematisch durch das Matthäusevangelium und betonte vor allem, was Christus vom Leben der Kirche erwartet. Danach plante er eine Predigtreihe über die Apostelgeschichte, über die beiden Briefe an Timotheus und über den Galaterbrief. Das Vertauen von Jörg Binder in diesen Mann als einem Ausleger der Schrift war wirklich berechtigt und diesbezüglich gab es kaum Anlass zur Sorge. Und doch gab es, wie Jörg Binder am Ende seines Briefes zugab, Vertreter der katholischen Kirche, die Zwinglis Haltung zum Evangelium recht kritisch gegenüber standen.

Im Sommer des Jahres 1522 beendete Glarean seine Vorlesungen in Paris und kehrte nach Basel zurück, um mit Oecolampadius zusammen die Reformation voranzubringen. Felix verabschiedete sich von seinen zahlreichen Freunden in Paris und zog mit ihm. Man reiste quer durch Frankreich Richtung Rhein und dann stromaufwärts nach Basel. Dort musste sich Felix von seinem Professor und sehr vertrauten Freunden verabschieden und zog dann weiter nach Zürich. Er war fest davon überzeugt, dass er nun nicht nur nach Hause, sondern auch an seine eigentliche Arbeit ging.

---

[1] Die Streitschrift hat im Englischen den Titel: “On Not Going To War”, die deutsche Version hiervon kann man aber gewiss nicht so übernehmen, man sollte den Originaltitel hiervon kennen.

Kapitel vier: Zusammenarbeit mit Zwingli

Zürich hatte sich inzwischen verändert. Felix spürte es, als er die Strassen entlanggging und sich der Atmosphäre der Stadt aussetzte. Wieder und wieder kamen ihm Äusserungen der unterschiedlichsten Leute zu Ohren, dass Zwingli in seinen Predigten das Schwergewicht auf das Evangelium legte. Die Auswirkungen davon, dass Zwingli in dieser Frage die geistliche Führung übernahm, konnte man am Besuch der Gottesdienste im Grossmünster sehen. Felix war überrascht über die Anzahl der Leute, die den Predigten zuhörten.

Sein junger Freund Konrad Grebel war nach einem kurzen Aufenthalt in Mailand und in Basel nach Zürich zurückgekehrt. Er hatte in der Zwischenzeit geheiratet, was Felix sehr überraschte. Felix traf beide zusammen das erste Mal nach einem Predigtgottesdienst im Grossmünster. Er musste ein wenig lachen, als Konrad ihm seine Frau Barbara vorstellte mit den Worten: "Das ist meine Holokosme (meine ganze Welt)". Felix konnte sich seinen jungen, ungestümen Freund einfach nicht als Ehemann vorstellen. Konrad fuhr dann fort: "Felix, auch du solltest heiraten, die Ehe ist das Herz meines Lebens."

Felix lachte wiederum und warf einen diskreten Blick auf die Frau, die Konrad so völlig für sich eingenommen hatte.

"Vielleicht, aber zuerst muss ich eine Frau finden, die jemanden wie mich möchte," scherzte er.

"Oh, sie ist ganz in der Nähe," erwiderte Konrad. "Mach nur deine Augen auf."

Felix dachte an Trini, und seine Augen wurden feucht.

"Ich werde schon heiraten," sagte er sanft, "im Augenblick aber noch nicht, denn ich kann ihr noch nichts bieten." Er hielt einen Moment inne und fragte dann: "Wo wohnt ihr, Konrad?" Er wollte das Gesprächsthema wechseln.

"Wir leben momentan bei meinen Eltern. Ich weiss aber nicht wie lange noch, denn die Familie ist ohnehin schon sehr gross. Vielleicht hast du es schon bemerkt, wir erwarten in drei Monaten unser erstes Kind."

"Oh, herzlichen Glückwunsch!"

"Und jetzt, wo du aus Paris zurück bist, wirst du nun ein Mitarbeiter Zwinglis?"

"Das hatte ich mir vorgenommen. Ich hatte ein Gespräch mit Leo Juda, Engelharts Kollege im Fraumünster, und hörte von der Gruppe von Gelehrten, die sich zu Studium und Diskussion hier im Grossmünster trifft. Juda und ich kommen tatsächlich aus ähnlichen Verhältnissen, beide sind wir nichtlegitime Söhne von Männern im Priesterstand, das verbindet uns."

“Ja,” sagte Konrad. “Das kann ich verstehen. Ich war jetzt einige Monate bei den Treffen dieser Gelehrten und ich bin gespannt auf das, was kommt. Du musst unbedingt auch kommen.”

Am nächsten Morgen um sieben ging Felix zum ersten Mal zu einem dieser Gelehrtentreffen mit Zwingli. Es fand im Chorraum des Münsters statt. Felix wurde von Leo Juda begrüsst, der ihn dann den anderen vorstellte. Unter diesen Teilnehmern fühlte sich Felix besonders zu Simon Stumpf hingezogen. Der war Pastor in Höngg und war ein interessanter, beeindruckender Mann. Zwingli führte sie in ein sorgfältiges Studium des Schrifttextes, und schon bald war man in einem angeregten Gespräch. Aus seiner Exegese ergaben sich neue Einsichten in das Evangelium, die eine Anwendung im Leben und in der Arbeit der Kirche erforderlich machten. Er nannte diese Treffen “Schule der Prophetie”, denn sie nahm die Teilnehmer mit hinein in eine sehr sorgfältige Auslegung der Bibel.

Innerhalb der Gruppe verriet die Achtung, die man Simon Stumpf entgegenbrachte, dass er ein sehr vollmächtiger und beliebter Prediger war. Und Felix war ganz überrascht, dass man auch Konrad Grebel eine ähnliche Wertschätzung entgegenbrachte. Ja, man schätzte sich überhaupt innerhalb der Gruppe gegenseitig, und das schien zu einer grossen Offenheit beim gegenseitigen Austausch zu führen.

In den folgenden Wochen besuchte Felix regelmässig Zwinglis Gottesdienste. Doch in seinem Innern machte sich zusehends eine Frustration breit, da die Reform der Kirche im Augenblick so im Vordergrund stand, dass sie jegliches Gespräch über sein ersehntes Universitätsprogramm in Zürich verdrängte. Der Vortragsstil Zwinglis bei seinen Predigten war eindrücklich. Ein Zuhörer beschrieb seinen Eindruck so: “Es war, als würde mich jemand an den Haaren vom Boden hochziehen.”

Felix wurde mehr in seinem Intellekt angesprochen. Die Predigten, die Lektionen in der Schule der Prophetie und das Lesen der Heiligen Schrift in Griechisch und Hebräisch weckten in ihm nach und nach eine neue Sicht für die unbeschreibliche Grösse des Glaubens, dem er sich dabei beständig gegenüber sah.. Als er dies zum ersten Mal realisierte, wusste er noch nicht, dass sein Inneres nach einem persönlichen Glauben verlangte, der ganz im Gegensatz stand zu einem Fürwahrhalten von Lehrsätzen, zu den üblichen Ordnungen im Leben der Kirche, zum Umgang mit den Sakramenten, zur Ehrfurcht, die man der Monstranz entgegenbrachte, und zur Befolgung all der kirchlichen Feiertage.

Zwinglis besonnenes Vorgehen in seiner Ablehnung der kirchlichen Tradition brachte Felix dazu, ihn als jemand zu achten, der darauf bestand, dass jeder selbst verantwortlich ist für sein Handeln. Felix sprach darüber mit Jörg Binder, der ihm hierzu erwiderte: “Felix, es ändert sich alles um uns herum. Während der Fastenzeit, ehe du zurück nach Zürich kamst, ereignete sich etwas Entsetzliches. Einige der Arbeiter in Froschauers Druckerei assen Wurst zum Mittagessen, und das gerade an einem Tag, an dem Zwingli auch in der Werkstatt war, und er hat es stillschweigend gebilligt."

"Wurst? Während der Fastenzeit?", rief Felix entsetzt.

"Ja, während der Fastenzeit! Ich bin mir sicher, dass dies der Anlass für Zwingli war zu seiner Streitschrift ‚Von Erkiesen[2] und Freiheit der Speisen', die er wohl kurz nach dem Besuch zweier Gesandter schrieb, die ihn im Auftrag von Hugo von Hohenlandenberg, dem Bischofs von Konstanz, ermahnen sollten. Es handelte sich dabei um angesehene Männer, nämlich Bischof Melchior Wattli und der Theologe Nikolaus Bredlin. Zwingli bezog sich in dieser Schrift auf sie und nannte sie eine ‚unnötige, grossartige Delegation'. Und das ist nicht alles. Am 2. Juli schickte Zwingli zusammen mit zehn anderen Priestern eine Bittschrift an Seine Ehrwürden, den Fürsten Hugo, Bischof von Konstanz. Darin baten sie um die Freiheit, die Frohbotschaft in evangelischer Weise predigen zu dürfen und um die Heiratserlaubnis für die Priester!"

Als Felix das vernommen hatte, begann er über seine eigene zukünftige Rolle in dieser Bewegung nachzudenken. Zuerst kamen ihm dabei seine Fähigkeiten als Gelehrter in den Sinn und dann seine eigenen geistlichen Erfahrungen. Zwingli beschäftigte sich mit Themen, über die Felix zwar nachgedacht hatte, es aber nicht wagte, sie bis zur letzten Konsequenz durchzudenken. Seine Gedanken mussten in Taten münden, wenn er an Zwinglis Bewegung mitwirken wollte.

Jörgs Stimme holte ihn wieder aus seiner Versunkenheit zurück. "Man weiss," sagte er halblaut, "dass Zwingli heiraten will. Man weiss, dass er die Witwe Anna Reinhart verehrt."

Felix fühlte sich unwohl, dass ihr Gespräch in Klatsch umzuschlagen drohte. "Ist das allgemein bekannt?", fragte er.

"Nein, ich würde nicht sagen, dass dies öffentlich bekannt ist. Der Rat aber weiss, dass er eine eheähnliche Beziehung mit der Tochter des Friseurs in Einsiedeln gehabt hatte. Wie auch immer, jedenfalls erlaubt es der Bischof gegen Zahlung einer Gebühr." Felix' Gedanken wanderten zu seinem eigenen Vater, und Jörg, der darum wusste, wechselte das Thema.

"Hast du von Grebels Vorladung vor den Rat letzten Juli gehört?"

"Nein," erwiderte Felix ganz interessiert. "Grebel vor dem Rat? Das ist neu für mich. Was war geschehen?"

"Ja, am 7. Juli wurde Konrad zusammen mit Klaus Hottinger, Heinrich Aberli und Bartholomäus .Pur, die du bald kennen lernen wirst, vor den Züricher Rat geladen. Der Rat wies sie scharf zurecht wegen ihrer Auseinandersetzung mit den Mönchen, denn sie hatten ihre Äusserungen gegen sie veröffentlicht. Vor dem Rat wurde besonders Konrad so kühn, dass einer der Ratsherren auf seine spitzen Bemerkungen hin sagte: ‚Der Teufel selber ist im Ratszimmer'."

"Ich nehme an, er meinte damit Konrad?", lachte Felix leise.

---

[2] Hier sollte man sich auch genau nach dem Originaltitel erkundigen.

“Ja, aber Konrad erwiderte daraufhin: ‚Der Teufel sitzt nicht nur im Ratszimmer, er sitzt sogar mit den Ratsherren zusammen auf der Bank, hat doch einer von euch gesagt, man könne das Evangelium genauso gut auch einem Misthaufen predigen! Wenn sich die Räte der Ausbreitung des Evangeliums in den Weg stellen, dann werden sie dabei selbst umkommen’.”

“Das war Konfrontation genug!” entfuhr es Felix. “Konrad scheint von Zwinglis Versuchen zur Erneuerung ziemlich vereinnahmt zu sein.”

“Das ist er,” erwiderte Jörg, “zumindest was die Reform betrifft.”

Im Spätsommer wurden die Besuche von Felix in Zollikon immer regelmässiger. Da er gerne mit Trini zusammen war, wurde für ihn der Gang zum Bauernhof von Hottingers selbstverständlich, mehr als sein Weg nach Hause. Um den Herbstanfang herum nahm ihn jedoch sein Studium der Heiligen Schrift fast die ganze Zeit in Anspruch. Es wurde ihm zunehmend die Bedeutung des Humanismus bewusst, den er im Studium kennengelernt hatte. Denn er stellte eine Brücke dar zwischen dem Sakramentalismus und der Art, wie Zwingli das Evangelium in seinen Predigten verkündigte. In Felix stieg eine Unruhe auf und Fragen über Fragen kamen auf, die nach einer Lösung verlangten. Der Hunger seiner Seele trieb ihn zu einer gründlichen Selbsterforschung mit seinem scharfen Verstand.

“Wie steht es mit meiner Beziehung zu Jesus Christus? Ist meine Religion, wie Zwingli predigt, nur wenig mehr als Form und Ritual?” Diese Fragen bewegten ihn immer und immer wieder: “Habe ich, wie Zwingli sagt, den Ruf Christi ernst genommen, mein Kreuz auf mich zunehmen und ihm zu folgen? Bin ich ein Jünger oder nur ein Gelehrter?” Trini hörte sich seine Fragen an, wartete aber geduldig ab, bis er seine eigenen Antworten fände.

Im Lauf der Zeit wurde Felix in der Gruppe von Gelehrten um Zwingli zu einer der bestimmenden Personen bei der Gesprächen. Er war nun fest davon überzeugt, dass es eine Wiedergeburt durch den Geist gab, die er noch nicht erlebt hatte. Je länger sie die Briefe von Paulus, und dabei besonders den Epheserbrief, studierten, desto offensichtlicher wurde es für Felix, dass er sich persönlich völlig Jesus Christus hingeben musste. Eines Morgens sprach er im Karolinum mit seinem Freund Jörg von dieser seiner Überzeugung. Dass Jörg Binder freimütig eingestand, dass dies auch bei ihm selbst der Fall sei, erhöhte in Felix noch den Eindruck von der Dringlichkeit hierfür.

“Jörg,” sagte er, “ich verstehe jetzt vielleicht noch nicht alles, auch was dies für meine Zukunft bedeuten mag, aber ich muss mich völlig Christus hingeben und seine Wege gehen in aller Aufrichtigkeit, zu der ich in der Lage bin.”

Jörg starrte auf den Boden und stiess mit seinem Fuss ein Stück Papier von sich weg. Felix war gespannt, was er wohl dachte. Dann kam es aus Jörg heraus: “Ich schliesse mich dir an, ich muss mich dieser Wahrheit stellen.”

In einem der Klassenzimmer, in dem sie soviel Zeit miteinander verbrachten, um geistliche Dinge zu lernen, sie aber in Wirklichkeit nie erfahren hatten, knieten sie gemeinsam nieder und begannen zu beten.

Als Felix betete, war es ihm, als würde seinem Geist ein Licht aufgehen. Die Schwere, die er so lange mit sich getragen hatte, wurde von ihm genommen, und in seinem Kopf ertönten die freudigen Klänge des "Gloria". Er erhob sich von seinen Knien mit einem neuen Leuchten. Und in ihrer Begeisterung umarmten sie sich.

"Diesmal bin ich mir ausnahmsweise sicher, ich bin ein Kind Gottes, ich gehöre zu seiner Familie!" rief Felix aus.

Aus Jörg platzte es heraus: "Es ist wunderbar, sagen zu können: ‚Jesus ist mein Herr', und sicher zu wissen: ‚Ich habe mich für Christus entschieden'!"

"Ja, denn ist jemand in Christus," begann Felix aus dem 2. Korintherbrief zu zitieren, "so ist er eine neue Schöpfung."

Felix unterrichtete an diesem Tag mit einer inneren Ruhe, aus der eine zunehmende Geduld mit seinen Studenten erwuchs. Zum nächsten Treffen in der Schule der Prophetie ging er mit neuem Enthusiasmus. Er konnte es kaum erwarten, von seiner Erfahrung zu erzählen, die ihn verändert hatte. Doch wie sollte er beschreiben, was geschehen war? Und wie konnte er eine solch völlige Wiedergeburt beschreiben?

Als er sich dem Tor des Grossmünsters näherte, kam Konrad Grebel gerade aus einer Seitenstrasse auf ihn zugeeilt. Da war etwas anderes in seinem Ausdruck. Er war immer ein ungestümer Mann gewesen, doch jetzt war da eine Kraft und ein Leuchten in seinen Augen, die waren vollkommen neu. Vielleicht ist das Kind geboren worden, dachte Felix. Als aber Grebel vor ihm stand, offenbarten seine ersten Worte, was geschehen war.

"Felix, ich bin ein neuer Mensch! Mein Leben hat sich verändert," er hielt er einen Augenblick inne und setzte dann bescheiden hinzu: "Ich bin wirklich durch den Geist geboren."

"Ich weiss, was du meinst, Konrad!" Felix nahm Grebels Hand fest in beiden Hände und seine Stimme zitterte vor Aufregung. "Ich habe das gleiche Wunder erlebt."

Grebel sah ihn erstaunt an.

"Meinst du, dass du auch vom Geist Gottes verändert wurdest?"

"Genau das meine ich, Konrad. Ich bin ein Nachfolger Jesu Christi geworden, ein Kind Gottes, durch den Glauben."

Die beiden Männer fielen einander in die Arme und Konrad rief: "Dann sind wir Brüder!"

In diesem Augenblick fühlte sich Felix Konrad näher, als er sich jemals jemandem gegenüber gefühlt hatte. Mit einem ungetrübten Lächeln in ihren Gesichtern gingen sie miteinander in die Kirche. In ihrer Begeisterung gewannen sie einen neuen Freimut und dazu ein völlig neues Gefühl des Friedens und der Freude an ihrem gemeinsamen Glauben. Diejenigen, die sich schon im Saal eingefunden hatten, blickten sie an. In einigen Gesichtern konnte man die Neugier lesen über die Begeisterung, die Felix und Konrad an den Tag legten. Felix wandte sich so laut, dass es alle hören konnten, an Zwingli:

“Ulrich, es ist etwas an uns geschehen. Deine Predigten haben uns zu neuen Glaubensschritten geführt, zu einer neuen Hingabe an Jesus Christus.”

Zwingli sprang auf und ging auf beide zu. Mit dem einen Arm umfasste er Felix und mit dem anderen Konrad.

“Das ist es, wofür ich gebetet habe! Ich bin zu der inneren Überzeugung gekommen, dass es wichtig ist, dass jede Person, die im Glauben zu Christus kommt, durch Jesus Christus ein Priester vor Gott wird,” und zu Konrad gewandt sagte er: “Und du mein Freund? Ist das auch für dich wahr?”

“Ja, als ich Zuhause Barbara von meinen neuen biblischen Entdeckungen erzählte, dämmerte es mir plötzlich, dass ich selbst im Glauben Schritte vorangehen müsste, die weit über das hinausgehen würden, was ich ihr gerade erzählte, hinein in die eigene Erfahrung der Gerechtigkeit Christi.”

Zwingli lächelte und sprach in der einem Pastor eigenen Direktheit: “Wenn du das tust, Konrad, werden all deine Studien und Erfahrungen, die du bisher machen durftest, auf neue Art lebendig werden.”

An diesem Tag konzentrierten sie sich bei der Betrachtung des Römerbriefs in ihrer Kleingruppe auf die Bedeutung der Gerechtigkeit aus Glauben. Nach und nach begannen auch andere in der Gruppe zu bezeugen, wie ihnen die Bedeutung des Glaubens in neuer Weise bewusst wurde. Zwingli war sichtlich bewegt.

“Dies ist nicht einfach eine Veränderung in der Struktur der Kirche,” sagte er. “Es ist eine Änderung im Verständnis vom Wesen und der Bedeutung der Kirche. Wir werden zu einer Gemeinschaft von Glaubenden. Das wollen wir auch an andere weitergeben, denn es gibt noch viele, die diese Wirklichkeit kennen lernen sollten.”

Später an diesem Tag ging Felix wie gewohnt zu Trini nach Zollikon. Er hatte es eilig, und der Weg kam ihm heute länger vor als sonst, er konnte es kaum erwarten, ihr von der neu gewonnenen Erkenntnis von der Bedeutung seines Glaubens an Christus zu erzählen.

“Trini, mein ganzes bisheriges Leben kam ich mir vor wie ein namenloser Mensch, jemand, der nirgends dazugehört. Jetzt aber habe ich ein Zuhause. Ich gehöre wirklich zur Familie Gottes.”

“Felix, du hast immer irgendwo dazugehört. Du bist der Sohn des bekannten Münsterkantors. Aufgrund seiner Position und deiner Ausbildung war es dir möglich, in den besten aristokratischen und gelehrten Kreisen zu verkehren. Und in unserer Familie warst du immer herzlich willkommen und wohl geachtet.”

Sie hielt inne, schaute ihm ins Gesicht und fuhr dann fort: “Ich wusste aber, dass du eine Leere in dir hattest, und ich bin froh, dass diese Leere nun ausgefüllt ist.”

Felix sah die Aufrichtigkeit aus ihren Augen leuchten, und er spürte, wie ihm das eine innere Erleichterung verschaffte und ihn neu ermutigte.

Mit Zwinglis Unterstützung begann Felix nun eine Bibelstudiengruppe in seiner eigenen Wohnung. Aufgrund seiner Hebräischkenntnisse legte er das Alte Testament aus der hebräischen Bibel aus und übertrug dabei den Text selbst ins Deutsche. Anfänglich nahmen nur Konrad Grebel und seine Frau, Jörg Binder, seine Mutter Anna und sein Bruder Heinrich daran teil. Obwohl sie die hebräischen Worte nicht verstanden, waren sie doch begeistert bei der Sache, als Felix ihnen die Passagen übersetzte.

Innerhalb weniger Wochen wuchs die Gruppe und es kamen Freunde aus Zollikon und der neue Pfarrer Wilhelm Reubli hinzu. Wilhelm kam aus Lauffenburg am Rhein nach Zürich. Er war in Rottenburg, in Süddeutschland, geboren und hatte in Freiburg studiert. Vor seiner jetzigen Anstellung war er Pfarrer in der St. Alban Kirche in Basel. Konrad hatte ihn während seiner kurzen Zeit in Basel bei den Treffen kennengelernt, wo man sich zum Gespräch mit dem berühmten Erasmus traf.

Da Felix, Konrad und auch andere in der Gruppe mit den Verhältnissen in Basel vertraut waren, stellten sie Wilhelm viele Fragen über seine dortige Arbeit und insbesondere über seine Erfahrungen in der Pfarrei St. Alban.

Ohne einen Anflug von Stolz erzählte er ihnen von seinen bemerkenswerten Erfolgen, deren er sich erfreuen konnte.

“Oft kamen bis zu Tausend Personen zu meinen Predigten,” sagte er, und fuhr mit sichtlicher Verärgerung fort: “Doch beim Stadtrat war ich nicht so beliebt wie bei den Leuten. Nachdem ich zu Luthers evangelischer Lehre überging, begann ich klar zu predigen, dass die Heilige Schrift einzig und allein heilig sei und die Monstranz nur tote Materie enthielte. Und am 27. Juni vergangenen Jahres wurde ich vom Stadtrat aus Basel ausgewiesen.”

Sie alle schätzten Wilhelm mit seinen Gaben und Fähigkeiten, und innerhalb kürzester Zeit erhielt er eine Aufgabe in Zürich. Er predigte regelmässig im Fraumünster, das der Jungfrau Maria geweiht war, und sie gingen auch in diese Gottesdienste, um ihn zu hören. Danach wurde er von Zwingli und dem Rat zum zweiten Prediger in Witikon und Zollikon berufen. Besonders in Zollikon zogen seine Predigten grosse Massen an. Felix ging oft mit Trini und ihrer Familie zu seinen Predigten. Im Grossmünster ging von Zwingli die grosse Anziehungskraft aus, Reubli hingegen war in den umliegenden Städten sehr beliebt. Er drückte sich nicht so gewählt aus wie Zwingli, sondern sprach einfach und forsch, sodass die ländliche Bevölkerung nur so herbeiströmte. Schon bald entstand eine Freundschaft zwischen Reubli und Johannes Brötli, dem zweiten Pfarrer in der Kirche in Zollikon, und sie arbeiteten einträchtig miteinander. Beide schlossen sie eine Freundschaft mit Andreas Castelberger, einem Buchhändler, der aus der Ostschweiz hierher gezogen war und in Zürich einen Buchhandel eröffnete. Er hatte auch mit

Bibelstunden begonnen. Andreas war auch ein Freund von Konrad Grebel geworden, sie betrieben zusammen einen An- und Verkauf von Büchern. Er hatte auch schon früher in Konrads Bibelklassen gesprochen.

Reubli nahm Castelberger mit in den Bibelkreis, den Felix leitete. Im Verlauf des Bibelgesprächs begann Felix immer mehr zu staunen über die Hingabe, mit der Andreas im Glauben stand und wie sehr er die Autorität der Heiligen Schrift betonte. Castelberger ging an einem Stock und hiess "der Krüppel", doch von seiner Behändigkeit und sprudelnden Aktivität waren alle gleich beeindruckt, wenn sie ihn zum ersten Mal trafen. Er schien geradezu vor Energie zu sprühen. Er erzählte ihnen davon, wie er für Zwingli gearbeitet und Botschaften zwischen Einsiedeln und Glarus hin und her getragen habe. Er war nicht nur von Chur aus quer durch die Ostschweiz gereist, sondern war auch ziemlich viel im Gebiet rund um Zürich und westlich von Basel unterwegs. Seine Bibelklassen entstanden ursprünglich aus Interesse an evangelischen Predigten, die sich südlich von Sachsen ausgebreitet und Luthers Ansichten zum Gegenstand hatten. Durch seinen umfangreichen Buchhandel stand er auch in Geschäftsverbindungen mit Druckereien aus Frankfurt und Nürnberg und gewann so ein vertieftes Verständnis der reformatorischen Stimmen. Gleichwohl war das, was er unterrichtete, in seiner Art einzigartig, er legte die Heilige Schrift auf seine eigene, einmalige Weise geradlinig und einfach aus.

Es kamen viele ganz unterschiedliche Leuten zum Studium der Heiligen Schrift zusammen, und die Erweckung in Zürich nahm zusehends ihre eigene Gestalt an. Felix erkannte, dass die Gruppe keinesfalls nur ein Ableger von Luthers Arbeit im Norden Deutschlands war. Dies wurde offensichtlich, als Zwingli im August seine Schrift "Apologeticus / Archeteles"[3] veröffentlichte. In der Bibelgruppe von Felix nahm man sich Zeit zum Studium dieser Schrift und sprach über ihre Bedeutung und Tragweite. Zwingli hatte am Ende dieser Schrift ein Gedicht von Konrad Grebel aufgenommen und ihm damit Anerkennung gezollt. In diesem Gedicht hatte Konrad die Hierarchie der römischen Kirche angegriffen. Auch Felix schätzte an Konrad dessen dichterische Begabung, und er wusste auch, dass er in Basel mit dem berühmten Poeten Kasper Ursimus Velius in Verbindung stand, so beglückwünschte er Konrad zur Veröffentlichung dieses Gedichtes. Konrad erwiderte: "Ich bedaure nur, dass ich zu jener Zeit nicht um die Bedeutung des persönlichen Glaubens an Jesus Christus wusste. Ich wünschte, ich hätte in dem Gedicht ein Zeugnis der Rechtfertigung durch Glauben als Antwort auf die Leere der religiösen Formen einfügen können." Felix war nicht überrascht von der demütigen Haltung Konrads und bewunderte dessen Überzeugung.

---

[3] Archeteles bedeutet "Anfang und Ende". Wahrscheinlich gab Zwingli seiner Schrift diesen Namen, weil er hoffte, dass diese erste Antwort auch die letzte sein würde.

Felix selber war zunehmend begeistert, mit Zwingli in der Kirchenreform zusammenarbeiten zu können. Niemals zuvor war er so lebhaft und motiviert. Er wusste um die Bedeutung seiner Mitarbeit und dachte, er könne nun sogar die Zukunft des Christentums mit beeinflussen. Die Ermutigung durch Zwinglis steigerte noch seine Begeisterung für das Studium der Heiligen Schrift in den Originalsprachen. Zwingli drängte ihn, die Klassen mit den jungen Gelehrten weiterzuführen und bat ihn selbst um Privatstunden in Hebräisch. Sprachen waren nicht Zwinglis stärkste Seite, und so wurde Felix zum Sprachlehrer seines theologischen Mentors.

An einem ihrer Gruppentreffen Anfang Oktober überraschte sie Zwingli mit einem Schreiben von Makrinus, einem Freund aus Solothurn. Der brachte darin seine Freude zum Ausdruck, dass Konrad Grebel ein hervorragender Verfechter der Reformation sei und sich für das Evangeliums einsetze. Zwingli las dies mit offensichtlicher Genugtuung, und sein Blick wanderte von Konrad Grebel zu Felix und dann zu Jörg und Leo Juda, um dann anzufügen: "Eine meiner grössten Genugtuungen ist dieser Kreis von Gelehrten, die hingegeben in dem neuen Leben in Christus leben. Und ich bin dankbar, dass ihr mich unterstützt in dem kühnen Unterfangen, das wir begonnen haben."

In den letzten Monaten des Jahres 1522 begann Zwingli, seine theologische Richtung noch klarer herauszuarbeiten und damit vermehrt auch an die Öffentlichkeit zu treten.. Er ging davon aus, dass seine Art der Auslegung der Heiligen Schrift und seine Predigten ebenso gewiss auf eine Konfrontation mit Rom hinausliefen wie dies bei Luthers Lehre in Sachsen geschah. Zwingli begann seine Gruppe auf die endgültige Auseinandersetzung, die er als unausweichlich ansah, vorzubereiten. Er ging davon aus, dass er von seinem Pfarramt als römischer Priester zurücktreten musste. Er hoffte aber, dass er mit Unterstützung durch die breite Bevölkerung in Zürich und auch durch den Rat als Leutpriester im Grossmünster wieder eingesetzt werden würde. "Dies," sagte er, "wird es mir ermöglichen, die Ordnungen in der Kirche so zu gestalten, dass sie sich mit dem von mir gepredigten Evangelium im Einklang stehen."

In seinem Eifer sandte Zwingli ein Exemplar seines *Archeteles* an Erasmus nach Basel. Doch als er daraufhin nur einen kurzen Brief erhielt, in dem ihn Erasmus vor Überheblichkeit bei seinem Vorgehen gegen Rom warnte, blieb seine Enttäuschung nicht verborgen. Zwingli teilte seiner Gruppe mit, dass er nach den Weihnachtstagen nach Basel reisen wollte, um eine Gelegenheit zum persönlichen Austausch mit Erasmus zu suchen. Er wollte den Gelehrten herausfordern, der wie Luther in seiner ersten Zeit hoffte, die Kirche erneuern zu können und so die Einheit der Kirche erhalten bliebe.

Seine Freunde kannten Zwinglis Haltung: Durch ihren Widerstand gegen Luther hatte sich die römische Kirche selbst als ungehorsam erwiesen. Zwingli verfolgte nicht den gleichen Weg wie Erasmus, und der Kreis der Gelehrten um Zwingli, zu denen auch Felix gehörte, war mit ihm gleicher

Meinung. Sie mussten sich darauf gefasst machen, den selben Preis zu bezahlen, den Luther bezahlen musste. Die Frage, die sich ihnen stellte, war, ob sie in der Lage waren, eine neue, schriftgemässe Kirche zu gründen. Die entscheidende Frage, um die es ging, so glaubte Felix, war die Autorität der Heiligen Schrift, und dass sie selbst unter der Führung Jesu Christi stünden.

"Christus sagte zu den Aposteln," so predigte Zwingli, ",in der Welt habt ihr Drangsal', und zu anderer Gelegenheit: ,ihr müsst gehasst werden von jedermann um meines Namens willen', und: ,ja, die Stunde wird kommen, dass wer euch tötet, meinen wird, er tue Gott einen Dienst damit'. Es wird also immer Menschen geben, die uns Christen verfolgen, weil Christus in uns ist, selbst wenn sich die anderen vielleicht noch rühmen, sie kämen auch im Namen Christi. Jene aber gehorchen lieber Menschengeboten als dem Gebot Gottes, und es fehlt ihnen darum offensichtlich das Kennzeichen Christi. Wenn sie ihre eigenen Gebote höher achten als seine Gebote .... ist das nicht das Feuer, das das Werk eines jedes Menschen offenbar machen und ans Licht bringen wird, ob er für die Ehre der Welt oder für die Ehre Christi kämpft?"

Felix hörte gespannt zu, als Zwingli über sein Verständnis von der Kirche sprach, die treu ist gegenüber der Autorität der Heiligen Schrift. Es war ermutigend, aber nicht angenehm, Zwingli sagen zu hören: "Die Welt wird Christus niemals akzeptieren, ja sogar da, wo Christus von der Belohnung spricht, verbindet er dies mit der Ankündigung von Verfolgung. Er sandte die Seinen aus wie Schafe mitten unter die Wölfe."

Ende des Jahres 1522 erkannten Felix und der Freundeskreis um Zwingli klar, dass Zwingli nun beabsichtigte, mit der Kirche Roms zu brechen. Zwingli warnte sie jedoch davor, dass nicht jeder, der gegen Rom war, auch gleicher Meinung sei wie sie selbst. An einem der Treffen in der Schule der Prophetie unterschied er drei Klassen von Evangelischen.

"Die eine Klasse ist lediglich antikatholisch, sie protestieren nur gegen etwas und ihr Glaube besteht allein darin, dass sie nicht länger Katholiken sein wollen. Die zweite Klasse sind die Wüstlinge, sie sehen im Evangelium einen Freibrief, ihren eigenen Gelüsten nachzugehen. Die dritte Gruppe sind solche wie wir, die im Wort Gottes arbeiten, also die evangelischen Pastoren und Gelehrten hier in Zürich. Nicht alle in der Kirche hier in Zürich können diese geistliche Erneuerung, von der wir reden, verstehen, ich bin aber so dankbar für diejenigen unter euch, die mit mir bei der Arbeit am Wort Gottes sind."

Felix bewegten ähnliche Sorgen, auch er wollte eine Trennung machen zwischen denen, die mit Recht zu ihrer Gruppe gehörten, und denen, auf die dies nicht zutraf. Er fragte Zwingli: "Welche Richtung verfolgst du bei den Bibelklassen, die im ganzen Kanton stattfinden? Mit meiner universitären Ausbildung und meinen Plänen bezüglich einer Lehrerausbildung mag ich vielleicht in gewisser Weise voreingenommen sein, aber sind die, die solche Klassen leiten, auch wirklich dazu fähig?"

Zwinglis fester Blick auf Felix war kaum zu deuten. Mit gleicher Intensität wanderte der Blick des Leiters zu Grebel, zu Castelberger, Juda, Binder, Bartholomäus Pur, den Bäcker, der zu ihnen gestossen war und zu Bolt Eberli, einem Pastor in Zollikon. Dann sagte er: "Die Vielfalt von Leitern ist ein Risiko, das wir in Kauf nehmen müssen. Ich unterstütze die Bibelklassen voll und ganz. Kürzlich schrieb mir mein Freund Vadian aus St. Gallen von solchen Gruppen, die sich um Johann Kessler versammeln. Er sagt, es gebe eine bedeutende Erneuerung in dieser Gemeinschaft aufgrund das Studiums der Heiligen Schrift. Ich glaube, dass der einfache Mann am Brunnen des Lebens trinken sollte."

Er hielt einen Augenblick inne und fuhr dann noch entschiedener fort: "Wir müssen darauf vorbereitet sein, die Schritte zu tun, die zur Stärkung des Glaubens und zum Wachstum im Gehorsam aller jener Menschen nötig sind, die das Wort Christi ernst nehmen. An den Bauernaufständen in Bayern, in Schaffhausen und auch hier in der Schweiz wird klar, dass sie im Wort Gottes unterwiesen werden müssen. Jetzt ist die Zeit zur Gründung einer neuen Volkskirche."

Kapitel fünf: Auf der Suche nach der wahren Kirche

Es war Anfang Januar 1523. Der Plan zur Disputation über den Katholizismus hatte klare Züge angenommen und die Vorbereitungen hierfür wurden auf das Ende des Monats hin getroffen. Nahezu drei Jahre lang hatte Zwingli über die Reform gepredigt. Er verkündigte den evangelischen Glauben und ermutigte zu Bibelklassen und zur Einbeziehung von Laien bei der Suche nach der Wahrheit, wie sie in der Heiligen Schrift zu finden ist. Die Reise nach Basel und seine Unterredung mit Erasmus bestärkten ihn in dieser seiner Überzeugung. Sein Schwerpunkt auf dem Grundsatz *sola scriptura* (nur die Heilige Schrift), die Autorität der Schrift allein, wurde von immer mehr Menschen in der Kirche gehört, obwohl die meisten von ihnen sich immer noch zur römischen Kirche zählten. Die Frage lag in der Luft: Ist ein Bruch mit Rom in Sicht?

Obwohl der Geist der Reform die Stadt durchdrang und Zwingli vollmächtig predigte, änderten sich die Formen im Kirchenleben nicht. Zwingli griff wiederholt die Anbetung von Bildern an und prangerte die wirtschaftliche und soziale Ungerechtigkeit der Zeit an. Er sprach sich gegen die Kindertaufe aus, gegen die Austreibung von Teufeln, gegen das Sakrament der letzten Ölung, alles Dinge, die den Menschen eine falsche Sicherheit vermittelten und dem Verständnis für eine Errettung durch Glauben im Wege standen. Zwingli wartete jedoch noch mit der Änderung der Formen in der Kirche, und dieses Zögern schuf Unfrieden innerhalb seines Freundeskreises und auch unter den evangelisch gesinnten Leuten, die zu seinen Predigten kamen. Felix und Konrad drängten Zwingli beständig in ihrer eigenen kleinen Gruppe, auf den Bruch mit Rom hinzuarbeiten und eine wahre Kirche zu gründen, eine freie Kirche. Als man dies im Freundeskreis um Zwingli besprach, erwiderte er: “Wir müssen uns dafür entscheiden, ob wir ohne Zustimmung und Unterstützung des Rates von Zürich vorgehen wollen oder mit dem Rat auf unserer Seite und wir damit seine Unterstützung bei der Gründung der neuen Kirche finden und seine Autorität hinter uns steht.”

“Wenn aber der Grossrat die neue Kirche in ihrer Art bewilligt, dann ist sie weiterhin an den Staat gebunden und hindert uns in gewisser Weise daran, eine Kirche unter der Autorität Christi zu sein,” erwiderte Grebel.

“Das stimmt,” antwortete Zwingli, “es sei denn, wir gewinnen den Rat dafür, dass er die Bedeutung des christlichen Glaubens erkennt. Dann würde ihr Glaube in Verbindung mit den Möglichkeiten, die ihnen von Amts wegen zur Verfügung stehen, zur Stärkung der neuen Kirche beitragen.”

“Das bedeutet,” pflichtete Felix bei, “dass wir den Züricher Stadtbehörden helfen müssen, dass sie zu einer christlich gesinnten Behörde werden, und im Rat nur Gläubige aus der Kirche sitzen.”

“Ja, genau das meine ich,” entgegnete Zwingli mit Nachdruck.

Felix beugte sich in seinem Stuhl nach vorne und legte die Hände auf seine Knie.

“Aber Ulrich,” fuhr er fort, “was garantiert uns, dass der Rat seine Entscheidungen aus Glauben heraus trifft und nicht aus politischem Kalkül?”

“Das ist ein Risiko, das wir auf uns nehmen müssen, wenn wir uns von Rom lösen wollen.”

Felix verriet mit seinem Seufzen seine Besorgnis. Doch er war nach wie vor davon überzeugt, dass sie es versuchen sollten.

Die folgenden Wochen war man ganz mit den Vorbereitungen beschäftigt, die für die vom Grossrat, dem “Rat der Zweihundert”, veranstaltete Disputation über den Katholizismus nötig waren. Als ersten Akt in ihrer Reformation hoben sie die Gerichtsbarkeit des Bischofs von Konstanz über Zürich auf. Nun stand die Region Zürich unter der Leitung des Rates und den staatlichen Behörden. Zwingli sah die Zeit für gekommen, um von seinen Dienst als Priester in der römischen Kirche zurückzutreten. Sein Freund Heinrich Engelhart, der im Fraumünster diente, war schon als Domherr des Grossmünsters zurückgetreten, sodass Zwingli hierzu ernannt werden konnte. Mit dieser Sicherheit im Rücken verkündigte er nach reiflicher Überlegung in einem folgeschweren Schritt Anfang Januar öffentlich den Rücktritt von seinem Amt als Leutpriester im Grossmünster. Als er von der Kanzel stieg, mischte er sich unter die Leute, um etwas von ihrer Reaktion mitzubekommen. Es war genau so, wie er es erwartet und gehofft hatte. Unmittelbar danach wandten sich die Leute an den Rat mit der Bitte, Zwingli als Pfarrer wieder einzustellen und die Kirche in Zürich in eine evangelische Kirche umzuwandeln.

Der Grossrat betrachtete sich immer noch als eine katholische Zivilbehörde, doch mit diesem Schritt waren sie sich im Hinblick auf ihre künftige Beziehung zur römischen Kirche nicht mehr sicher. Sie wussten, dass sie Zwingli als Führer für das Kirchenleben in Zürich benötigten, und so verhandelten sie mit ihm, als Pfarrer weiterzumachen. Gegenstand der Verhandlungen war auch Zwinglis Plan zur Disputation über den Katholizismus. Die Auseinandersetzung war auf den 29. Januar 1523 angesetzt, und die Tage zuvor waren ausgefüllt mit vielen angeregten Gesprächen innerhalb des Freundeskreises um Felix.

Früh am Morgen des 29. Januar eröffnete der Grossrat das Treffen im Rathaus von Zürich. Im Saal selbst waren sechshundert Personen zusammengekommen. Jeder Stuhl war besetzt, und auch draussen stand ein Menge dicht gedrängt. Einige von Zwinglis engsten Freunde waren gekommen, um ihn bei seinen Darlegungen zu unterstützen: Leo Juda, Pfarrer in der Kirche St. Peter, Heinrich Engelberg, Pfarrer im

Fraumünster, Jörg Binder, Schulmeister des Karolinums, sowie Konrad Grebel, Felix Manz, Simon Stumpf, Wilhelm Reubli, Ludwig Hätzer und andere aus dem Freundeskreis um Zwingli.

Der Rat war in seiner Amtstracht erschienen. Der “Rat der Zweihundert” und der Rat der Stadt standen auf der Seite von Zwingli. Bürgermeister Rust wies der Delegation der römischen Kirche ihren Platz gegenüber von Zwingli an. Sie wurde vom Generalvikar Johannes Faber geleitet, einem äusserst qualifizierten und fähigen Disputanten.

Zwingli hatte siebenundsechzig Thesen als Glaubensbekenntnis aufgestellt. In den Artikeln hatte er nahezu alles abgelehnt, was als ausgesprochen katholisch galt: die Messe, das Fasten, Pilgerreisen, Ablass, Fegefeuer, Heiligenanbetung, Ohrenbeichte, Zölibat des Klerus, Mönchtum, die Kindertaufe und das Papsttum.

Der Bürgermeister eröffnete die Verhandlung im Namen des Rates und wies auf die 67 Thesen hin. In den folgenden Stunden gab es eine heftige, oft hitzige Diskussion zwischen dem Generalvikar und Zwingli. Zwingli war kühn und verteidigte mannhaft die neue Kirche.

“Es gibt eine Kirche, die der Papst nicht anerkennen will; das sind alle durch den Glauben gerecht gewordenen Christen, die nach Gottes Willen durch den Heiligen Geistes gesammelt werden. Diese Kirche ist nur vom Wort Gottes abhängig und ist auf das Wort Gottes und seinen Willen gegründet. Dies ist die wahre Gemeinde, die makellose Braut Christi, die vom Geist Gottes geleitet und erneuert wird.”

Am Ende der Disputation entschied sich der Stadtrat dafür, Zwingli bei der Reformation in der Stadt Zürich zu unterstützen. Felix, Konrad und all die Männer, die so auf diesen Moment gehofft hatten, konnten kaum an sich halten. Vor lauter Freude umarmten sie einander und schüttelten sich vor Begeisterung die Hände. Eine neue Kirche war entstanden mit einem klaren, evangelischen Glauben.

“Das ist ein historischer Augenblick”, sagte Felix zu Konrad. “Dies ist nach dem Willen Gottes.”

Unmittelbar danach begannen in Zürich und der umliegenden Region die ersten Veränderungen. Viele Mönche unter den Dominikanern, Franziskanern und Augustinern stellten sich gegen Zwingli und blieben in der römischen Kirche. Doch eine Reihe von Klöstern stand bald leer, und nach dem Willen des Rates wurden sie zu Spitälern umgebaut. Priester und Nonnen heirateten, und man stellte neue, heilige Ordnungen auf, die es den Unverheirateten ermöglichten, sich in neuer Weise mit dieser Kirche zu identifizieren.

Zwingli gab nun seine Heirat bekannt. Felix hatte das erwartet. Obwohl Zwingli sehr zurückhaltend war, waren seine Liebe und Verehrung für die fromme und bescheidene Anna Reinhart für alle ihm Nahestehenden offenkundig. Felix wunderte sich, wie Ulrich Zeit finden konnte, ihr den Hof zu machen und eine Beziehung aufzubauen, die fest genug war, dass sie nun in die Ehe eintreten konnten. Felix selbst war innerlich nicht frei hierfür. Er hatte Trini im zurückliegenden Monat nur dreimal gesehen, und die Veränderungen in der Kirche und die neue theologische Ausrichtung hatten ihn so in Anspruch genommen, dass wenig Raum für Gedanken an eine Ehe blieb. Im Augenblick, so dachte er bei sich, gibt es gewiss soviel zu tun, dass kaum genügend Zeit bleibt, um nach Zollikon zu gehen.

Im Grossmünster änderte sich vorläufig kaum etwas. Während Zwingli andere zu Veränderungen ermutigte, vollzog er selbst kaum welche. Die Messe wurde wie nach wie vor gelesen, es wurden weiterhin Kinder getauft, und auch die kirchlichen Feiertage wurden nach der Vorschrift der römischen Kirche begangen. Zwingli wies alle Prediger im Kanton an, nur das zu predigen, was sie durch das Wort Gottes belegen konnten. Im Gottesdienst selbst wurde nun in erster Linie das Wort Gottes gelesen und ausgelegt. Trotz seiner Liebe zur Musik und obwohl er vorzüglich auf der Laute und der Violine spielen konnte, verbot er das Singen im Gottesdienst in den Kirchen der Stadt. Er wandte sich gegen alle, die die Musik zur Selbstdarstellung missbrauchten und nicht in den Dienst für Gott stellten.

"Anbetung sollte lautlos sein, eine Sache des Herzens," predigte Zwingli. "Weder im Alten noch im Neuen Testament gibt es ein Gebot, in dem Gott Musik für die gemeinsame Anbetung näher beschreibt."

Felix und Konrad konnten es kaum glauben, dass die Reform derartig langsam vorankam. Beständig drängten sie Zwingli im Hinblick auf eine Reformation, bei der man sich um die wesentlichen Dinge kümmert: Abschaffung der Messe, ausschliessliche Aufnahme von Gläubigen als Mitglieder der Kirche und Ausübung der Kirchenzucht in der vollkommen erneuerten Kirche. Zwingli suchte, den Grossrat auf diplomatische Art für sich zu gewinnen, und er warnte Felix und Konrad vor übereifriger und enthusiastischer Vorgehensweise, die mehr schadet als nützt.

"Bedenkt doch", sagte er, "den Unterschied zwischen den Äusserlichkeiten von Symbolen und dem Inhalt des Glaubens. Konzentrieren wir uns auf den Inhalt des Glaubens, und die Symbole werden sich von selbst ändern."

"Dann ist die Messe also nur ein Symbol, Ulrich?", fragte Felix.

"Lasst es mich an der Taufe erklären. Wir unterscheiden zwei Taufen. Die äussere Taufe mit Wasser und die innere mit dem Geist. Es ist nicht die äussere Taufe, die einen Menschen errettet, sondern die innere mit dem Geist."

Felix und Konrad stimmten hierin ganz mit ihm überein. Sie drängten ihn jedoch zu entschiedeneren Veränderung von kirchlichen Praktiken, um die Kirche in Übereinstimmung mit der Heiligen Schrift zu bringen. Zwingli bat sie jedoch: "Habt doch Geduld und bittet die Leute, dass sie meine Sorgfalt beachten, mit der ich bei der Reform ans Werk gehe." Er brachte seine Besorgnis zum Ausdruck, dass eine radikalere Vorgehensweise den Züricher Rat veranlassen könnte, dem Weg, den er eingeschlagen hat, seine Unterstützung zu entziehen.

Felix unterbrach ihn forsch. "Aber Ulrich," er war selber von seinem Ton - ruhig, aber deutlich – überrascht, "wir dienen Christus, nicht dem Rat, und wenn du nicht Schritt hältst mit dem neu erwachten Gewissen der Menschen, könnten sie ihr Vertrauen in dich als Leiter verlieren."

Konrad fügte hinzu: "Schon viele Leute, die im Glauben erweckt wurden, fürchten, dass wir ohne eine vollständige Reformation dem Evangelium gegenüber ungehorsam sind."

"Dieses Wagnis muss ich eingehen," sagte Zwingli, zuckte mit seinen breiten Schultern und beendete das Gespräch.

Felix und Konrad spazierten über die Kopfsteinpflasterstrassen. Felix machte auf seinem Weg nach Hause einen Umweg, damit sie noch miteinander reden konnten. Sie gingen langsam, denn Konrad hinkte wegen seiner Schmerzen in den Füssen. "Eine Folge meiner lasterhaften Jugend," sagte er zu Felix. "Eines Nachts trieb ich mich im Wald herum, trank Bier und bin dabei halb erfroren." Er drückte sein Bedauern über die Art aus, wie er sich in Wien und Paris benommen hatte. Felix ging der Angelegenheit nicht weiter nach, sondern liess seinen Freund einfach sein Mitgefühl spüren.

Beide waren still, als sie bei Konrad Zuhause ankamen, und dachten noch über das Gespräch mit Zwingli nach. Dann blieb Konrad stehen und wandte sich an Felix. "Zwingli muss seinen Weg wagen und wir vielleicht unseren eigenen. Wir werden unsere Bibelstudien fortsetzen und sehen, wie Gott uns führt."

Die Bibelkreisbewegung breitete sich in Zürich weiter aus. Im Sommer des Jahres 1523 leiteten Konrad und Felix zusammen mit ihrem Freund Castelberger mehrere Klassen. Schon bald wurde es offensichtlich, dass viele Laien besser in der Heiligen Schrift Bescheid wussten als mancher Priester und Prediger. Bei den Bibelbetrachtungen hatten Konrad und Felix jeweils die Leitung und förderten bei einer Reihe ihrer Freunde deren Sprachkenntnisse. Grebel leitete regelmässig stattfindende Studien im griechischen Neuen Testament und begann dabei mit dem Matthäusevangelium. Die Studien im Hebräischen leitete Felix, dabei las man die Propheten des Alten Testamentes. Hierbei betonte er oft deren Ruf nach Erneuerung und dessen Bedeutung für die Kirche. Er pflegte seinen Studenten ans Herz zu legen, der Art von Botschaft zu folgen, wie sie auch die Propheten dem Volk Israel gegenüber verkündigten.

Bei Felix Zuhause traf sich eine Gruppe zu sehr intensivem Bibelstudium. Es waren ganz unterschiedliche Leute, und die Unterschiede bleiben auch dann noch bestehen, als man im Glauben immer mehr zusammen wuchs. Im Laufe des Sommers kam Lorenz Hochrütiner, ein Weber aus St. Gallen, in die Stadt zurück und schloss sich ihnen an. Früher war er regelmässig nach Zürich zu Zwinglis Versammlungen gekommen. Dabei entstand eine Freundschaft zu Konrad. Lorenz war ein eifriger Christ, er war kühn in seinem Glauben, und sein Eifer war ansteckend. Es entwickelte sich nun eine enge Freundschaft zu Jakob Hottinger aus Zollikon. Beide waren sie in ihren Worten sehr klar und deutlich und recht kühn und sprachen sich für die Entfernung der Bilder und die Abschaffung der Messe als einem sich wiederholenden Opfer aus.

Zwingli war mit dem Rat so beschäftigt, dass er wenig Zeit für seine Gelehrten hatte. Durch die fortlaufenden Bibelgespräche wuchs ihre Zuversicht. Die meisten von ihnen hatten den Eindruck, dass sie inzwischen weiter waren als Zwingli und sich mit Themen befassten, die er selbst bis jetzt noch nicht angegangen hatte. Im Spätsommer arrangierten Felix und Konrad zusammen mit Simon Stumpf und Wilhelm Reubli ein Treffen mit Zwingli. Sie trafen sich als Freunde und sprachen dementsprechend in aller Freiheit und Offenheit miteinander. Dabei ermutigten sie ihn, in der "Gemeinschaft allein durch Glauben" zu bleiben und am Aufbau einer freien Kirche zu arbeiten, unabhängig davon, was der Rat sagen mag.

Während sie so im Gespräch vertieft waren, erinnerten sie Zwingli an seine Erklärung vom Januar. "Du hattest erklärt," sprach Felix, "du wissest wohl, dass es der Bosheit der Menschen wegen Richter brauche, und ich würde Sie als Herren vom Rat ohne zu zögern als Richter anerkennen. Wenn es jedoch um die göttliche Weisheit und Wahrheit geht, anerkenne ich niemanden als Zeuge und Richter ausser dem lebendigen Wort Gottes und dem Geist Gottes, der sich in der Heiligen Schrift bezeugt."

Zwingli dachte eine kurze Zeit darüber nach. Felix hielt seinen Atem an und hoffte, dass das Gespräch dadurch nicht angeheizt wird und es zur Uneinigkeit kommt. Schliesslich erwiderte Ulrich: "Ja, grundsätzlich ist dies meine Überzeugung, ich bin aber an den Punkt gekommen, dass ich glaube, dass die Auslegung der Heiligen Schrift nicht allein das persönliche Leben betrifft, sondern dass die Richter bei der Ausübung ihres Amtes ebenso dazu verpflichtet sind, sich der Autorität der Heiligen Schrift zu stellen. So hatte ich zum Beispiel den festen Eindruck," fuhr er fort, "dass man den Zehnten abschaffen sollte, doch als der Rat am 22. Juni beschloss, dass der Zehnte zur Durchführung unseres Vorgehens nötig sei, habe ich mich auch hinter diese Entscheidung gestellt. In ähnlicher Weise müssen wir mit dem Rat zusammenarbeiten, wenn es um die Art der Vorgehensweise geht, in der wir die Änderungen in Zürich umsetzen wollen."

Zwingli konnte ein Gespräch durch seine bestimmte Art und einen Respekt einflössenden Ton in seiner Stimme beenden. Obwohl Felix und Konrad noch manches mit ihm besprechen wollten, verliessen sie ihn mit einem gewissen Unbehagen. Zwingli war bei der Umsetzung der Veränderungen in gewisser Hinsicht flexibel geworden, Felix und seine Freunde hingegen hatten den Eindruck, dass die Zeit zur Reform drängt. So prallte ihre Haltung auf die Haltung Zwinglis hinsichtlich seiner Bereitschaft, dem Rat anscheinend entgegenzukommen.

In der Bibelklasse wartete man ungeduldig darauf, was Felix und Konrad über den Gesprächsverlauf zu berichten hatten. Man spürte in der Gruppe die tiefe Besorgnis und das Verlangen der beiden nach einer baldigen Umsetzung von Reformen. Im September nahmen Felix' Freunde zusammen mit Klaus Hottinger, einem Bruder von Jakob, und Lorenz Hochrütiner die Angelegenheit in ihre eigenen Hände. Früh am Morgen rissen sie zusammen mit einigen anderen in der St. Peterskirche, in der Leo Juda Pfarrer war, einige Bilder von der Wand und warfen Heiligenstatuen um.

Nach Recht und Gesetz wurde Klaus verhaftet und zu einer Woche Gefängnis verurteilt. Aus Solidarität zerstörten Hochrütiner und Wolfgang Ininger, ein weiterer Freund, die Öllampen am Altar im Fraumünster. Auch sie wurden daraufhin verhaftet und einige Tage eingesperrt. Nach ihrer Freilassung gingen Lorenz, Klaus und Hans Ockenfuss nach Stadelhofen, rissen ein Kruzifix nieder und verkündigten freimütig, dass es die Menschen daran hindert, an den auferstandenen Christus zu glauben. Sie bekundeten, die Einzelteile davon zu verkaufen und das Geld an die Armen zu verteilen. Mit ihrem entschiedenen Vorgehen ernteten sie Beifallsstürme bei der herbeigeeilten Menge. Doch im Rat regte sich der Zorn dagegen, ebenso gegen Simon Stumpf, der in Höngg gegen die Verehrung von Bildern predigte.

Zwingli wurde vor den Rat zitiert, der ihn für diese Vorkommnisse verantwortlich machte und ihm entgegenhielt, dass diese Männer auf der Grundlage seiner Lehre gehandelt hätten. Zwingli war aufgebracht. Doch in diplomatischer Weise bat er um eine zweite Disputation. Der Rat gab hierzu seine Zustimmung und setzte den Termin dafür auf den 26. bis 28. Oktober fest. Zwingli versicherte ihnen, dass es ihm so möglich sei, die radikale Haltung der Enthusiasten wieder zurechtzubiegen, und er dann in geordneter Weise mit der Reformation der Kirche weiterfahren könne.

In den folgenden Wochen trafen sich Felix, Konrad und Simon oft im Gasthof "Grüner Schild" zum Austausch. Eine ihrer Sorgen war, wie sie sich zu Zwingli und seiner Nachgiebigkeit gegenüber dem Rat stellen sollten.

"Zwingli ist in seinem Inneren fest," sagte Simon, "und sein Zögern ist nicht aus einer Angst heraus. Er ist ein Politiker, der mit dem Rat zusammenarbeitet."

"Ja, es ist klar, dass er den Eindruck hat, er müsse bei seinem Vorgehen im Einklang mit dem Rat sein, damit sie ihn wiederum in seinem Dienst am Grossmünster ganz unterstützen," fügte Konrad hinzu.

"Das stimmt," fuhr Simon fort, "er hat nicht positiv reagiert, als ich ihm meine Gedanken über eine Kirche von Gläubigen mitteilte."

Felix sprang auf und schlug vor ihnen mit der Faust auf den Tisch. "Die Reformation der Kirche ist eine viel umfassendere und weitreichendere Sache als das, was hier in Zürich geschieht! Wir müssen klare Vorschläge zur Reform aufstellen in Übereinstimmung mit der evangelischen Wahrheit und dem Wort Gottes und sie Zwingli zukommen lassen. Die Sache, mit der wir uns hier beschäftigen, ist von grösserer Bedeutung als die Haltung Zwinglis bei seiner Vorgehensweise im Grossmünster."

Sie waren sich einig. In den folgenden Tagen verfasste jeder von ihnen Vorschläge zur Reformation der Kirche gemäss ihres Verständnisses der evangelischen Wahrheit und des Wortes Gottes, um sie Zwingli vorzulegen. Nachdem sie gemeinsam darüber gesprochen hatten und sich einig waren, was sie hiervon Zwingli übergeben wollten, baten sie um ein Gespräch mit Ulrich und Leo Juda, seinem Mitstreiter. Dabei stellten dann zuerst Simon und danach Konrad ihre Vorschläge dem Reformer vor.

Schliesslich kam Felix an die Reihe, er nannte seine Vorschläge "eine Protest- und Verteidigungsschrift". Er wandte sich besonders an Zwingli, er möge doch seinen Versuch, bei der Gründung und Strukturierung einer Kirche auf das Einverständnis des Rates der Stadt zu achten, aufgeben und statt dessen eine Kirche von Gläubigen aufbauen und sich dabei lieber an das Ideal halten, über das sie Monate zuvor gesprochen hatten.

"In solch einer Kirche würde man in echtem Glauben leben," sagte er, "in einer echten Einheit, wo man Kirchenzucht übt. In solch einem Gemeindeleben sollten Gerechtigkeit und Heiligung gefördert werden. Die Diener am Wort Gottes sollten durch freiwillige Gaben der Kirchenglieder unterstützt werden und nicht vom Zehnten und Pfründen. Unser Ziel sollte eine vereinigte Kirche von Zürich sein, in der die Kirchengemeinde des Grossmünsters, des Fraumünsters und der anderen Kirchen miteinander Gemeinschaft pflegen als Kirche Christi. Wir müssen eine Kirche wahrer Gläubiger aufbauen, nicht eine mit Namenschristen."

Zwingli und Juda hörten in einer überraschend freundlichen Art aufmerksam zu. Doch genauso freundlich lehnte dann Zwingli ihre Vorschläge ab und meinte, wenn sie nur mit den Stadtbehörden zusammenarbeiten würden, dann könnten sie Veränderung in der Kirche herbeiführen.

"Im Neuen Testament," erinnerte er sie in einem etwas gönnerhaften Ton, "lehrt Jesus, dass das Unkraut und der Weizen miteinander bis zum Gericht wachsen."

Als Felix seine Worte hörte, wandte er ein: "Aber Ulrich, das Feld, auf dem das Unkraut aufwächst, ist doch Welt und nicht die Kirche!"

Zwingli schüttelte nur seinen Kopf. Er war nicht daran interessiert, wie er sagte, sich in eine Richtung zu bewegen, auf der er viele Menschen ausschloss, denen es am evangelischen Glauben mangelte.

Für Felix war es nicht einfach, Zwinglis Ablehnung anzunehmen. Sie waren lange Zeit Freunde gewesen und hatten ihre Vorstellungen offen miteinander besprochen. Nun aber wurde Felix bewusst, dass sich entweder Zwingli und seine Mitstreiter ändern oder er, Konrad, Simon, ihr Freund Wilhelm Reubli und andere Mitstreiter sich anpassen müssten. Seine eigene Überzeugung war in den vergangenen Wochen gewachsen und hatte sich gefestigt. Es war undenkbar jetzt aufzugeben.

Einige Tage später trafen sich Felix und Zwingli zufällig auf dem Marktplatz, als Zwingli gerade aus dem Geschäft von Hujuff herauskam. Sie grüssten einander, aber es herrschte eine gewisse Spannung, als sie so vor dem Geschäft standen, als wollte einer dem anderen etwas sagen. Als die Passanten ihretwegen auf dem Bürgersteig ausweichen mussten, sagte Zwingli: "Lass uns doch für einen Augenblick in Hujuffs Garten gehen."

Dort begann dann Zwingli folgendermassen: “Felix, ich bewundere deinen Eifer und deine Fähigkeit bei der Auslegung der Bibel. Dein Beitrag bei den Treffen in der Schule der Prophetie ist sehr wichtig.”

“Danke, Ulrich. Ich lehre wirklich gern, und ich bin mit Begeisterung bei den biblischen Studien dabei. Es ist besonders wertvoll, seit wir eine neue Freiheit haben, eine Kirche im Einklang mit der Heiligen Schrift zu gründen und aufzubauen.” Er sprach mit fester Stimme und klarem Blick.

“Und wir müssen die Einheit bewahren,” erwiderte Zwingli, “auch wenn wir unterschiedliche Auslegungen haben.”

“Aber”, konterte Felix, “ich erinnere mich an einige wichtige Worte des chinesischen Philosophen Konfuzius, die ich an der Universität in Paris gelernt habe. Lass sie mich zitieren: ‚Wenn Sprache nicht korrekt verwendet wird, ist das, was man sagt, nicht das, was man meint, und dann bleibt das, was getan werden sollte, ungetan. Wenn dies ungetan bleibt, verkommen Moral und Kunst. Wenn Kunst und Moral verkommen, gerät die Gerechtigkeit auf Abwege. Wenn die Gerechtigkeit auf Abwege gerät, stehen die Menschen in hoffnungsloser Verwirrung da‘.”

Zwingli war für einige Momente still. Dann antwortete er, indem er in seiner charakteristischen Art seinen Zeigefinger erhob: “Wir müssen aber Realisten sein, wenn es um den Charakter der Kirche geht und dürfen uns nicht vom Perfektionismus fortreissen lassen.”

“Du hast Recht, Meister Ulrich, dass wir bei unserer Sündhaftigkeit keine Vollkommenheit erwarten können. Wir können aber um Busse bitten und mit der bewussten Sünde brechen.” Während Felix so sprach, dachte er bei sich über seine eigenen Worte nochmals nach und erinnerte sich an die Achtung, die er vor diesem Mann hatte, und die ihn davor zurückgehalten hatte, seine Gedanken mitzuteilen. Jetzt steigerte die Kluft zu seinem geistlichen Führer sein eigenes Selbstwertgefühl so weit, dass er ihm gegenüber unverhohlen auftreten konnte. Zwingli hatte das nicht gern.

“Felix, ist denn deine Lebensführung so vollkommen?”, fragte er.

“Meister Ulrich, ich lebe in der Gnade und in der Vergebung, ich suche aber nicht Gottes Gnade zu missbrauchen.”

Zwingli lächelte und sagte: “Wir müssen wieder miteinander reden,” und machte sich auf den Weg Richtung Grossmünster. Felix beobachtete ihn, wie er so dahinging und hatte das Gefühl, als Sieger aus diesem Zwiegespräch hervorgegangen zu sein, und doch empfand er auch einen grossen Verlust.

Felix, Konrad, Wilhelm und Simon waren sich einig, dass sie über die Stadtgrenzen hinaus mit Personen sich austauschen sollten, denen die evangelische Bewegung ebenfalls am Herzen lag. Von Waldshut hatten sie Nachricht, dass Dr. Balthasar Hubmaier, ein Freund Reublis aus Studentenzeiten, in der Waldshuter Stadtkirche sich in seinen Predigten sehr gewandt für die Reformation einsetzte. Aus St. Gallen hatten sie durch Vadian erfahren, dass dort eine evangelische Erweckung begonnen hatte. Vadian hatte Konrads Schwester geheiratet und war dort in der

Stadtregierung in einer massgeblichen Stellung. Aus Gesprächen mit Ludwig Hätzer, einem alten Gefährten von Zwingli, wussten sie, dass der bekannte Dr. Sebastian Hofmeister und andere im Gebiet um Schaffhausen und Hallau sich klar zu ihrem evangelischen Glauben bekannten.

Neben geistlichen und politischen Führern setzten sich auch die Bauern, und hier besonders in Bayern, für Veränderungen ein. Der Pfarrer Benedikt Burgauer aus St. Gallen berichtete davon, dass einige Familien es ablehnten, ihre Kinder taufen zu lassen, um sie nicht in falscher Hoffnung zu wiegen. Sie hielten es für besser, wenn man sie sich im entsprechenden Alter selbst für den persönlichen Glauben entscheiden lassen würde.

Nachdem sie diese Nachrichten bedacht hatten, erklärte Konrad, dass er Pfarrer Burgauer, seinem ehemaligen Bekannten, schreiben würde. Er würde um eine offene, aufrechten Anhörung über den evangelischen Glauben bitten. Als Brüder kamen sie überein, miteinander über diese neue Entwicklung bezüglich der Kindertaufe mit Zwingli zu sprechen. Vielleicht würden ihn die Nachrichten aus St. Gallen dazu bringen, die Art seiner Reform zu überdenken. Sie beabsichtigten, Zwingli daran zu erinnern, dass er 1521 gepredigt hatte, dass "die kleinen Kinder, die nicht getauft sind, nicht verdammt werden". Auch im Mai 1523 war er der Ansicht, dass Kinder erst getauft werden sollten, wenn sie im Glauben unterwiesen sind. Felix war zuversichtlich, dass Zwingli mit ihrer Unterstützung sich aus den Fängen des Stadtrates lösen könnte, um eine freie Kirche zu gründen.

Die zweite Disputation wurde auf Montag Morgen, den 26. Oktober angesetzt. Als die Brüder entlang der Limmat zum Rathaus gingen, strömten die Menschen nur so auf den Strassen zum Rathaussaal hin, um möglichst eine Sitzgelegenheit zu ergattern. Felix blickte in das dunkelblaue Wasser der Limmat, die aus dem Zürichsee durch die Stadt floss. Er erinnerte sich an ein Wort Zwinglis, dass man die Auswirkungen des Wortes Gottes genauso wenig aufhalten könne, wie das Wasser des Rheins! Die Brüder wurden in den Saal eingelassen und erhielten Plätze gegenüber Zwingli und seinen Streitgefährten. Bürgermeister Rust eröffnete die Zusammenkunft, er hatte Vadian und andere angesehene Delegierte als Vorsitzende ernannt. Dr. Sebastian Hofmeister aus Schaffhausen, Zwinglis Freund, war Gesprächsleiter. Er hatte sein Doktorat in Paris gemacht und war als evangelische Stimme in der Nordschweiz wohl bekannt. Er förderte aktiv das neue Verständnis des Glaubens und half den "lutherischen" Predigern, die in seine Gegend gekommen waren.

Über achthundert Kleriker und Laien waren ins Rathaus gekommen, füllten die Halle und standen in Gängen und Toren. Als Felix die Gesichter überblickte, freute er sich, unter den Anwesenden Dr. Hubmaier von Waldshut zu sehen, der bekannt war wegen seiner Mitwirkung bei der Reformation im südlichen Bayern und für seinen Predigtdienst in der ganzen Gegend um St. Gallen. Vieles von dem, was ihm besonders am Herzen lag, deckte sich mit der gegenwärtigen Überzeugung von Felix und Konrad. Sie waren froh, dass er da war.

Das Gespräch begann mit einer Wiederholung der 67 Thesen, die Zwingli zur Disputation im Januar vorgelegt hatte. Danach kam man bald zu den Punkten, die sich mit der Art der Erlösung beschäftigten. Dabei konzentrierte man sich auf Hauptbereiche. Zum einen befasste man sich mit der Abschaffung der Messe und mit der Erkenntnis, dass der Glaube an den auferstandenen Christus und die Gemeinschaft mit ihm eine völlig andere Bedeutung hatte, als die Art, in welcher der gekreuzigte Christus in dem immer wieder sich wiederholenden Opfer in der Messe dargestellt wurde. Im zweiten Themenbereich ging es um die Taufe und ihre Beziehung zur Errettung, besonders im Hinblick auf Kinder, die selbst noch nicht in den Glaubensbund eintreten konnten.

Das Streitgespräch fand nun überwiegend zwischen Zwingli und der radikaleren Gruppierung statt und kaum noch zwischen Zwingli und den Vertretern der römischen Kirche. Dr. Hubmaier konnte sich engagiert in das Streitgespräch einbringen. Für die Brüder des radikalen Flügels übernahm Konrad die führende Rolle als Sprecher. In seinem besonnenen Stil trug er die Ansichten von Felix und seinen Gefährten vor und legte die Bedeutung der Reform dar, die umfassender war, als Zwingli sie vorgeschlagen hatte.

Am zweiten Tag war offensichtlich, dass es zwei Parteien gab. Auf der einen Seite stand Zwingli mit all denen, die seine Position unterstützten und den Stadtrat als die Behörde betrachteten, in deren Auftrag die neue Kirche gegründet werden sollte. Auf der Gegenseite sassen Manz mit Grebel, Stumpf, Reubli, Castelberger, Hätzer, Klaus Hottinger, Lorenz Hochrütiner und anderen Streitgefährten.

Am dritten Tag erhitzte sich das Streitgespräch. Zwingli widerrief seine frühere Position absichtlich, um die Opposition zum Schweigen zu bringen.

“Der Rat,” sagte er, “wird über die Art der Veränderung in der Kirche entscheiden. Er wird den Zeitpunkt bestimmen, wann wir uns mit den Bildern und der Messe beschäftigen, und diesbezügliche Änderungen werden in der nahen Zukunft eingeführt werden.”

Plötzlich sprang Simon Stumpf auf und rief: “Meister Ulrich, es steht nicht in deiner Macht noch in der des Rates, darüber zu entscheiden. Der Geist Gottes hat schon durch sein Wort entschieden. Wenn die Herren Räte einen anderen Kurs einschlagen, so wäre dies gegen Gottes Entscheidung; ich werde Christus um seinen Geist bitten und ich werde in Wort und Tat dagegen streiten.”

Zwinglis wurde energisch. “Auch ich stehe für *sola scriptura*, doch die Auslegung ist keine persönliche Angelegenheit. Auch ich werde dagegen predigen und handeln, wenn sie anders entscheiden. Ich lege die Entscheidung nicht in ihre Hand. Sie stehen nicht über dem Wort Gottes, und das gilt nicht nur für sie, sondern für die ganze Welt!”

Die Disputation endete mit einer unüberbrückbaren Kluft zwischen den beiden Gruppen. Felix hatte ein unwohles Gefühl im Magen nach dieser langen Zeit der Spannung. Er bemerkte, dass seine Knie zitterten, als er die Halle verliess. Simon Stumpf wurde zur Seite gedrängt und von einigen Mitgliedern des Rates zurückgehalten. Felix wartete draussen ungeduldig, was wohl mit Simon bei seiner Unterredung mit Zwingli und dem Rat passieren würde. Als Simon schliesslich von einigen Männern der Wache hinausbegleitet wurde, fasste ihn Felix am Arm und ging mit ihm davon.

"Felix, meine Zeit in Zürich ist zu Ende," brachte Simon hervor.

"Wie bitte?"

"Meine Zeit in Zürich ist zu Ende, denn ich werde nicht aufhören, Stellung gegen die Bilder zu nehmen. Man hat mir geraten, meine Koffer zu packen. Ich muss Höngg und meine Pfarrstelle dort im November verlassen."

Felix kam sich hilflos vor. Er war in einer Bewegung gefangen, die eine Lawinen auslöste und plötzlich ausser Kontrolle geriet. Er konnte es immer noch nicht fassen, dass er und Zwingli auf entgegengesetzten Seiten standen.

"Ich muss mit Meister Zwingli alleine sprechen," sagte er, "und sehen, ob er wirklich glaubt, was er vor dem Rat gesagt hat. Das kann gewiss nicht seine innerste Überzeugung sein."

Schon am nächsten Morgen traf Felix Zwingli in der Lateinschule. Als er Zwingli fragte, war dessen Antwort eine Gegenfrage.

"Felix, glaubst du nicht, dass man in Situationen, wo solche Differenzen zu Tage treten, aus eigener Kraft ein treuer Christ bleiben kann, auch nicht im Verborgenen?"

"Nein, mein Freund, denn Christsein und brüderliche Liebe muss vor der Öffentlichkeit zum Ausdruck kommen und kann keine private Angelegenheit bleiben. Wir sind gerufen, täglich mit Jesus zu wandeln."

"Meinst du, dass dies für alle Glieder der Kirche gilt?"

"Ja, denn Paulus schrieb: ‚Unzucht, Habsucht, Ehebruch und solche Dinge sind unter Christen nicht zu tolerieren.' Wir müssen solche, die sich gegen Christus versündigen, unter die Kirchenzucht nehmen und sie vom Abendmahl ausschliessen."

"Felix, wenn du das versuchst, wirst du sehen, wie weit du in der Kirche kommst. Probier' es nur!" stiess Zwingli aus. "Nimm alle, die an solchen Lastern hängen, aus der Kirche heraus; baue diese echte Kirche, von der du sprichst."

"Aber Meister Ulrich," Felix hatte sich im Griff, "ich bin kein Bischof wie du. Das ist deine Aufgabe."

"Und ich sehe es nicht wie du, Felix, darum werden wir die Kirche so nehmen, wie sie uns gegeben ist."

Felix kam an diesem Abend zu einer sehr traurig dreinschauenden Bibelstudiengruppe. Zum Studium blieb kaum Zeit. Denn es stellte sich ihnen die schwerwiegende Frage: Konnten sie mit Zwingli und seinen

Gefährten weiterarbeiten? Die meisten empfanden, dass sie auch künftig mit Zwingli und dem Rat zusammenarbeiten sollten, um zu erreichen, das man sich gegenseitig versteht in der Haltung zur Heiligen Schrift. Sie waren sich einig, dass ihre wachsenden Verbindungen zu anderen evangelischen Leitern einen bedeutenden Einfluss haben könnten. Sie verpflichteten sich als Gruppe, weiterhin in dieser Richtung zu arbeiten und beendeten ihre Zusammenkunft mit Gebet und suchten Gottes Führung für ihre nächsten Schritte.

Kapitel sechs: Der irreparable Bruch

“Trini, wenn ich von meinen neuen Glauben nicht so begeistert wäre, wäre ich jetzt sehr traurig.” Sie spazierten den See entlang. Trini hatte ihre Hände in die Schürzentasche gesteckt, Felix zupfte an einem trockenen Grashalm.

“Ich habe einen Freund verloren und ich habe einen Mentor verloren.”

“Felix, behalte Zwingli in deinem Gedächtnis als den Mann, der dich zu diesem neuen Verständnis vom Christentum gebracht hat, und nicht als den, der dich verlassen hat, als du dort ankamst.”

“Ja, du hast Recht. Ich bin einfach so enttäuscht, Trini.” Er stellte sich einen Schritt entfernt vor sie hin und streckte seine Arme weit aus und sagte: “Es sind so viele, die entdecken, wie wichtig der Glaube ist, und sie studieren miteinander die Bibel und träumen miteinander. Ich sage dir, das Bibelstudium hat diesen Leuten eine ganz neue Welt eröffnet!” In seiner Begeisterung war ihm Trini ganz aus den Augen gekommen. Sie war stehen geblieben und blickte auf das Wasser im See. Einen Augenblick hatte er vergessen, dass er in der Zeit, in der er in Zürich in seiner Arbeit für die Reform und Suche nach wachsender Erkenntnis versunken war, sie in Zollikon lebte und auf dem Hof ihres Vaters arbeitete. Er kam wieder an ihre Seite, und sie gingen weiter.

“Hat Hochrütiner Zürich verlassen, wie man es von ihm verlangt hatte?”

“Ja,” seufzte Felix. “Konrad schrieb an seinen Schwager Vadian und bat ihn, Lorenz in St. Gallen aufzunehmen und ihm jegliche Hilfe zukommen zu lassen. Sogar Zwingli selbst schrieb Vadian, denn er hat Lorenz sehr gern, und bat darum, dass man Lorenz zuvorkommend aufnehmen möge, obwohl er für Zürich in dieser stürmischen Zeit zu unverblümt redet und zu rebellisch ist.”

“Und Simon ist auch gegangen?” Trini versuchte sich über die Menschen, die Felix wichtig waren, auf dem Laufenden zu halten.

“Ja, er musste noch vor Weihnachten gehen.”

“Wurde er aus der Stadt verbannt?” Felix hörte einen ängstlichen Unterton in Trinis Stimme. Es gab nichts, was er sagen könnte, um sie zu beruhigen. Die Möglichkeit verhaftet zu werden war allzu wahrscheinlich. Trini blieb stehen, und so setzten sie sich auf den kalten Boden.

“Ein paar Tage, nachdem er aus dem Gefängnis entlassen worden war, konnten wir uns treffen. Wir entwarfen einen Plan für eine Kirche evangelischer Gläubiger in Zürich.”

“Ist das alles, woran du denkst?” Trini blickte ihm mit herabgezogenen Mundwinkeln geradewegs ins Gesicht.

“Ja,” sagte er, “wenn ich nicht gerade an dich denke.”

Sie senkte ihren Kopf und lächelte leicht. Ausser einer Gruppe Wildenten, die auf der anderen Seite des Sees aufgeflogen waren, war es still. Felix bewunderte Trinis Schönheit und ihren klaren Gesichtsausdruck. Trini sprach so, als hätte sie sich entschieden, dass sie zu akzeptieren hätte, was er tat, falls sie ein Teil seines Lebens sein sollte.

"Wer ist in deiner Bibelstudiengruppe noch übrig geblieben?"

"Konrad, Wilhelm, Johann Brötli und einige andere," sagte Felix, und war erleichtert, wieder zu sprechen.

"Wilhelm hat im August geheiratet, nicht wahr?" Trini hatte ihre Stimme gesenkt. Felix zögerte und fragte sich, ob sie enttäuscht sei, dass sie nicht ihre eigene Hochzeit feiern konnte. Es wurde ihm eng ums Herz bei dem Gedanken, dass er sie verletzen könnte, wenn er es vermied, über ihre Zukunft zu reden.

"Sie erwarten ihr erstes Kind." Er wusste, dass er über die umstrittenen Themen nicht reden sollte, die ihn so beschäftigten, aber die Worte kamen einfach heraus. "Wilhelm und Konrad sprechen ständig über die Frage der Kindertaufe, seit der eine Vater geworden ist und der andere es bald wird. Viele in der Pfarrei Witikon und auch hier in Zollikon akzeptieren den Rat von Wilhelm und schieben die Taufe ihrer Kinder hinaus."

"Pfarrer Brötli unterstützt das?" In Trinis Gesicht sah man Bedenken.

"Zuerst nicht, aber Wilhelm blieb beharrlich bei seiner Lehre, und nun ist Brötli ein offener Verfechter dieser Haltung."

"Was hat es mit dem Aufstand auf sich, von dem wir Anfang des Monats hörten?"

"Ich war nicht dabei, aber so weit ich weiss haben eine Anzahl evangelischer Laien gegen das Festhalten an der Messe protestiert. Einige der Männer rissen aus den Liturgiebüchern die Seiten für die Messe heraus und legten sie vor die Haustür des Bürgermeisters. Dann gingen sie zum Richtplatz und sägten aus Protest den Galgen um."

"Ich habe gehört, was sie taten, aber was war das Ergebnis ihres Vorgehens?", wollte Trini wissen.

"Die Reaktion blieb nicht aus. Am 10. Dezember hörten sich der Bürgermeister Rust und seine Räte ein Memorandum von Zwingli, Juda und Engelhart an. Als die drei Leutpriester beabsichtigen sie, die Messe abzuschaffen und am Weihnachtstag die neue evangelische Art des Abendmahls einzuführen," erklärte Felix.

"Der Rat hörte geduldig zu, und Zwingli redete und übte sich in Geduld," sagte er sarkastisch. "Und der Rat blieb bei seinem moderaten Kurs, hielt an der Messe fest und nahm Abstand von jeglicher Korrektur."

"Nun, ich sehe nicht ein, warum diese Dinge so wichtig sind," sagte Trini. "Ich hasse es aber, all diese Spaltungen mit ansehen zu müssen."

"Ja, du hast recht. Zwingli hat zu einer dritten Disputation für den nächsten Monat aufgerufen, teilweise als Reaktion auf die Uneinigkeit."

"Erzähl mir doch von deiner Unterrichtstätigkeit. Geht es gut?", wollte sie wissen.

"O, recht gut, ausser dass das Einkommen ziemlich niedrig ist, und wie immer ist meine finanzielle Situation wenig sicher." Er zeigte, dass es ihm peinlich war. "Komm, lass uns weitergehen."

Über den Jahreswechsel änderten sich die Verhältnisse kaum, doch am 20. Januar 1524 stand Zwingli wieder vor dem Rat. Felix und Konrad waren mit hohen Erwartungen mitgekommen, doch mussten sie erkennen, dass sich das Gespräch weiterhin auf die Themen konzentrierte, die in der vorherigen Disputation angesprochen wurden. Wiewohl das öffentliche Interesse an der Glaubenstaufe zusehends zunahm, wurde das Thema nur am Rande behandelt. Zwingli sprach besonders die Gruppe von Theologen an, die anwesend waren:

"Denkt doch, was passieren würde, wenn wir die Leute, die gerade angefangen haben zu verstehen, was Christus wirklich gelehrt hatte, in ein perfektionistisches Christentum hineintreiben würden. Die Menschen müssen reif werden für das Evangelium."

Zwingli schloss allerdings mit denjenigen, die er als Radikale ansah, einen Kompromiss. Er unterstützte ein entschiedenes Vorgehen zur Entfernung von Reliquien und Bildern aus den Kirchengebäuden in Zürich. Und an die Versammlung gewandt sagte er: "Die Gebäude waren in erster Linie als Treffpunkte für die Verkündigung des Wortes Gottes gedacht und nicht als Tempel voller Zierrat."

Der Rat akzeptierte Zwinglis Position, und zu Beginn des Frühlings wurden die Bilder, die Reliquien, die Altäre, die Kerzenständer und die Kruzifixe aus allen Kirchengebäuden entfernt. Handwerker übertünchten die auf die Wände gemalten Bilder. Felix litt darunter, dass dabei auch einige beeindruckende Kunstwerke zerstört wurden, obwohl er mit Zwingli in seiner Auffassung über die Verwendung der Kirchengebäude einig war. Immer noch hatte er zusammen mit Konrad den Eindruck, dass Zwingli die Änderungen nur zum Schein durchführte. Konrad forderte Zwingli persönlich heraus. Seine Ehrlichkeit trieb ihn dazu, mit wohl bedachten Worten die Meinungsverschiedenheiten vor ihm darzulegen.

"Wann," fragte er Ulrich, "wirst du die christliche Kirche aus der Gefangenschaft des Kirchensteuersystems befreien? Wie kannst du dich von der Stadt Zürich bezahlen lassen und doch ein unabhängiger Prophet Christi sein? Wer wird den Leuten die Nachricht bringen, dass Christus seine Nachfolger aufruft, auf Gewalt zu verzichten, sogar im Fall von Notwehr? Wie lange willst du auf den Rat warten, bis er dir erlaubt, die Messe als Opfer, das ständig wiederholt wird, abzuschaffen? Was hält dich zurück, auf die Taufe von Kindern zu verzichten, die doch unmöglich Busse tun und an das Evangelium glauben können? Wann wird die Herrschaft Christi zur Ordnung in der Kirche werden?"

Mit einem Ausdruck der Frustration sagte Zwingli: "Und wann, Konrad, wirst du und deine Freunde mir vertrauen? Ich versuche, mein Bestes bei der Reform zu geben."

Die unterschiedlichen Ansichten blieben weiterhin bestehen. Felix gab sich vermehrt seinen eigenen Studien der Heiligen Schrift hin. Er war tief davon überzeugt, dass das Neue Testament zu einer verantwortungsbewussten, freiwilligen Entscheidung für die Hingabe an Christus aufrief. Dies war ein Schritt des Glaubens, den ein Kind nicht vollziehen konnte. Deshalb war die Kindertaufe für das Kind eigentlich bedeutungslos und hatte höchstens für die Eltern eine Bedeutung. Es schien ihm richtig, wenn Eltern ihre Kinder dem Herrn darbringen und sich selbst dazu bereit erklären, das Kind in der Furcht Gottes zu erziehen. Die Taufe aber sollte mit der eigenen Hingabe des Kindes einhergehen in einem Alter, wo es eigenverantwortlich handeln kann.

Im Frühling des Jahres 1524 wurde die Frage der Kindertaufe in Zürich zu einem Thema öffentlicher Diskussion. Der Stadtrat war besorgt, dass seine Autorität untergraben werde, falls Eltern ihre Kinder nicht taufen liessen. Sie begannen über den besten Weg zu beraten, wie man die Kindertaufe verlangen könnte. Wegen seinen mutigen Äusserungen gegen das Festhalten an der Messe wurde Klaus Hottinger, Felix' guter Freund und ein Verwandter von Trini, verhaftet und aus Zürich ausgewiesen.

Am 9. März kam aus Luzern die Nachricht, dass Klaus Hottinger von der dort versammelten Tagsatzung wegen seiner religiösen Äusserungen zum Tode durch das Schwert verurteilt und hingerichtet worden sei. Ganz Zürich war bestürzt. Der Züricher Rat erklärte öffentlich, dass sie versucht hätten, sich für Klaus Hottinger einzusetzen, jedoch ohne Erfolg. Viele, die mit ihm für die gleiche Sache einstanden, beklagten seinen Tod. Er hatte sich aktiv für Zwinglis Reform eingesetzt.. Er war einer von denen gewesen, die am Aschermittwoch im März 1522 in Froschauers Haus Wurst gegessen hatten. Bei den Bibelklassen hatte er mit Felix eng zusammengearbeitet. Beide standen im Juli 1522 zusammen auf den Kanzeln der Mönche und predigten gegen das Mönchtum. Hottinger war ein Stimmführer im Lager derer, die sich für die Reformation einsetzten, und man würde ihn vermissen.

Felix ging zuerst zum Rennweg, wo Klaus gewohnt hatte, um Margarete, die Schwester von Klaus, zu trösten. Dann eilte er nach Zollikon zu Trini. Er wusste, dass sie bestürzt sein würde über den Tod ihres Onkels und Leid tragen würde. Er tröstete sie, so gut er konnte, obwohl er selbst ganz durcheinander war, voller Zorn und entsetzt. Er erinnerte sich an die Seligpreisungen und sagte ihr eine hiervon vor: “Glückselig seid ihr, wenn euch die Menschen um meines Namens willen verfolgen.” Aber er sah, dass Worte ihr in diesem Augenblick kaum helfen konnten und kein angemessener Trost für sie waren im Hinblick auf Felix' eigene Zukunft. Es gelang ihm, von seiner eigenen Angst abzusehen und beschloss bei sich, dass wenn auch die “Pharisäer” wütend seien, die Brüder das Werk Christi doch weiterführen müssten.

Er entschied, sich noch mehr auf die Bezeugung des Glaubens an Christus zu konzentrieren. Neben vielen alten Freunden, die er besuchte, konnte er Hans Hujuff, einen Goldschmied aus Halle in Sachsen, zu einer neuen Erfahrung im Glauben führen. Hujuff war durch die lutherische

Bewegung zum Glauben gekommen und hatte nun erkannt, wie wichtig es für einen eigenständigen Glauben im Leben eines Erwachsenen ist, auf eine Kirche von Gläubigen abzuheben. Felix empfand Befriedigung bei seiner Tätigkeit als Evangelist. Seine Gespräche mit seinen Gefährten und sein Zeugnis vor anderen halfen ihm, seine eigenen Glaubensüberzeugungen gedanklich zu ordnen und zu formulieren.

Konrad tat das gleiche. Beide galten als die Hauptleiter unter den Brüdern. Und beide waren von Jakob Hottinger stark beeinflusst. Grebel hatte schon früher an Luther geschrieben, besonders wegen eines gewaltlosen christlichen Lebensstils. Luther antwortete zwar nicht schriftlich, aber er liess die Brüder und Schwestern in Zürich, die die Bibel studierten, durch einen Freund eine Ermutigung zukommen. Konrad hatte auch ein Traktat über die Glaubenstaufe von Erwachsenen verfasst und verlegt.

Im Juni bereitete sich Ludwig Hätzer, von dem sie meinten, dass er hinsichtlich ihrer Sache noch unschlüssig sei, auf eine Reise nach Augsburg vor. Er hoffte, eine Herausgabe seiner Auslegungen der Epistel vom Epheserbrief bis zum Hebräerbrief in die Wege leiten zu können. Auch wenn er Zwingli gegenüber ungeduldig wurde und seine Schriften einige Differenzen zu dem Reformer enthielten, hatte sich Ulrich doch entschlossen, einen Empfehlungsbrief an seinen Freund Johann Frosch zu schreiben. Ein weiteres Empfehlungsschreiben richtete er an seinen Freund, den Reformer Urbannes Raggius. Hätzer besuchte vor seiner Abreise noch die Bibelstudiengruppe, um Felix und Konrad über seine Reise zu informieren und sich von ihnen zu verabschieden.

"Vielleicht," sagte er ihnen, um sie zur Geduld zu ermutigen, "wird Zwingli, wenn die Reliquien zerstört und die Bilder entfernt sind, und man betont, wie wichtig das Hören des gepredigten Wortes Gottes ist, die Messe doch abschaffen und das Abendmahl einführen."

Während der ersten Wochen im Juni hatte Felix wenig Zeit für Konrad. Konrads Schwester Dorothea, die erst 15 Jahre alt war, heiratete Konrads Freund, Johann Jakob Ammann – gegen den ausdrücklichen Wunsch von Konrad. Ammann aber liess nicht locker. Er stand Zwingli als Gefährte sehr nahe und hatte auch Ulrichs Unterstützung in dieser Sache. Dorotheas Eltern willigten nur mit Zögern ein, und Konrad geriet in eine ungemütliche Position zwischen seinen Eltern und seinem Freund. Felix gegenüber bemerkte er: "Als meine Schwester Martha an Vadian verheiratet wurde, war das ganz anders."

Felix hielt sich mit seinen Worten zurück, doch er beobachtete Konrads Familienbeziehungen mit Interesse, verstand aber manches nicht. Während die Wochen vergingen und es Sommer wurde, konnte Felix beobachten, wie der Widerstand gegen die freikirchlichen Aspekte der Reform ständig zunahm. Reublis offene Predigten in Witikon und Zollikon gegen die Kindertaufen stiess auf viel Beachtung. Im August handelte der Rat. In Zollikon verhafteten sie Reubli und Heinrich Aberli, einen Bäcker, und brachten sie ins Gefängnis nach Zürich. Felix und Konrad waren erstaunt, dass der Rat so weit ging. Konrad ging zu seinem Vater, einem Mitglied des Rates, und bat um Nachsicht. Das half aber nichts. Felix fühlte sich hilflos. Während der Wochen im Juni vergrub er sich in seinen Studien und überarbeitete seine frühere "Protest- und Verteidigungsschrift" und hoffte, sie verlegen zu können.

Die Verhaftung von Wilhelm trieb Felix dazu, eine Darstellung ihre gemeinsamen Position möglichst bald in Druck zu geben. Darin erklärte er, angefangen bei Busse und Glaube, das grundsätzliche Wesen vom Glauben im Neuen Testament und begründete die Ablehnung verschiedener Praktiken der römischen Kirche. Zur gleichen Zeit stand Konrad mit Dr. Hubmaier aus Waldshut und mit seinem Schwager Vadian in St. Gallen im Gespräch. Er hoffte fest, Vadians Unterstützung für die Ziele zu gewinnen, die sie mit ihrer immer grösser werdenden Gruppe von hingegebenen Nachfolgern Jesu in Zürich erreichen wollten.

Ende August berichtete Grebel der Bibelstudiengruppe von Thomas Müntzer, einem massgeblichen Vertreter der Reformation im Norden. Er befand sich zu dieser Zeit in Süddeutschland. Müntzer hatte sich durch die evangelische Verkündigung Luthers bekehrt, hatte den Reformator aber verlassen und eine radikalere Position eingenommen. In Absprache mit der Gruppe setzte Konrad einen zehnseitigen Brief an Thomas auf. Er drängte ihn zur Treue gegenüber dem Neuen Testament und dem Wort Christi. Er drückte das Interesse der Gruppe an einem Gespräch mit ihm aus. Er betonte die Bedeutung des Lebens Jesu in seiner Liebe und seinem Gehorsam dem Willen Gottes gegenüber und sicherte Müntzer ihre Unterstützung zu bei seinem Kampf gegen die Verkündigung eines "süsslichen Jesus", die ein Leben ohne Gehorsam und Disziplin billigt.

Am Abend des 5. Septembers kamen Felix, Wilhelm (der inzwischen aus dem Gefängnis entlassen war), Jakob Hottinger, Andreas Castelberger, Hans Ockenfuss und Konrad zusammen und unterzeichneten diesen Brief. Konrad fragte die Brüder, ob es ratsam sei, wenn er nach Sachsen reisen würde, um mit Müntzer und anderen früheren Anhängern Luthers zu reden. Sie rieten ihm jedoch davon ab. Sie erinnerten ihn an das Problem mit seinen Füssen und die Mühe auf einem so langen Fussmarsch. Gegenwärtig genügte dieser Brief, zumal sie den Mann nicht kannten.

Die Idee, sich mit Leuten aus dem Kreise Luthers zu treffen, ging von anderer Seite aus. Ende September kam Dr. Westerburg aus Sachsen nach Zürich. Er hatte einen Brief von Dr. Karlstadt und zur Drucklegung fertige, von diesem verfasste Manuskripte bei sich. Dr. Karlstadt war sein Schwager und vormals ein Gefährte Luthers. Die Hauptsorge von Dr. Westerburg galt dem Druck dieser Bücher. Er traf sich zuerst mit Zwingli, beschrieb ihm die in diesen Werken vertretene Position und bat ihn um seine Hilfe. Als Zwingli jedoch hörte, dass sich Karlstadt von Luther getrennt hatte, zeigte er kein Interesse an der Veröffentlichung dieser Schriften. "Besonders," sagte er, "wenn sie möglicherweise den radikalen Flügel in meiner eigenen Bewegung unterstützen."

Als Dr. Westerburg von Konrad und Felix und ihren Gefährten hörte, suchte er bei ihnen um Rat zu diesem Projekt. Sie empfingen ihn herzlich, und Konrad versicherte ihm: "Wir erachten Dr. Karlstadt als einen der besten Verkündiger des reinen Wortes Gottes."

Felix war an Westerburgs Meinung über den Fortgang der Reformation der Kirche interessiert.

"Karlstadt," erwiderte Westerburg, "wollte nicht einfach eine von Rom getrennte Kirche, sondern eine, in der zum Ausdruck kommt, dass sie die Kirche der Gläubigen ist."

Felix bat um einige der Manuskripte zur Ansicht und war, nachdem er sie sorgfältig durchgelesen hatte, von ihrem Inhalt beeindruckt. Er sprach mit Konrad und Wilhelm über die Möglichkeit, Karlstadt bei der Suche nach einer Druckerei zu helfen. Sowohl Konrad als auch Felix hatten während ihrer Zeit in Basel bei Kratander, dem bekannten Drucker, gearbeitet. Sie einigten sich, dass Felix mit Dr. Westenburg nach Basel gehen sollte, um ihm in dieser Sache zu helfen.

Felix war begeistert. Das gab ihm die Möglichkeit, sich dort auch um den Druck seiner eigenen Schriften zu kümmern. Seine Begeisterung für dieses Unterfangen war jedoch nur von kurzer Dauer. Am 24. Oktober kam Karlstadt selber nach Zürich, und so konnten sie als ganze Gruppe mit ihm über die jeweils eigene Sicht der Kirche der Gläubigen detailliert reden. Felix war der Wortführer, als es darum ging, Karlstadt gegenüber die Sicht der Brüder in Zürich darzulegen. Doch bald wurde es klar, dass sie verschiedener Meinung waren über das Wesen der Freikirche. Nach Ansicht von Felix war Karlstadt sich nicht im Klaren darüber, wie die Kirche eine Kirche von Gläubigen werden und die Unabhängigkeit von den staatlichen Behörden erlangen könnte. Sie kamen jedoch überein, dass Felix ihm bei der Suche nach einer Druckerei helfe, wenn sie auch die Punkte, auf die Karlstadt den Schwerpunkt legte, nur eingeschränkt unterstützen konnten.

Einige Tage später machten sie sich auf den Weg nach Basel. Die Luft war frisch und kühl, und die abgeernteten Felder zeugten von einem wohl durchdachten Landanbau. Felix kannte sich in der Gegend aus, und es machte ihm Spass, für Westerburg und Karlstadt Reiseführer zu sein. Als sie auf die Universitätsstadt zu sprechen kamen, meinten beide, dass sie Oecolampadius sehen wollten, den Gelehrten, der nach Basel zurückgekehrt war und jetzt der führende Reformer in der Stadt war.

In Basel gingen sie zuerst in die Druckerei. Dort wurden sie von Kratander herzlich begrüsst. Felix war beeindruckt, dass sich der alte Drucker noch immer an ihn erinnern konnte. Vielleicht konnte er durch diesen Mann an Einfluss gewinnen. Schon bald entdeckten sie zu ihrem Erstauen, dass Kratander selbst in die Debatte zwischen Erasmus' Arbeit in der Kirche und der Reform von Oecolampadius verwickelt war. Er war bereit, alles zu verlegen, was die Bewegung zur Erneuerung der Kirchengemeinde stärkt.

Felix war inzwischen zuversichtlicher geworden, und nachdem die Vereinbarungen mit Karlstadt getroffen waren, besprach er mit dem Verleger die Möglichkeit zur Herausgabe seiner eigenen Schriften. Kratander war damit einverstanden und ermutigte Felix, seine Arbeit fertig zu stellen. Voller Begeisterung zog es ihn nun zurück nach Zürich, um an seiner Schrift weiterzuarbeiten und das Manuskript schleunigst fertig zu stellen. Er dachte über Wilhelm nach, den die schrecklichen Erfahrungen im Gefängnis nicht davon abhalten konnten, weiterhin gegen die Kindertaufe zu predigen. Er kam zu Gewissheit, dass der Rat zu diesem Thema über kurz oder lang Stellung beziehen müsste. Es war sein Wunsch, dass seine Ansicht hierzu bald gedruckt erscheint.

Als er wieder in Zürich war, diente ihm die Bibelstudiengruppe dazu, die Resonanz auf seine Ausführungen zu testen. Sie trafen sich regelmässig zum Bibelstudium und suchten nach der künftigen Richtung für ihr Vorgehen. Gelegentlich nahm nun auch Trini daran teil. Sie kam hierzu zusammen mit ihrer Tante Margarete und ihrem Onkel Jakob aus Zollikon. Felix freute sich auf diese Abende, an denen die Frau, die er liebte, sich mit der Sache beschäftigte, für die er eintrat. Ihr Interesse daran war mit ihrer Freundschaft gewachsen. Er war überrascht, als sie vorschlug, hierfür von Zollikon herzukommen. Er hatte früher absichtlich nicht davon gesprochen.

"Felix, würde es dir etwas ausmachen, wenn ich einige der Bibelstudientreffen besuchen würde?" "Ausmachen?" Ich wäre hoch erfreut darüber!" Er musste einfach ihre Hand fassen.

"Ich kann nicht zu jedem Treffen kommen, ich könnte aber Tante Margarete besuchen und mit ihr zusammen kommen."

"Das würde mir sehr viel bedeuten," sagte er. Und das tat es auch. Er beobachtete jede ihrer Reaktionen, in der Hoffnung, dass auch sie sich seine Überzeugungen ganz zu eigen machen würde.

Mitte Oktober stiess ein Priester namens Georg Cajacob aus Chur zur Gruppe. Hans Ockenfuss aus Zollikon, ein Freund der Bibelgruppe, hatte ihn mitgebracht. Der Bäcker Heinrich Aberli, der mit Wilhelm im Gefängnis war, war auch eng mit Georg befreundet. Seine Frau und Georgs Frau fühlten sich sofort zueinander hingezogen. Cajacob war ein grosser Mann, sehr freimütig und redegewandt in seinen Äusserungen. Sein forscher Geist ermutigte die Brüder auf der Suche nach Wegen, wie sie ihren Standpunkt gegenüber Zwingli und anderen Leutpriestern am besten vertreten könnten. Sie hofften, den Züricher Stadtrat zu einer moderateren Haltung gegenüber der Reform zu bewegen, besonders was die Tauffrage betraf. Sie konnten die Befürchtungen des Rates verstehen. Wenn nur in der Kirche Gläubige getauft werden, würde dies das Ende des gegenwärtigen Kirchensystems bedeuten, und es würde schliesslich ersetzt werden.

Der erste Schritt bestand darin, wieder auf Zwingli zuzugehen und mit ihm und den anderen Züricher Pfarrern ein Treffen zu vereinbaren, um über die verschiedenen Ansichten zur Glaubenstaufe zu sprechen. Sie hofften, die Kirchenleiter zu Verhandlungen bewegen zu können, dass die Haltung seitens des Rates diesbezüglich moderater wird. Zur Überraschung von Felix und Konrad erklärte sich Zwingli bereit, sich nicht nur einmal, sondern an jedem Dienstag der folgenden paar Wochen zu treffen, um Zeit für ein sorgfältiges Studium der Heiligen Schrift zu haben. Es schien fast wie in den früheren Tagen zu sein, als man sich in der "Schule der Propheten" traf. Sie fassten neuen Mut und gingen hoch erfreut zum ersten Treffen. Doch Zwingli dominierte mit seinen Gefährten das Gespräch. Zwingli empfahl ihnen: "Seid geduldig. Das Wort Gottes wird sich einen Weg bahnen. Wir können nicht alles auf einmal verändern."

"Meister Ulrich," erwiderte Konrad, "nirgends in der Heiligen Schrift lesen wir, dass die Apostel Kinder mit Wasser tauften."

"Nicht eindeutig, doch das Wort Gottes ist ohne Fehler, denn die Taufe ist unsere äusserliche Beschneidung," war seine Antwort.

Nach einem langem Streitgespräch über diese Auslegung bemerkte Felix: "Wenn aber die Apostel getauft haben, befragten sie die Täuflinge zuerst über ihren Glauben."

"Ja, manchmal, es geschah aber nicht immer in dieser Art," Zwingli legte es auf einen Streit an. "Jesus gab einem blinden Mann sein Augenlicht wieder, ohne ihn zuerst nach seinem Glauben zu fragen. Später traf er ihn wieder und fragte ihn, ob er an den Sohn Gottes glaube, woraufhin der Mann fragte: ‚Wer ist es, Herr, auf dass ich an ihn glaube'?"

Konrad unterbrach: "Es wird uns aber auch von Jesus gesagt: ‚Wer gläubig geworden und getauft worden ist, wird errettet werden, wer aber ungläubig ist, wird verdammt werden'."

"Diese Worte können nicht auf Kinder angewandt werden, denn sie gehören noch nicht zur Gruppe, die das Evangelium hören können," erwiderte Zwingli.

"Der Taufakt hätte viel grössere Auswirkungen," beharrte Konrad, "wenn jeder seinen Glauben öffentlich bekennen würde, ehe er ins Wasser getaucht wird."

"Es ist leichter, den Glauben kennenzulernen, wenn man als Kind getauft wurde," antwortete Zwingli. "Die Errettung kommt nicht aus der Taufe, sondern aus der Gnade Gottes. Deshalb ist die Kindertaufe eine Grundlage, auf der man das heranwachsende Kind anleitet, das Gesetz Gottes zu lernen und zum Glauben zu kommen."

Auf dem Weg nach Hause wandte sich Felix an Konrad: "Ich konnte kaum reden. Mir blieben die Worte im Hals stecken."

Als er aufblickte, sah er in einiger Entfernung Jörg Binder. Er war sich sicher, dass Jörg ihn gesehen hatte, aber der hatte sich schnell auf dem Absatz umgedreht und war verschwunden. Sie gingen unterschiedliche Wege in ihrem Glauben. Felix vermisste seinen alten Freund. Er wünschte sehnlich, dass Jörg wieder mit seiner früheren Hingabe Christus ganz nachfolgen würde, doch Jörg stand ganz auf der Seite Zwinglis. Darüber hinaus ging er völlig in seiner Stellung am Karolinum auf, und er wollte keine Unruhe in sein Leben bringen.

Das zweite Gespräch im Rahmen dieser wöchentlichen Treffen mit Zwingli fand Anfang November statt und sollte das letzte sein. Bei diesem Gespräch ging Zwingli besonders gegenüber Jakob Hottinger auf Konfrontation. Er war Ältester in Zollikon und begleitete die Bibelstudiengruppe auf ihrem Weg. Er galt als ein sehr geistlich gesinnter Mann und hatte einen grossen Einfluss auf den radikalen Flügel, wie Ulrich sie nannte. Es war offensichtlich, dass Zwingli mit seinen Gefährten ihnen keine Gelegenheit geben würden, ihr Verständnis der Heiligen Schrift darzulegen, er wollte vielmehr, dass sie die Position des Rates zur Kenntnis nahmen. Als Felix merkte, dass das Gespräch immer tiefere Kluften schuf, und er sah, dass der nächste Schritt ein Treffen vor dem Grossen Rat wäre, wandte er seine Aufmerksamkeit der schriftlich formulierten Disputation zu. Er erklärte unmissverständlich, dass er mit seinen Freunden hinter der ersten Entscheidung des Rates aus der Disputation vom 23. Januar stünde: Alle Veränderungen müssen mit der Bibel übereinstimmen. Dieses Prinzip verfolgte er auch selbst in seiner sorgfältigen Exegese der Heiligen Schrift.

Mitte Dezember hatte er die Niederschrift seiner Erklärung beendet. Er hoffte, dass der Rat, der kürzlich seine Haltung zu den Bildern in der Kirche geändert hatte, auch gewillt war, sein Verständnis von der Taufe zu revidieren. Felix hatte fünf Punkte herausgearbeitet, um aufzuzeigen, dass die Kindertaufe nicht mit den Vorstellungen der Taufe im Neuen Testament übereinstimmt: Sie ist nicht Folge der Busse; sie geschieht nicht aus Glauben; sie besiegelt nicht ein neuen Lebens; sie ist nicht das Zeichen eines persönlichen Bundes; und sie beruht nicht auf einer freiwillig erfolgten Hingabe. Er legte Wert darauf, dass Erwachsene zur Entscheidung aufgerufen werden.

Als er seine Schrift vor dem Ratstreffen noch einmal überarbeitete, kam er zum Schluss, dass sie ihm gelungen sei.. Er begann den Begleitbrief: "Geehrte Herren und Brüder. Im Namen dessen, dessen Namen wir alle tragen, bitte ich um ein gemeinsames und offenes Studium der Heiligen Schrift ..."

"Kindertaufe," hatte er geschrieben, "entspricht nicht dem Vorbild Christi, der sich selbst mit dreissig Jahren taufen liess, obwohl er am achten Tag beschnitten wurde! Jesus hat uns ein Beispiel gegeben, und so wie er gehandelt hat, sollen wir es auch tun."

Am Ende seiner Erklärung appellierte er an Zwingli, seine Gründe für die Kindertaufe schriftlich zu formulieren.

Es lag eine Spannung in der Luft der Züricher Ratshalle, als Felix und seine Freunde zu dem Treffen vor dem Grossen Rat erschienen. In dem Streitgespräch, das auf die Darlegungen von Felix folgte, pflichtete Zwingli Felix in dem Punkte bei, wo er den Ruf zur Busse betonte, und er wiederholte die Stellen über Johannes den Täufer und andere Passagen aus dem Neuen Testament. Zwingli bestätigte auch die Richtigkeit der

Ausführungen von Felix über die Taufe als Ritus, der den Menschen in das neue Leben hineinführt, also ein Ritus am Eingang zum neuen Leben. Zwingli aber lehnte nachdrücklich die Notwendigkeit einer ausschliesslichen Erwachsenentaufe ab. Er legte seine Gründe für die Kindertaufe nicht dar, sagte aber, dass er sie gedruckt erscheinen lassen würde.

Bürgermeister Rust beendete die Sitzung und die Gruppen verliessen nacheinander den Saal, als erste die Ratsherren in ihren langen, würdevollen Roben, schliesslich folgten auch die Brüder, die für eine Kirche der Gläubigen eintraten. Sie waren verblüfft, aber doch zufrieden, als sie von der Ratshalle an der Limmat entlang zum Haus von Konrad am Neumarkt gingen. Nach einigen Abschiedsworten machte sich Felix auf seinen Weg am Grossmünster vorbei durch die Neustadtgasse nach Hause.

Felix wartete gespannt auf irgendeine Reaktion, doch die Tage vergingen ohne eine Nachricht. Ende Dezember veröffentlichte Zwingli ein Büchlein mit dem Titel "An jene, die Anlass zu Aufruhr geben".[4] Anstatt eine ausführliche Besprechung zur der Kindertaufe zu liefern, besprach er in dem Büchlein die voneinander abweichenden Ansichten verschiedener Gruppen. Zwingli benannte sieben Arten von Unruhestiftern. Zumindest zollte er seinen ehemaligen Weggefährten Felix und Konrad Respekt, indem er sie als aufrichtig religiöse Personen beschrieb, mit denen es eigentlich nicht nötig wäre zu streiten. Sie seien zwar auf eine radikale Weise evangelisch, so sein Wortlaut, doch bestünden unterschiedliche Meinungen darüber, wann was geschehen sollte, da sie dreist und ungeduldig seien. Felix merkte, als er diese Worte las, dass dies die Antwort des Rates an die Brüder war, und sie Zwingli zu ihrem Sprecher gemacht hatten.

In seiner Abhandlung über die Kindertaufe und das Abendmahl betonte Zwingli, dass der katholische Ritus dieser beiden Zeremonien natürlich aus Zürich verschwinden würde – nicht aufgrund eines Einschreitens des Rates, sondern im Zuge der inneren Entwicklung des Glaubens. Er betonte, dass dies nur äusserliche Riten seien und nicht grundlegende Bestandteile des Glaubens. Er appellierte an Manz, Grebel und deren Weggefährten, von ihrem geistlichen Stolz zu lassen, und die schwierige Aufgabe, wie man die Kirchenordnung auslegt, den Pfarrern zu überlassen und sich lieber um die Einheit in der evangelischen Bewegung zu bemühen.

Felix war empört. Seine eigene Schrift hatte bei Zwingli kaum Beachtung gefunden und Zwingli, das musste er nochmals erkennen, wich dem Thema wieder aus. Plötzlich hörte er sich lachen aus Frustration. Er ging zum Neumarkt, um Zuhause bei Konrad darüber zu reden. Zu ihrer eigenen Überraschung wurde eine Woche später das nächste Streitgespräch zwischen den Brüdern und dem Kreis um Zwingli

---

[4] Hier sollte man auch den Originaltitel verwenden.

anberaumt. Zwingli bat, dass nur einer aus dem Kreis der Brüder als Sprecher auftreten sollte. Felix und Wilhelm drängten Konrad, diese Aufgabe zu übernehmen. Dies bedeutete für Felix, Wilhelm und ihren neuen Gefährten Georg aus Chur eine einschneidende Einschränkung. Doch sie respektierten Konrads Rolle.

Georg war Pfarrer in Trins in der Diözese Chur gewesen, hatte aber 1523 die römische Kirche verlassen. Er wurde wegen dieses Schrittes verfolgt und kam eigentlich nach Zürich, um mit Zwingli zu reden. Das versuchte er auch, fand aber wenig Verständnis bei ihm. Dann stiess er zu der von Felix geleiteten Bibelstudiengruppe und schloss sich den Brüdern an. Sein Spitzname war "Blaurock". An der Disputation am 28. Oktober war Georg begeistert aufgesprungen, um seine Kommentare kundzutun. Jemand vom Rat fragte nach seinem Namen, damit man wüsste, wer da redet. Darauf hiess es einfach: "Georg mit dem blauen Rock." Von dieser Zeit an hatte er Spitznamen "Georg von Blaurock".

Seit dieser Disputation im Oktober war eine Freundschaft zwischen Georg und Felix gewachsen. Blaurock war gross, hatte starke Knochen und sehr dunkle, tief liegende Augen und einen durchdringenden Blick. Zuerst hielt Felix Distanz zu ihm, zum Teil wegen dessen draufgängerischer Art, aber hauptsächlich um seine Art und seine Motive besser kennenzulernen. Als er sich aber Mitte Dezember auf diese Weise äusserte, als Felix seine Verteidigungsschrift vor Zwingli und den anderen Pfarrern vortrug, war er von Georgs treuer Unterstützung überzeugt und wusste, dass sein Glaube aufrichtig und echt ist.

Als Sprecher der Brüder bat Konrad Felix darum, noch einmal Auszüge aus seiner Schrift "Protest und Verteidigung" (SSA, S. 311-312 vorzutragen. Er begann dann folgendermassen:

> Geschätzte weise, gnädige Herren und Brüder,
> es ist euren Ehren wohl bekannt, dass viele befremdliche Meinungen aufgetaucht sind. Zuerst hielten einige dafür, dass neugeborene Kinder getauft werden sollten, wenn sie aus der Gebärmutter gekommen sind, und dass dies anhand der Heiligen Schrift bewiesen werden könne, andere, dass Kindertaufe falsch sei und von diesem Antichristen, dem Papst und seinen Anhängern, aufgebracht und erfunden wurde, was wahr ist, wie wir wissen und aus der Heiligen Schrift glauben. Auch mich beschuldigte man und hielt mich für einen Schuft und Aufrührer. Das ist eine unrechte und ungnädige Anklage, die niemals auf der Grundlage der Wahrheit erhoben und bewiesen werden kann. Denn ich habe mich weder an einem Aufruhr engagiert, noch habe ich auf irgendeine Weise gelehrt oder ermutigt, was zu einem Aufstand führte oder hätte führen können (was alle, die jemals mit mir verbündet waren, bezeugen können). Aus diesem Grund ist die Anklage ungerecht. Man hat mir vorgeworfen, solch eine Person zu sein. Deshalb, meine gnädigen Herren, wird es

nötig für mich, euch Rechenschaft und Grund meines Glaubens wie folgt zu geben ...

Felix hatte das Gefühl, dass ihm die Mitglieder des Rates aufmerksam zuhörten, doch dann entstand in ihm wieder der gleiche Eindruck wie beim letzten Mal. Die ganze Sitzung schien sich zu wiederholen. Die Brüder waren enttäuscht, als man ihnen nach einer flüchtigen Durchsicht ankündigte, dass ein weiteres Treffen nötig wäre, um das gleiche Thema noch einmal zu besprechen. Sie waren erschöpft und hatten den Eindruck, dass sie keine Fortschritte gemacht hatten, doch bereiteten sie sich auf eine weiteres Treffen mit Zwingli am 10. Januar 1525 vor.

Barbara und Konrad gaben die Geburt von Rahel, ihrem dritten Kind, bekannt. Jetzt musste die Frage der Kindertaufe von ihnen und den anderen in der Gemeinschaft rasch entschieden werden. Die Bibelklasse wurde angesichts des bevorstehenden Streitgesprächs vor dem Rat zu einem Gebetstreffen. Sie entschieden sich, beim nächsten Treffen Druck auf Zwingli auszuüben, dass er eine biblische Begründung dafür liefert, dass man in der evangelischen Kirche weiterhin Kinder tauft. Sie selbst würden aus biblischen Gründen auf eine Einstellung dieser Praxis und die Einführung einer Kirche von wahren Gläubigen hinzielen.

Am Morgen des 10. Januar war es kalt, aber klar. Das Treffen sollte im Grossmünster stattfinden. Das bedeutete für Felix nur einen kurzen Weg von seinem Zuhause in der Neustadtstrasse. Am frühen Morgen traf man sich in dem ihm so vertrauten Chorraum der grossen Kirche von Zürich. Felix war seit seiner Kindheit regelmässig in diesem Chorraum gewesen. Jetzt aber wirkte dieser majestätische Raum aufgrund der Auseinandersetzung mit Zwingli auf ihn bedrohlich. Zwingli wurde als Leutpriester von den anderen Pfarrern dieser Pfarrgemeinde und einigen Repräsentanten des kleinen Rates begleitet. Auf der Grundlage der Heiligen Schrift richteten die Brüder eine dringende Bitte an Zwingli und forderten eine Kirche, die wahrhaftig auf dem Wort Gottes gegründet ist. Wenn er dies tun würde, behaupteten sie, würden sie ihn vorbehaltlos unterstützen. Die Brüder versicherten ihm, dass sie sich verpflichtet wüssten zu einer ehrlichen Auslegung der Heiligen Schrift. Die Heilige Schrift alleine, behaupteten sie, könne zur Erkenntnis führen und die auseinanderdriftenden unterschiedlichen Schwerpunkte wieder zu einer Einheit zusammenfügen.

Doch nach diesem Treffen war die Kluft zwischen beiden Parteien genau so gross wie zuvor. Es war offensichtlich, dass Zwingli mit seinen Gefährten nicht darauf festgelegt waren, ihre Kirchenreform unter dem Stadtrat klar zu umschreiben. Konrad, Felix, Georg, Wilhelm und ihre Gefährten hatten sich auf eine freie Kirche festgelegt und auf einen Dienst am Evangelium, der die Menschen im ganzen Land zum Glauben an Christus rufen sollte. Sie zielten nicht allein auf eine Reform der Kirche ab, sondern auf eine freie Kirche als einem Ausdruck der Königsherrschaft Christi Gottes in der Gesellschaft.

Nach dieser Disputation hatte Felix den Eindruck, dass er noch einen anderen Ansatz versuchen sollte. Er sandte eine Petition an den Stadtrat und bat um eine Gelegenheit, dass sein schriftlich formuliertes Glaubensbekenntnis vor dem Grossen Rat verlesen werden sollte. Und er bat darum, dies in Abwesenheit von Zwingli und von ihm selbst zu tun, mit der Begründung: "Zwingli ist uns mit seinem schnellen Reden überlegen, sodass wir nicht wirklich Gehör finden."

Daraufhin nahm sich der Stadtrat der Sache an und schickte Felix eine klare Antwort. Sie setzten ein Treffen auf den 17. Januar fest, und Felix und die Brüder wurden aufgefordert, sich zu verantworten.

"Alle, die an dem Irrtum festhalten, dass Kinder nicht getauft werden sollten, sollen am Dienstag, den 17. Januar 1525, vor dem Rat im Rathaus erscheinen und ihre Haltung mit der Heiligen Schrift begründen."

Die Brüder machten keinen Rückzieher. Sie kamen zu einer besonderen Sitzung zusammen, um miteinander zu beten, zu reden und ihr Vorgehen zu besprechen. Dies war *ihre* Chance. Sie kamen überein, dass drei von ihnen als Hauptredner auftreten sollten, nämlich diejenigen, die die Anführer ihrer Bewegung und ursprünglich Gefährten Zwinglis waren: Konrad Grebel, Felix Manz und Wilhelm Reubli. Sie sollten natürlich von Georg Blaurock, Andreas Castelberger, Heinrich Aberli, Hans Ockenfuss, Hans Hujuff, Jakob Hottinger und anderen unterstützt werden.

Während sie miteinander redeten und beteten, gewannen sie den Eindruck, dass das kommende Treffen die Weichen für ihre Zukunft stellen würde. Felix spürte eine tiefe Verantwortung, dem Geist des Neuen Testamentes und dem Willen Christi gegenüber wahrhaftig zu sein. Er verbrachte viele Stunden alleine, übte Antworten auf möglichen Fragen ein, wiederholte Stellen aus der Heiligen Schrift und betete. Als schliesslich das Wochenende kam, fühlte er sich genügend vorbereitet. Er war nun bereit.

Kapitel sieben: Der Anfang der Freikirche

"Die Freiheit der Person darf nicht von einer Regierung eingeschränkt werden!", erklärte Felix nachdrücklich. Er besprach mit Konrad die Themen, mit denen sie sich in ihrem Kampf um eine Kirche der Gläubigen konfrontiert sahen. Sie sassen an einem rauhen Holztisch in einer Ecke des Gasthofes "Grüner Schild", in dem sie gerne zum Essen einkehrten. Gewöhnlich bediente sie eine Magd namens Regeli, heute servierte aber die Wirtin Anna Widerker selbst. Es störte sie ein wenig, dass sie immer wieder zu ihrem Tisch kam, bis sie bemerkten, dass sie eigentlich an ihrem Gespräch interessiert war. Das ermutigte sie, noch lauter zu reden, damit auch andere mithören könnten.

"Wir kämpfen nicht einfach um die Frage der Kindertaufe," erwiderte Konrad. "Wir kämpfen darum, dass die Kirche die Freiheit erlangt, um den Anweisungen Christi, wie wir sie verstehen, zu gehorchen."

"Und Glaubensgehorsam ist die logische Folge unserer Hingabe an Christus," fügte Felix hinzu.

Konrad nickte und fügte hinzu: "Die Gemeinschaft der Gläubigen muss eine in der Kirchenzucht stehende Versammlung darstellen. So gelingt es, dass die Menschen eigenverantwortlich handeln."

"Nicht aber mit dem Schwert, wie der Stadtrat es beabsichtigt," betonte Felix nachdrücklich. "Kein Christ schlägt mit dem Schwert drein oder wehrt sich gegen böse Übergriffen auf ihn. Und ausserdem: da kein Christ töten soll, sollte auch kein Christ Regierungsverantwortung übernehmen!"

"Das denke ich auch," erwiderte Konrad. "Das Schwert muss denen überlassen werden, welche ausserhalb der Vollkommenheit Christi leben."

Felix hatte sich täglich mit Konrad ausgetauscht. Seit Konrad und Barbara sich weigerten, ihr neugeborenes Kind zu taufen, hatte die Spannung zugenommen. Sie waren nicht nur einem starken Druck von Zwingli ausgesetzt, sondern auch von Jakob Grebel, Konrads Vater, einem Führungsmitglied des Kleinen Rates. Er wollte, dass sie sich für die Kindertaufe entscheiden und sich vorbehaltlos mit der Kirche identifizieren. Zwingli selbst sagte Konrad, wie wichtig sein Beitrag für das Leben in der Kirche war.

"Konrad," sagte ihm Zwingli. "Man schaut auf dich als Leiter und deine Leiterschaft kann dazu helfen, dass der Kreis deiner Brüder sich wieder mit der Kirche versöhnt. Bedenke deinen Einfluss, Konrad, wenn du über die Taufe deiner Tochter entscheidest."

Nun war die Sache öffentlich. Zwingli predigte jetzt leidenschaftlich gegen den ungeduldigen radikalen Flügel, der nicht auf die Weisungen der verantwortlichen Leiter der Kirche warten wollte. Als Felix und Konrad über dieses Thema redeten, waren sie nicht nur von ihrer Position überzeugt, sondern waren sich klar der Unterstützung bewusst, die sie von der

Gruppe erhielten, die mit ihnen gleicher Überzeugung waren. Die Brüder wollten keinesfalls in ihrer Stellung vor dem Stadtrat kapitulieren. Bei ihren Vorbereitungstreffen zur Disputation am 17. Januar ermutigten sie einander.

"Eine Kirche unter der Leitung des Stadtrates ist nicht freier als die katholische Kirche, die vom Papst in Rom regiert wird," sagte Felix. Die Gruppe wurde von verschiedenen Berichten über die Verbreitung des evangelischen Glaubens in anderen Regionen ermutigt. Sie sollten in ihrem Streben nach Freiheit ihren Überzeugungen als Jünger Jesu Christi gegenüber treu bleiben. Auch Dr. Hubmaier aus Waldshut, der sich gegen die Kindertaufe aussprach, stellte für Zwingli eine Herausforderung dar. Sie benachrichtigten ihn über die öffentliche Bekanntmachung und luden ihn ein, zu der Disputation am 17. Januar zu kommen.

Die Leiter unter den Brüdern begaben sich am Tag der öffentlichen Disputation früh in den Stadtsaal. Als sie den ihnen vertrauten Weg der Limmat entlang gingen, schlossen sich viele ihrer Gefährten an. Viele Freunde grüssten sie unterwegs, denn die Strassen waren voller Menschen, die bei dem Streitgespräch dabei sein wollten.

Als Konrad, Felix und Wilhelm in die Halle eintraten, wurden sie wie schon zuvor zu ihren Sitzen geleitet, sodass sie Zwingli, Leo Juda, Heinrich Engelhart und einem jungen Theologen namens Heinrich Bullinger direkt gegenüber sassen.

Bullinger war erst kürzlich in die Stadt gekommen und war nun Assistent Zwinglis. Schon bald stellten sie fest, dass seine Äusserungen Zwingli dazu veranlassten, eine ziemlich aktuelle theologische Position in das Streitgespräch einzubringen.

"Die Aufnahme von Kindern durch die Taufe ins Christentum," sagte er, "ist vergleichbar mit der Aufnahme von Kindern in das Judentum durch die Beschneidung. Es ist das Kennzeichen des Bundes, dass man zum Volk Gottes gehört."

Konrad erwiderte darauf Folgendes: "Wir nehmen niemand in das Alte Israel auf noch in die Gemeinschaft eines Volkes, wie es die jüdische Nation ist, sondern in den Leib Jesu Christi. Die Heilige Schrift sagt uns: ‚Wer glaubt und getauft ist, wird errettet werden'. Da ein Kind weder glaubt, noch in einen Bund eintritt oder schon alt genug ist, um die Lehre Christi zu verstehen," fuhr er fort, "sollten nur die Gläubigen getauft werden, denen das Evangelium gepredigt wurde, und die es verstanden haben, und die freiwillig getauft werden wollen und willens sind, ihrem alten Ich abzusterben und ein neues Leben zu führen. Die Kinder wissen von dem allem nichts. Deshalb ist die Taufe nicht für sie bestimmt."

Das Streitgespräch war bald in vollen Gange. Felix und Konrad und ihre Streitgefährten zitierten aus den Evangelien und der Apostelgeschichte zahlreiche Schriftstellen zur Taufe. Sie zeigten auf, dass die Apostel keine Kinder getauft hatten, sondern solche, die so alt waren, dass sie dies alles verstehen konnten.

Als Reaktion darauf sagte Zwingli: “Ihr könnt mir keine Stelle in der Bibel zeigen, wo ein Mensch zweimal getauft wurde!”

Felix antwortete freundlich, obwohl es ihn viel kostete, sich zu beherrschen: “Meister Zwingli, sicherlich habt ihr den Bericht in Apostelgeschichte 19 übersehen. Paulus taufte ein Dutzend Männer, welche früher die Taufe der Busse empfangen hatten. Wir halten dafür, dass man bei der Taufe nach der Heiligen Schrift vorgeht. Deshalb soll man, wie in dem zitierten Abschnitt, die Glaubenstaufe praktizieren und nicht die Kindertaufe. Es ist wichtig, dass ein Mensch sich selbst zur Hingabe an Jesus Christus entscheidet und sich danach taufen lässt.

Und unser Herr bestätigt dies durch seine Taufe mit dem Heiligen Geist. Christus hat die Kindertaufe nicht gelehrt, und die Apostel haben sie nicht praktiziert. Es ging ihnen nur um die Taufe in ihrer wahren Bedeutung, nämlich, dass die getauft werden sollen, die über ihre alten Wege Busse tun, das neue Leben annehmen und der alten Weise sterben, mit Christus begraben werden und durch die Taufe mit ihm zu einem neuen Leben auferstehen.”

Und in dem er sich auf die Erfahrungen des Petrus mit Kornelius in Apostelgeschichte 10 und des Paulus in Apostelgeschichte 22 bezog, fügte Felix hinzu: “Aus diesen Worten ersehen wir sehr klar, was Taufe ist und unter welchen Voraussetzungen man Menschen taufen soll, nämlich wenn sich jemand durch das Wort Gottes bekehrt hat. Danach hat er das Verlangen, im neuen Leben zu wandeln, wie Paulus es in Römer 6 klar aufzeigt - ‚tot dem alten Leben gegenüber'.... Diese Erkenntnisse auf Kinder anzuwenden, ist in sich selber unbiblisch und steht im Widerspruch zur ganzen Heiligen Schrift. Die Taufe ist nichts weiter als ein Zeichen davon, dem alten Menschen abgestorben zu sein und den neuen Menschen angezogen zu haben.”

Obwohl jeder der Leiter der Brüder fundiert gesprochen hatte und, wie Felix empfand, sie jede Herausforderung auf angemessene Art beantworteten, sodass jeder logisch denkende Mensch zufriedengestellt wäre, wurde am Ende des Streitgesprächs klar, dass der Rat die Position Zwinglis und seiner Gefährten unterstützen würde. Felix war erstaunt, wie kraftvoll Zwingli kämpfte. An einem Punkt hatte er Felix persönlich widersprochen. Hitzig hatte er ihn angeprangert und behauptet, er sei ein unverantwortlicher Idealist. Felix war daraufhin erzürnt, verärgert und fühlte sich von dem Mann verletzt, der einst sein Freund war, und so wandte er sich an den Rat.

“Meine Herren,” sagte er traurig, “aus dem Stegreif zu sprechen fällt mir nicht leicht, besonders dann, wenn ich auf einen persönlichen Angriff antworten soll. Ich muss Zeit haben, um mein Verständnis der Heiligen Schrift recht darlegen zu können. Wenn hier irgend jemand ist, wer immer es sein möge, der aufgrund der Heiligen Schrift behauptet,” und hier wurde er bestimmter, “dass neugeborene Kinder getauft werden sollen, und euch, meine Herren, an Hand der Heiligen Schrift das alles in schriftlicher Form aufzeigen kann, so bin ich bereit, darauf zu antworten.

Bei einem Streitgespräch kann ich nicht viel erreichen und will das auch gar nicht. Ich möchte nur sorgfältig mit der Heiligen Schrift umgehen."

Der Bürgermeister beendete das Streitgespräch bald danach und kündigte an, dass sich der Rat zur Beratung zurückziehen und seinen Beschluss am folgenden Tag veröffentlichen werde.

Als Felix mit seinen Freunden das Rathaus verliessen, waren sie niedergeschlagen. Man konnte es an ihrer Haltung und an ihren Gesichtern ablesen. Ginge es den vier geistlichen Führer nicht darum, auf diesem Weg vielen den Rücken zu stärken, dann hätten sie sich jetzt dem Gefühl hingegeben können, tödlich verletzt worden zu sein. Unter den ihnen gleichgesinnten Kollegen, die sich jetzt auf dem Weg zu ihnen gesellten, befand sich Johann Brötli, der Pfarrer von Zollikon, Lorenz Hochrütiner, der Weber, Jakob Hottinger von Zollikon, Gabriel Giger von St. Gallen und Andreas auf seinen Krücken. Während sie so gingen und nachdachten, bedachten sie das Gewicht der in der Disputation vorgebrachten Argumente und waren sich einig, dass der Rat sich nicht erweichen lassen würde. Sie konnten sich auf ernsthafte Folgen gefasst machen.

Hans Hottinger, Nachtwächter im Augustinischen Gefängnis in Zürich und einer von Jakob Hottingers Brüdern, kam von der anderen Strassenseite herüber und schloss sich ihnen an. Er erzählte ihnen von einem Gespräch am Morgen mit Rudolf Asper, der voll des Lobes über Zwinglis Predigten war.

"Ich sagte ihm, dass ich nicht wüsste, warum er sich so darüber freuen könnte. Heute predigt Zwingli so und morgen wieder anders. Vor Jahren hatte er gepredigt, dass Kinder nicht getauft werden sollten, und jetzt sagt er, sie sollen getauft werden. Und wenn er sagt, Gott habe geboten, Kinder zu taufen, so lügt er wie ein Spitzbube und Irrlehrer. Asper versicherte mir daraufhin, dass man Zwingli meine Aussage berichten werde. Und ich bin sicher, dass er das tun wird! Es tut mir leid, dass ich so zornig war. Dies wird uns überhaupt nicht weiterhelfen."

"Nein," antwortete Felix. "Wir werden von deinen Worten noch mal hören."

Früh am nächsten Morgen wurde die Entscheidung des Rates öffentlich bekannt gemacht. Sie kam früher als erwartet. Einige der Brüder hatten beim Rathaus darauf gewartet und für Konrad und Felix eine Abschrift angefertigt (SSA, S. 336):

> In der Angelegenheit der Taufe ist ein Irrtum aufgekommen, nämlich, dass junge Kinder nicht getauft werden sollten, bis sie in ihre Tage der Eigenverantwortlichkeit gekommen sind und wissen, was Glaube ist. Einige haben konsequenterweise ihre Kinder ungetauft gelassen. Unsere Herren und der Bürgermeister, der Kleine Rat und der Grosse Rat, "Die Zweihundert der Stadt Zürich" genannt, hatten eine Disputation bewilligt. Sie sollte über das Thema auf der Grundlage der

> Heiligen Schrift abgehalten werden. Wir haben entschieden, dass, ungeachtet dieses Irrtums alle Kinder, so bald wie möglich nach ihrer Geburt getauft werden sollen. Alle diejenigen, welche bisher ihre Kinder ungetauft gelassen haben, müssen diese innerhalb der nächsten acht Tage taufen lassen. Jeder, der sich dem widersetzt, soll mit Frau, Kind und Gut die Stadt unserer Herren, den Bereich unserer Gerichtsbarkeit und Autorität verlassen und niemals wiederkehren, oder erwarten, was mit ihm geschieht. Jeder wird wissen, wie er sich dementsprechend zu benehmen hat. In Kraft gesetzt am Mittwoch, vor dem Sebastianstag, 1525.

Felix und Konrad schüttelten ungläubig ihren Kopf. Sie waren auf das Schlimmste gefasst, und doch waren sie bestürzt über die Endgültigkeit dieses Beschlusses. Sie hatten schon entschieden, was der nächste Schritt sein sollte. Sie mussten ihre Strategie anpassen. Sie strebten nicht mehr eine radikalere Reform der Kirchen in der Stadt an, sondern wollten eine eigenständige Freikirchenbewegung beginnen.

Sie waren innerlich an Christus gebunden und der Ausbreitung des evangelischen Glaubens verpflichtet. Zwingli hatte ihnen ein evangelisches Verständnis des Evangeliums vermittelt, und sie würden dieses Evangelium weiter im Land verbreiten. Vielleicht musste eine Kirche der Gläubigen gar keine strukturierte Organisation haben, wie Zwingli sie anstrebte. Sie konnte aus kleinen Gemeinschaften hingegebener Jünger bestehen, Gemeinschaften von Wiedergeborenen, die das alte Leben abgelegt hatten und im neuen Leben Jesu Christi wandelten. Sie würden sich in Häusern treffen, in Wäldern, in Höhlen, wo immer sie konnten, aber sie würden ein Volk Christi sein.

Am 21. Januar kam noch eine weitere Überraschung. Der Grosse Rat veröffentlichte eine zusätzliche Erklärung. Es war ein Beschluss des Rates am Tag, der auf den Tag des Heiligen Sebastian folgte, und wurde in der Gegenwart des Herrn Rust und des Kleinen und des Grossen Rates unterzeichnet. Am Ende dieses Beschlusses stand folgende Aufforderung (SSA, S. 338).

> Konrad Grebel und Felix Manz sollen schweigen und davon Abstand nehmen, weitere Treffen ihrer Bibelklassen abzuhalten. Leiter in der Bibelstudiengruppe, die nicht Einwohner von Zürich sind, werden hiermit aus der Stadt verbannt: Wilhelm Reubli, Ludwig Hätzer, Johann Brötli und Andreas Castelberger. Sie müssen die Stadt innerhalb von acht Tagen verlassen.
>
> Wir richten uns an die Einwohner von Zürich und an seine Nachbarn, die Gottesdienste der bestehenden Kirche zu besuchen und die Einheit des Friedens zu suchen.

Diese Bekanntmachung wurde an jeder Kirche in Zürich und in den umliegenden Gebieten von Witikon, Zollikon und darüber hinaus angeschlagen. Als nachdrückliche Demonstration ihrer Autorität verbannte der Rat in seinem Beschluss Reubli und Brötli nicht nur aus Zürich, sondern auch von ihren Pfarrämtern in Witikon und Zollikon.

Die Aufforderung, ihre Bibelklassen einzustellen, zwang Felix zu einer Entscheidung, die eindeutig eine Niederlage war. "Heinrich, es geht nun nicht mehr darum, dass wir uns für die Reform in der römischen Kirche einsetzen, auch nicht darum, dass wir eine neue evangelische Kirche fordern." Felix richtete sich an Heinrich Aberli, ein Mitglied ihrer Gruppe, der wegen öffentlicher Äusserungen viermal hintereinander kurz im Gefängnis war. "Du wurdest einfach deshalb eingesperrt, weil du zu ungeduldig warst in deinen Forderungen, aus den inzwischen evangelisch gewordenen Kirchen in Zürich die Bilder zu entfernen und die katholischen Ordnungen abzuschaffen. Wir sind aber nun nicht mehr länger in dieser Kirche, wir stehen auch nicht mehr länger unter dem Schutz des Stadtrates. Wir sind jetzt damit konfrontiert, was es heisst, ein abgesondertes Volk Gottes zu sein. Wir sind nun Jünger Christi, die sich auf nichts anderes stützen als auf ihren Glauben."

Aberli beharrte darauf: "Du kannst keine Kompromisse machen, was deine innere Einstellung betrifft. Du musst weiterhin deine Lehrtätigkeit ausüben."

Konrad blickte jeden der Männer an und sagte dann: "Wir sollten uns wie abgemacht heute Abend treffen. Gott wird uns zweifelsohne im Gebet die Richtung weisen, die wir einschlagen sollen."

Es lag eine feierliche Heiligkeit über der Gruppe, die an diesem Abend in der Neustadtgasse zusammen kam. Sie trafen sich am gewohnten Ort, einige Häuser vom Grossmünster entfernt, im Haus, in dem Felix mit seiner Mutter Anna und seinem Bruder Heinrich wohnte. Konrad leitete das Bibelstudium, und später am Abend beteten sie miteinander. Sie baten Gott, dass er sie befähigen möge, ihre Überzeugungen auszuleben als wahre Kirche, und dass er ihnen die Weisheit gebe, um dem Widerstand fest gegenüber zu treten. Sie beteten inbrünstig und leidenschaftlich.

Es lag ein heiliger Ernst vor der Gegenwart des Heiligen Geistes auf der Gruppe, als sich die 15 Männer von ihren Knien erhoben und sich wieder hinsetzten. Felix war hin und her gerissen und ausgelaugt. Er hatte den Eindruck, dass jedes seiner Glieder vor Schmerz nach der Führung Gottes schrie. Plötzlich erhob sich Georg Blaurock von seinem Stuhl, ging zu Konrad hinüber und sagte: "In Gottes Namen, Konrad, taufe mich doch auf meinen Glauben an Jesus Christus und meine Erkenntnis seines Willens hin mit der wahren christlichen Taufe!"

Er kniete vor Konrad auf dem Boden. Grebel sass einige Augenblicke still da. Dann stand er auf, ging zum Wassereimer, nahm einen Schöpflöffel voll Wasser und ging langsam zu Georg Blaurock zurück. Er hielt einen Augenblick inne, versenkte sich in seine Gedanken und wog die Folgen dessen ab, was er nun zu tun gedachte. Dann legte er seine Hand auf Georgs Haupt, sprach ein kurzes Gebet und goss dann das Wasser über seinen Kopf und sprach zur Bestätigung, dass er ihn taufte, die Worte "im Namen des Vaters und des Sohnes und des Heiligen Geistes."

Dann reichte er Georg seine Hand und half ihm aufzustehen. Dann zitierte er Worte des Apostels Paulus aus dem Römerbrief im 6. Kapitel: "Wie Christus durch die Herrlichkeit des Vaters von den Toten auferweckt wurde, so sollst auch du in einem neuen Leben wandeln".

Georgs Gesicht strahlte. Als Konrad so vor ihm stand, sagte er plötzlich: "Georg, wirst du nun mich taufen?"

Sofort kniete er sich vor ihm nieder, und Georg nahm den Schöpfer und taufte ihn. Als Felix dies so beobachtete, verliess ihn die ganze innere Anspannung. Er wurde von einer Gewissheit erfüllt, einem tiefen Frieden. Er merkte, wie er sich jetzt selbst auf die beiden Männer zubewegte und vor ihnen niederkniete. Er hörte sich, wie er sie um die Taufe bat. Als Konrad und Georg gemeinsam diese bedeutsame Handlung vollzogen, hatte Felix den Eindruck, dass dies nun der Höhepunkt von all dem sei, wofür er bisher gearbeitet hatte. Er dachte, dass es mehr als recht war, es war die völlige Hingabe an Christus. Der Heilige Geist schien den Raum zu erfüllen, und er schien sein Herz zu erfüllen.

All die fünfzehn Männer liessen sich einer nach dem anderen taufen "im Namen des Vaters und des Sohnes und des Heiligen Geistes", indem Wasser über sie gegossen wurde als Symbol der inneren Taufe mit dem Heiligen Geist. Nach der Taufe brachte Felix Brot und Wein aus einem Schrank, und voller Ehrfurcht feierten sie das Abendmahl. Jeder bedachte im Stillen, was an ihnen geschehen war.

Lange bis in die Nacht hinein sprachen sie miteinander über diese wunderbare Erfahrung. Sie hatten wahrhaftig zum Ausdruck gebracht, was sie in den letzten Monaten miteinander geteilt hatten. Es war Ironie, dass sie Zwinglis Worte zitierten: "Es gibt zwei Taufen. Die äussere Taufe mit Wasser und die innere Taufe mit dem Heiligen Geist. Die äussere Taufe ist nur ein Symbol. Es ist die innere Taufe, welche ein Leben verändert."

"Jetzt gibt es kein zurück mehr," sagte Konrad. "Wir haben uns auf den Weg begeben, eine freie Kirche aufzubauen, frei in der Gnade Christi. Das müssen wir mit Hilfe der Gnade Gottes tun."

"Und um das zu tun," fügte Felix hinzu, "brauchen wir einander. Wir müssen einander helfen in dem Dienst, zu dem Gott uns gerufen hat."

"Der Dienst!", rief Konrad aus. "Genau das ist es, dem wir uns als Nächstes stellen müssen. Gott ruft uns als Diener des Evangeliums, um den Glauben zu lehren und auszuleben, in den er uns berufen hat."

Danach sprachen sie über einen ungewohnten Punkt, nämlich über die gegenseitige Ordination zum Dienst am Evangelium. Sie lasen aus dem Brief des Apostels Paulus an Timotheus, und beantworteten sich gegenseitig ihre Fragen. Dann verpflichteten sie sich, treue Lehrer des Wortes Gottes zu sein. Sie gelobten als treue Diener Jesu Christi eine Kirche zu bauen, die nichts anderes sei, als sein Leib, eine Gemeinschaft von Gläubigen, wiedergeboren aus dem Geist und hingegeben zu einem Wandel in der Neuheit des Lebens. Nun setzten sie gegenseitig im Namen des Herrn Jesus Christus, wenn auch eher auf formlose Art, in den Dienst ein, der aus diesem hohen und heiligen Ruf folgt.

Zum Abschied schüttelten sich Felix und Konrad die Hände, dabei fiel der Blick von Felix zum Grossmünster, das sich am Ende der Strasse befand. Es war das Symbol der Macht Zwinglis, einer Autorität, die nun nicht mehr länger für sie galt. Er sagte: "Es ist nicht das Wort Zwinglis, auf das wir bauen, sondern das Wort Gottes."

Konrad nickte zustimmend und wandte sich für einen Augenblick um, um auch einen Blick auf diese grosse Kirche zu werfen. Noch einmal reichten sich beide die Hände, dann machte sich Konrad auf den Weg. Felix war von der Führung bewegt, die sie in ihrem Leben zu diesem gemeinsamen Dienst zusammengebracht hatte.

Felix fand in dieser Nacht nicht viel Schlaf. Seine Aufregung und die Fülle der Gedanken hielten ihn wach. Die Gruppe der Fünfzehn hatte bewusst gegen die Praxis der Kirche gehandelt, an die man sich nun schon seit mehr als tausend Jahre hielt. Er war sich sicher, dass sie von Gott berufen waren, eine Kirche im Geist des Neuen Testamentes neu ins Leben zu rufen, eine Kirche, die nicht dem Einfluss einer Staatskirche und politischen Behörden ausgesetzt ist. Dass sie einander für den Dienst des Evangeliums ordiniert hatten, gab ihm das überwältigende Gefühl, dass sie dem Stadtrat geantwortet hatten. Sie würden nicht kapitulieren! Sie hatten sich darauf festgelegt, dynamisch vorwärts zu gehen und die Kirche Christi zu bauen.

Es war dieser Samstagabend, am 21. Januar 1525, den Felix jetzt als den Geburtstag der freien Kirche betrachtete. Er schlief ein bei dem Gedanken, dass die Brüder am Sonntagmorgen in die Kirchen in Zürich, Witikon und Zollikon zum Gottesdienst gehen würden. Sie würden ihren Glauben freimütig allen Personen bezeugen, mit denen sich eine Gelegenheit zum Gespräch ergeben würde. Sie waren nun davon überzeugt, dass die zukünftige Kirche aus vielen freien Versammlungen bestehen würde, deren Handeln auf der Grundlage der Autorität der Heiligen Schrift und der Freiheit Christi beruhen würde.

Kapitel acht:
Die Freikirche in Zollikon

Der Sonntagmorgen begann hell und frisch und die Familie Manz war schon auf den Beinen. Georg Blaurock hatte die Gastfreundlichkeit von Anna Manz angenommen und bei ihnen übernachtet. Als sie am Frühstückstisch sassen und begeistert zu viel vom Brot und vom Käse assen, redeten Felix und Georg über das bedeutende Ereignis des vorigen Abends. Die Nacht hatte ihnen den Enthusiasmus nicht geraubt. Sie wussten beide, dass sie richtig gehandelt hatten, gemäss ihrer neuen biblischen Erkenntnisse. Sie waren als Gläubige getauft, hatten als Laien das Abendmahl genommen und waren als Diener des Evangeliums eingesetzt – die Priesterschaft aller Gläubigen.

Beim Gespräch merkte Felix, dass seine Mutter und besonders sein jüngerer Bruder sehr aufmerksam waren. Heinrich hatte in den letzten Wochen öfter Fragen gestellt und Felix war stolz, dass er sich so für geistliche Dinge und die Kirche interessierte. Seine Mutter blieb so fest wie immer und obwohl sie nicht viel darüber redete, schien sie durch die Bibelgruppe allmählich neue Einblicke in die Schrift zu gewinnen.

„Ihr Männer habt einen radikalen Kurs eingeschlagen", sagte sie in ihrem mütterlichen Ton. „Ich bin sicher, dass Zwingli und der Rat nicht aufhören, gegen euch zu arbeiten. Ihr müsst viel zum Herrn beten und ernsthaft seine Führung suchen."

Felix verstand, warum sich seine Mutter sorgte. „Ja, Mutter", antwortete er. „Wir müssen viel beten. Aber jetzt ist es Zeit zum Handeln. Nie zuvor war ich mir einer Sache sicherer. Gott ruft uns, die Kirche neu zu bauen."

Georg fügte hinzu: „Seit zwölfhundert Jahren, seit Konstantin, hat die Welt eine gefallene Kirche. Durch Gottes Gnade und den Heiligen Geist wird die neutestamentliche Kirche noch einmal geboren."

Felix und Georg wollten zum zweiten Morgengottesdienst in das Grossmünster gehen, die Predigt von Ulrich Zwingli hören und dann überlegen, wie sich die Haltung Zwinglis auf ihre Bewegung künftig auswirken würde. Als sie losgingen, sagte Felix seiner Mutter, dass sie zum Mittagessen nicht da sein würden. Sie wollten zu Grebel und dann nach Zollikon gehen. Sie streichelte seine Wange und lächelte halb.

Den kurzen Weg von der Neustadtgasse zur Kathedrale legten sie schnell zurück und mischten sie sich unter die Menge, die in die Kirche strömte. Zwinglis Botschaft war wie immer ausgezeichnet. Seine Auslegungsgabe zog die Zuhörer in den Bann. Er forderte die Einheit und die Unterstützung der evangelischen, reformierten Kirche und erwähnte kurz, wie wichtig es sei, dass die Kirche sich klar von denen abgrenzt, die sich weniger vorsichtig den alten Traditionen entgegenstellen.

„Solche", sagte er, „müssen sich vor dem Stadtrat verantworten."

Nach dem Gottesdienst gingen sie zu Konrads Haus auf dem Neumarkt. Dort wurden sie von Konrad und Barbara herzlich empfangen. Felix hatte einen Bärenhunger und sagte zu Georg, nichts ginge über einen Sonntagnachmittagshunger. Er war erleichtert, als Barbara ein Tablett mit kalten Wurstbroten auftischte.

Als sie gerade essen wollten, klopfte es kurz hintereinander an der Tür. Es war Hans Ockenfuss, der Schneider von Stadelhofen, und er war aufgewühlt. Konrad bat ihn herein und er sprudelte seine Geschichte nur so heraus. Früh am Morgen hatte er sein Haus in Stadelhofen verlassen, um einen Anzug zu Wilhelm Röubli zu bringen. Hans hatte mit Wilhelm reden wollen und nutzte die Gelegenheit, als er ihm den Anzug zu gab, bevor er Witikon verlassen musste. Als er durch Hirslanden ging, beobachtete Hans eine bewegende Szene am Dorfbrunnen. Johann Brötli, der verbündete Pfarrer in Zollikon, der vom Züricher Stadtrat verbannt worden war, stand am Brunnen und redete mit Fridli Schumacher, dem Schuster von Zollikon. Schumacher sei Brötlis Gutsherr, erklärte Ockenfuss. Sie hatten natürlich schon ein paar Mal über Brötlis Überzeugung gesprochen. Es war allgemein bekannt, dass Brötli die Gemeinde die Freikirchenbewegung befürwortete.

Ockenfuss hörte Fridli sagen: „In Ordnung, Johann, du hast mir die Wahrheit gezeigt. Ich danke dir dafür und bitte dich um das Zeichen." Ohne zu zögern hatte Brötli Wasser aus dem Eimer am Brunnen genommen und taufte Fridli „im Namen des Vaters und des Sohnes und des Heiligen Geistes."

„Das war ein öffentliches Ereignis", sagte Ockenfuss. „Es ist schon in ganz Zollikon bekannt. Was letzte Nacht in der Privatsphäre eures Hauses geschah, Felix, ist jetzt öffentlich bekannt!"

Konrad stand und lehnte sich mit seinen Fingerspitzen auf den Tisch. „Das muss an die Öffentlichkeit", sagte er. „Unser Kurs ist klar. Wir haben uns auf dieses Wagnis im Glauben und unter der Leitung des Heiligen Geistes eingelassen und werden seine Führung weiterhin annehmen."

Felix stand ebenfalls. „Georg und ich sind nach Zollikon unterwegs und besuchen Jakob Hottinger. Vielleicht können wir noch weitere Brüder zu einer Abendversammlung einladen und uns gegenseitig ermutigen, im Geist zu wandeln."

„Möchtest du nicht an Konrad Hottingers Hof anhalten, Felix?", warf Barbara mit einem schlauen Lächeln auf ihrem Gesicht ein. „Ja, das hatte ich tatsächlich vor, wenn es dir auch passt, Georg."

„Gewiss, mein Freund", scherzte Georg und klopfte Felix auf den Rücken. „Da gibt es auch noch andere Sachen, die wir beachten müssen!"

Sie lachten alle und verabschiedeten sich. Hans Ockenfuss ging weiter zu Gabriel Giger, um Andreas mit den Krücken aufzusuchen und ihnen wegen der Abendveranstaltung Bescheid zu sagen.

Auf dem Weg zu Trini hörte Felix nicht richtig zu, was Georg sagte. Es ging irgendwie um die Zukunft der Bewegung, sie sie so sehr in Beschlag nahm, aber Felix konnte kaum folgen. Er stellte sich Trini gedanklich vor. Sie lächelte, fast schelmisch, lachte leicht. Sein Bauch war voller Schmetterlinge und seine Beine voller Energie.

„Müssen wir wirklich so schnell laufen?“, fragte Georg kichernd. Felix bemerkte, dass sein Freund ausser Atem war, und lief langsamer.

„Entschuldige“, sagte er.

Als sie am Bauernhof ankamen, stellte er Georg der Frau, die er liebte, und der Familie Hottinger vor. Georg unterhielt sich sogleich mit Konrad Hottinger und Felix nutzte die Gelegenheit. Er und Trini packten sich warm ein und gingen miteinander in den Garten. Eine dünne Schneeschicht lag auf dem Boden, genug, um die trockene Erde zu bedecken, aber nicht genug, um das Gehen zu erschweren.

„Erzähle mir alles, was in letzter Zeit passiert ist“, bettelte Trini. Felix war überglücklich und erzählte alle Einzelheiten von der Disputation, seinen eigenen Erklärungen gegenüber Zwingli und dem Rat. Er zählte auch von der Kluft, die bei der Debatte noch deutlicher hervortrat.

„Trini“, sagte er, „ich hatte gehofft, dass der Rat, der seine Meinung in Sachen Bilder geändert hatte, das auch bezüglich der Tauffrage tun würde. Ich drängte sie und besonders Zwingli dazu, auf unseren Standpunkt mit biblischen Argumenten zu antworten. Das war nicht geschehen. Und dann machten sie ihre Missbilligung öffentlich. Wegen ihres Urteils über unsere Gruppe hatten wir keine andere Wahl, als uns zu versammeln und dem Herrn zu gehorchen.“

Trinis Gesichtsausdruck verriet nicht, was sie dachte, und Felix fuhr fort: „Letzten Abend war das bewegendste Ereignis meines Lebens. Wir bekannten voreinander Jesus Christus als Herrn und Haupt der Kirche, zu der wir gehören, und feierten einen Taufgottesdienst.“ Felix hatte sich vorher gedanklich zurechtgelegt, wie er ihr das, was geschehen war, erzählen würde. Er wollte, dass Trini es vor allen anderen verstand. Er erzählte ihr, wie Georg Konrad um die Taufe gebeten hatte, und dass umgekehrt Blaurock Konrad getauft hatte, und wie er dann selber nach dem Sakrament verlangte. Er schilderte, wie sie zusammen um den Tisch des Herrn sassen und über ihre Entscheidung staunten.

„Es war uns klar, das wir so etwas wie eine Freikirchenbewegung in Gang setzten“, erklärte er. „Wie haben einander als Diener am Evangelium Christi eingesetzt, um die Kirche zu bauen. Trini, ich hatte noch nie solch tiefe Zufriedenheit erlebt wie letzten Abend. Du weisst, dass ich seit Jahren eine Identität suche. Ich habe Anschluss gesucht, wollte wissen, wer ich bin und was mein Leben ausmacht. Nun, ich habe das in Christus Jesus und in seinem Ruf gefunden. Ich bin ein Kind Gottes, ein Jünger Jesu Christi, und ich bin jetzt frei, ein Diener am Evangeliums seines Reiches zu sein. Ich kann mir keine grössere Lebenserfüllung vorstellen, als fröhlich dieses Evangelium zu verkünden.“ Seine Stimme klang hell und sein Gesicht leuchtete. Fast verlegen sah er Trini an und wusste nicht, wie sie reagieren würde. Dann aber sah er ihre funkelnden Augen das breite Lächeln auf ihrem Gesicht.

„Felix, ich glaube dir“, sagte sie. „Das ist von Gott. Etwas passiert, was das ganze Land, ja sogar die ganze Welt beeinflussen wird.

Felix schloss sie in die Arme und zog sie an sich. Er spürte, wie sich ihre Arme um ihn legten, und so standen sie lange da und hielten wortlos einander fest.

Als vom Haus her Stimmen zu hören waren, gingen sie zurück und erfuhren, dass Hans Ockenfuss angekommen war. Felix erklärte, dass sie weiter zu Jakob Hottinger gehen würden, wo sich ein paar Leute versammelten. Konrad nahm seinen Mantel vom Ständer und sagte: „Wir werden auch gehen."

Als sich Freunde und Fremde versammelt hatten, beteten sie an. Felix leitete sie an, bekannte Lobpreispsalmen zu singen. Konrad führte das Gebet und die Schriftauslegung. Plötzlich wandte sich Konrad an Felix und sagte: „Wir haben in unserem kleinen Kreis die Taufe und das Abendmahl erlebt. Lasst uns doch auch hier in unserer neuen Freiheit das Abendmahl feiern. Wir haben die Form der Messe abgelehnt. Lasst uns nun den Tod und die Auferstehung unseres Herrn gemeinsam feiern."

Felix und Georg stimmten zu und Jakob und seine Frau brachten ihnen Brot und Wein. Georg und auch andere teilten ihr Abendmahlsverständnis mit. Sie betonten, dass Christus sich selber für sie in den Tod gegeben hatte, und dass sie im Gegenzug auch bereit sein sollten, für die Sache Jesu und seine Nachfolger zu sterben.

Konrad hob das Brot hoch und brach es, Gott Dank sagend. Dann legte er es zurück aufs Tablett und es wurde herumgereicht. Es herrschte eine fast hörbare Stille im Raum. Die Gruppe bestand aus mehr als fünfzehn Leuten und jeder Einzelne war mit Andacht und Gebet beschäftigt.

Trini sah zu, als das Tablett Margarete Hottinger gereicht wurde und die ältere Frau nahm sich ein Stück davon. Als es bei Trini war, tat sie das Gleiche. Sie reichte das Tablett Felix und ihr warmes Lächeln sagte ihm, dass sie eine von ihnen war.

Als Konrad den Becher mit Wein nahm, gab er ihn Felix und nickte ihm zu, dieses Symbol zu teilen. Mit einfachen Worten sagte Felix: „Lasst uns alle, die wir die Bedeutung der Vergebung Gottes kennen und wissen, dass unsere Sünden durch das rosenrote Blut unseres Herrn weggewaschen wurden, gemeinsam aus diesem Becher trinken."

Mit einem Dank an Gott für den neuen Bund im Blut Christi gab er den Becher weiter. Jeder trank ehrfürchtig vom Symbol des Todes des Herrn.

Sie empfanden das als etwas Wunderbares, denn sie gingen einen völlig anderen Weg im Vergleich zum Ablauf dieses Sakraments am Altar des Grossmünsters. Jahrhundertelang hatte dort nur der Priester den Wein genommen, während die Gemeinde nur die Hostie bekam. Hier, im schlichten Bauernhaus in Zollikon, brachen die Gläubigen gewöhnliches Brot und nahmen es zusammen mit dem Wein. Die Teilnehmenden wussten, dass sie das Abendmahl freiwillig teilten.

Felix und Konrad luden dazu ein, sich über die Bedeutung dieser Erfahrung auszutauschen. Einer nach dem anderen bekräftigte, von jetzt an ein christusgemässes Leben führen zu wollen. Jakob Hottinger brachte vor der

Gemeinschaft zum Ausdruck, „dass wir immer Gott in unseren Herzen haben wollen und als Erstes an ihn denken wollen."

Felix nickte Jakob zu und dann ergänzte er: „Diese Symbole sind Zeichen brüderlicher Liebe und Frieden. Solch ein Gottesdienst ist eine Gelegenheit, uns gegenseitig die Liebe Christi zuzusprechen, durch die wir erlöst sind."

Spät abends, kurz bevor Trini mit ihrem Vater nach Hause ging, nahm Felix sie zur Seite und gab ihr hinter der Tür einen Gutenachtkuss.

„Ich liebe dich", sagte er.

Es war eine kalte Nacht, aber Konrad, Felix und Georg störte das scheinbar nicht, als sie zurück nach Zürich reisten. Am Mittwoch würden sie wieder nach Zollikon zurückkommen, und zwar zu Rudi Thomann, einem älteren, wohlhabenden Bauern. Dort würde es ein Abschiedsessen für Röubli und Brötli geben. Den beiden war eine Woche Zeit gegeben worden um zu gehen und das wollten sie auch nach der Mittwochversammlung tun. Thomann war dabei, für diese Zeit der Gemeinschaft zahlreiche Freunde einzuladen.

Die ersten Tage der Woche vergingen langsam für Felix. Er wollte Trini unbedingt sehen. Jeden Tag verbrachte er Zeit mit Konrad. Als er auf seinem Weg zum Neumarkt am Grossmünster vorbeiging, fragte er sich, was Zwingli wohl über die Geschehnisse dachte. Endlich kam der Mittwoch und Felix, Konrad und Georg kamen beizeiten in Zollikon an Thomanns Grundstück an. Als sie durchs Tor gingen, hielten sie an, um vom kalten Brunnenwasser zu trinken, das in einen riesigen Trog lief. An der Tür wurden sie von Marx Bosshart, dem Schwiegersohn des Hauses, herzlich begrüsst. Er stellte sie Thomanns Bruder Heinrich und Hans Bruggbach aus dem Nachbardorf Zumikon vor. Bald trafen auch viele andere ein, unter ihnen Trini, ihre Eltern und eine jüngere Schwester.

Nach der Mahlzeit sass die Gruppe um den langen Tisch und studierte die Bibel. Felix übernahm die Leitung, als sie einen neutestamentlichen Text betrachteten, und lenkte die Aufmerksamkeit auf Apostelgeschichte zwei. Er betonte, wie wichtig die Abkehr von den Sünden und die gläubige Hinwendung zu Christus sei. Er wiederholte die Evangeliumsverheissung, dass sie durch Glauben an Jesus Christus und durch die Taufe die Gabe des Heiligen Geistes empfangen würden.

Im Verlauf dieser Belehrung merkte die Gruppe, dass Hans Bruggbach weinte. Felix unterbrach seine Rede und achtete darauf, dass es für den Mann nicht peinlich würde, als er dessen Schulter berührte und fragte, ob er für ihn beten könne.

Hans erhob sich und in tiefer Seelenqual rief er: „Ich bin ein grosser Sünder!"

Georg fragte ihn: „Strebst du ernsthaft nach der Gnade Gottes?"

„Ja", antwortete er.

Die Männer knieten zusammen und Felix betete. Dann betete Hans und bat Gott um Vergebung. Felix stand auf und fragte: „Wer verbietet mir, diesen Mann zu taufen?"

Georg antwortete mit Nachdruck: „Niemand."

Felix ging zum Wassereimer, füllte den Schöpfer mit Wasser, goss ihn über Hans' gebeugten Kopf aus und taufte ihn mit den Worten „im Namen des Vaters und des Sohnes und des Heiligen Geistes."

Dann war es eine Weile still. Plötzlich stand der Älteste Jakob Hottinger auf, ging zu Felix und sagte: „Auch ich glaube und möchte gerne getauft werden."

Vor ihm kniend empfing Jakob die Taufe, die Felix durchführte. Bald schloss die Versammlung mit einem Gebet und es wurde still im Raum, als die Gäste in die Nacht hinausschlüpften und ihrer Wege gingen. Felix und seine Leute übernachteten in Thomanns Haus, denn es war zu spät, um in die Stadt zurückzugehen.

Früh am Morgen weckte Marx Bosshart seinen Schwiegervater und die beiden gingen in das Zimmer, wo Felix und Georg schliefen, und weckten sie.

Marx sagte: „Ich brachte es gestern Abend nicht übers Herz, getauft zu werden. Ich habe aber die ganze Nacht damit gekämpft. In den frühen Morgenstunden habe ich mit Gott Frieden gemacht und so an Jesus Christus hingegeben will ich jetzt getauft werden."

Georg sagte: „Du weisst, Marx, dass du ein sehr lockerer und unbekümmerter junger Mann gewesen bist. Diese Hingabe bedeutet, dass du dein Leben völlig ändern musst. Du musst den alten Adam ablegen und den neuen Menschen anziehen."

Marx antwortete: „Durch die Gnade Gottes will ich das tun."

Lächelnd und mit ausgestreckter Hand sagte Georg: „Komm her und ich taufe dich." Marx kniete vor ihm und Blaurock vollzog die Taufe. Der neue Mensch erhob sich voller Freude.

Georg wandte sich dann an den Schwiegervater Rudi Thomann und erinnerte ihn daran, dass er nicht mehr viele Jahre zu leben hatte. „Es ist ein Befehl", sagte Georg, „dass du dein Leben in Ordnung bringst und dich der Gnade Gottes öffnest. Rudi, wenn du das im Glauben tust, taufe ich dich auch."

Feierlich bejahte Rudi seine Hingabe an Jesus Christus und kniete sich hin, damit Blaurock ihn taufte.

Georg war voller Begeisterung über das, was in diesem Haus geschah. Er drängte Rudi, dass seine ganze Familie und die Diener getauft würden. Der Bauer stimmte zu. „Aber", sagte Georg, „jeder muss seine eigene Entscheidung treffen." Und so vollzogen Felix und Georg an diesem Morgen die Taufe an vielen, die zum Haushalt gehörten.

Als sie fertig waren, sah Blaurock einen Laib Brot auf dem Tisch, ergriff ihn und sprach zur Gruppe: „Lasst alle, die da glauben, dass Gott sie durch seinen Tod mit seinem rosenfarbenen Blut erlöst hat, kommen und mit mir vom Brot essen und vom Wein trinken." Ehrfürchtig stand die Gruppe um den Tisch, reichte Brot und Wein weiter und teilte miteinander das, was den Tod und die Auferstehung des Herrn zu ihrer Erlösung symbolisierte.

In den paar Tagen danach wohnte Felix praktisch in Zollikon. Georg und seine Frau blieben auch in Zollikon und waren bei Fridli Schumacher zu

Gast. Am ersten Tag ihres Besuches bat Fridlis Frau Georg, sie zu taufen. Nun wurden Abend für Abend Versammlungen in verschiedenen Häusern abgehalten. Felix besuchte Trini jeden Tag, aber er hatte auch mehrmals Gelegenheit, seinen Freund Felix Kienast zu besuchen. Einmal hatte Kienast ein paar Nachbarn in seinem Haus versammelt. Sie wollten Felix' Botschaft hören. Unter ihnen war ein junger, unternehmungslustiger Bauer namens Jörg Schad und in der Bibelstunde, die Felix leitete, erlebte Jörg eine bemerkenswerte Bekehrung. Er gab sich öffentlich Christus hin und erklärte sich als sein Jünger. Felix taufte ihn mit Tränen auf den Wangen und freute sich mit Jörg über dessen neuen Glauben.

Felix Kienast stand auf und ging in die Mitte des Raumes. „Ich glaube auch und bekenne Jesus als meinen Herren. Taufst du mich?" Manz' Tränen flossen nun ungehindert und er warf weinend seine Arme um seinen Freund. Als er sich wieder gefangen hatte, taufte er Kienast „im Namen des Vaters und des Sohnes und des Heiligen Geistes."

Am Ende der Woche waren Felix und Georg so begeistert darüber, wie sich die Kirche der Gläubigen in Zollikon entwickelte, dass sie sich kaum beherrschen konnten. Wenn diese Kirche in Zürich nicht frei sein konnte, dann konnte sie ihre Freiheit woanders ausdrücken.

Brötli hatte während der Woche zahlreiche Personen aus seinem Pfarrbezirk getauft. Da er bald weggehen würde, handelte er ungeachtet der Kritik des Stadtrates, die erst dann kommen würde, nachdem er den Pfarrbezirk verlassen haben würde. An einer Versammlung bei Hans Murer waren unter den von Brötli Getauften Trinis Vater, Konrad und ihr Bruder Rudolf.

Konrad Grebel war Anfang dieser Woche nach Schaffhausen aufgebrochen. Er wollte mit Dr. Sebastian Hofmeister sprechen, der jetzt Pfarrer der Stadtkirche war. Er hoffte auch, Dr. Hubmaier von Waldshut zu treffen, denn er hatte gehört, dass Dr. Hubmaier bewaffnete Kräfte gegen die Österreicher zur Verteidigung seines Programms einsetzte. Danach wollte er nach Osten reisen, um in St. Gallen mit seinem Schwager Vadian zu reden.

Felix spürte jetzt, wie die Ereignisse in Zollikon auf ihm und auf Georg lasteten. Obwohl er Georg respektierte und liebte, empfand er, dass sein Eifer manchmal seine Urteilsvermögen trübte. Er merkte auch, dass die anderen in der Gruppe eher ihn als Georg um Führung ersuchten.

Am Sonntagmorgen des 29. Januar besuchten sie den Gottesdienst in Zollikon, wo Brötli bis zu seiner Verbannung durch den Züricher Stadtrat gedient hatte. Sie waren neugierig, was Brötlis Nachfolger zu sagen hat. Der Prediger Niklaus Billeter wollte gerade auf die Kanzel zu gehen, als Georg plötzlich aufsprang und mit lauter Stimme rief: „Was hast du vor?"

Billeter antwortete ruhig: „Ich werde das Wort Gottes predigen."

„Aber", drängte Georg beharrlich, „nicht du, denn ich bin zum Predigen gesandt worden."

Billeter, immer noch beherrscht, blickte auf Georg und sagte: „Nicht heute. Ich wurde vom obersten Domherren des Grossmünsters in Zürich gesandt", und wandte sich um, stieg auf die Kanzel und begann zu predigen. Felix war es peinlich, weil Georg weiter darauf bestand, er hätte ein Wort von Gott und wolle es mitteilen. Felix wusste nicht, ob er Georg zurück auf seinen Stuhl ziehen sollte oder nicht. Aber als er noch überlegte, unterbrach Billeter seine Botschaft und kam von der Kanzel, um das Gespräch mit Georg zu Ende zu führen, bevor er mit seiner Predigt fortfahren wollte. Die Gemeinde dachte aber, er wolle die Kanzel verlassen und rief, er solle weiterpredigen.

Georg schrie: „Es steht geschrieben: Mein Haus wird ein Bethaus genannt werden; ihr aber macht es zu einer Räuberhöhle!“ Er hämmerte mit der Faust auf die Bank vor ihm, um seiner Aussage Nachdruck zu verleihen. Das war zu viel für den anwesenden Gerichtsdiener West. Er rief Georg zu, er solle aufhören oder er käme ins Gefängnis. Nun streckte Felix seinen Arm aus und zupfte leicht an Georgs Jacke. Georg drehte sich um und sah ihn an. Der Gesichtsausdruck seines Freundes veranlasste ihn, sich wieder hinzusetzen und zuzuhören, als Billeter seine Botschaft fortsetzte. Felix konnte die Feindseligkeit und Spannung in der Versammlung spüren, die Georgs verursacht hatte.

Nach dem Gottesdienst gingen sie aus der Zollikoner Kirche hinaus und liefen schweigend die Strasse entlang. Schliesslich sagte Georg: „Ich habe mich heute früh hinreissen lassen.“

„Ja, das würde ich auch sagen“, antwortete Felix.

„Ich hoffe, das bringt nicht noch mehr Probleme für uns. Ich bin eben so sehr überzeugt davon, dass diese bedürftigen Leute das Wort, das wir glauben, hören müssen.“

„Ich verstehe, Georg. Wir müssen aber klug wie die Schlangen und harmlos wie die Tauben sein, wie uns der Herr gelehrt hat.“

Felix und Georg gingen zu Jakob Hottinger zum Mittagessen und genossen den Besuch am Nachmittag. Am Abend traf sich der Brüderkreis und einige Frauen, die die Taufe angenommen hatten, zu einer Versammlung. Trini war nicht unter den Getauften, aber Felix wusste, dass sie scharf darüber nachdachte. Fünfundzwanzig Leute aus der Gruppe wohnten in der Nähe und kamen von den Bauernhöfen und Abhängen entlang des Zürichsees. In Felix rechnete fest damit, dass in Zollikon eine starke Gemeinde entstehen würde.

Ihr Erfolg, Menschen zu bekehren und ihrer Bewegung anzuschliessen aber war den Pfarrern in Zürich nicht verborgen geblieben. Noch schlimmer war, dass der Stadtrat von Blaurocks ungestümer Konfrontation mit Pfarrer Billeter erfuhr.

Am Montag früh wurden Felix und Georg durch den Lärm der Soldaten in den Strassen geweckt. Nachdem die Soldaten die beiden Reformatoren sogleich gefunden hatten, nahmen sie diese gefangen. Sie liessen sie die Strasse nach Zürich entlangmarschieren, aber schon bald wurde klar, dass sie eine Namenliste hatten. Von einem Hof nach dem anderen verhafteten sie mehrere Personen, die getauft worden waren. Plötzlich und ohne Vorwarnung war fast die ganze Versammlung auf dem Weg ins Gefängnis.

Kapitel neun: Vom Pfarrbezirk ins Gefängnis

Die Zellwände schwitzten, als sei es schwer, die Gefangenen aufzubewahren. Es war kalt und die Feuchtigkeit drang in Felix' Knochen. Das Verlies befand sich im Wellenbergturm, der in der Limmat stand und mit dem Ufer durch eine einsame Brücke verbunden war. Das war das Züricher Staatsgefängnis, es hatte nur neun Zellen. Felix und Georg wurden jeweils in eine kleine Zelle gesteckt, nur mit einer Bank darin, auf der man sitzen oder sich zum Schlafen ausstrecken konnte – wenn man schlafen konnte.

Das Gefängnis war zu klein, um die fünfundzwanzig anderen Leute aufzunehmen, die in Zollikon verhaftet worden waren. Sie waren ins Augustinerkloster in Zürich in der Nähe des Fraumünsters gebracht worden. Unter Zwinglis Reformation Anfang Dezember 1524 mussten die Mönche den Platz räumen. Nun waren alle Gefangenen der Zollikoner Gruppe zusammen in einer Klosterhalle untergebracht und eine ausgesuchte Delegation vom Grossen Rat verhörte jeden Gefangenen. Einer nach dem anderen sollte von ihr zum Standpunkt Zwinglis zurückbekehrt werden. Die Delegation bestand aus den leitenden Pfarrern der Stadt, Zwingli, Juda und Kaspar Megander mit drei Mitgliedern des Rates, die bei der Gefangennahme geholfen hatten.

Felix und Georg, eingesperrt im Turm, konnten nur darüber spekulieren, was mit den anderen Brüdern und Schwestern geschah. Sie schnappten von den Gefängniswärtern, die ihnen nur Wasser und Brot brachten, ein paar Neuigkeiten auf. Schliesslich kam Zwingli selbst mit einigen Verbündeten in den Wellenbergturm, um mit Felix und Georg zu reden. Felix hatte ein seltsames Gefühl im Herzen, als er in der Zelle stand und durch die Eisenstäbe der Tür in das Gesicht Ulrich Zwinglis blickte, der einst ein nahe stehender Freund und bewunderter Lehrer gewesen war. Sie sprachen über die Zeit, als sie gemeinsam studiert hatten. Felix bestätigte, dass sein Glaube durch Zwinglis Predigten erweckt worden war. Sie erinnerten sich, mit welcher Begeisterung sie gemeinsam die Bibel in Hebräisch studiert hatten.

Zwingli sagte: „Felix, ich verstehe nicht, was mit dir geschehen ist. Wir waren einander so nahe und ich hatte so grosse Träume für dich und Konrad in der Bewegung, die ich leite. Du weisst, dass du als Leiter der hebräischen Abteilung unserer theologischen Schule vorgesehen warst, und Grebel hätte die griechische Abteilung übernehmen können. Diese Verhaftung wäre nicht geschehen, wenn du nicht diesen lächerlichen Kurs eingeschlagen hättest, den du beibehalten willst." Er drängte Felix mit dem machtvollen Werkzeug der Schmeichelei.

Felix antwortete freundlich: „Ulrich, dieser Kurs ist kein anderer als der, auf den du mich geführt hast. Ich lernte den Weg Christi von dir und ich will nur seinem Geist folgen, der mich erleuchtet, wenn ich das Wort studiere."

„Pah!", explodierte Zwingli. „Du hast manches von mir gelernt, bist aber mit deiner eigenen Schriftauslegung weitergegangen und hast es versäumt, von anderen um dich herum zu lernen und dir raten zu lassen. Dein Freund Simon Stumpf hat besser gelernt und er hat mir geschrieben, wie sich sein Denken verändert hat.

Felix fragte sich, ob es stimmte, oder ob er ihn täuschte, um ihn zu schwächen. „Ich kann nicht für Simon sprechen", sagte er. „Ich muss dem Wort Gottes treu bleiben, das ist alles, was ich sagen kann. Du lehrtest mich, die Schrift sei alleinige Autorität, und nach der Schrift muss ich mich richten. Zeige mir, dass die Schrift einen anderen Glauben und eine andere Freiheit in Christus lehrt, als ich eingeschlagen habe, und ich werde mich ändern."

„Aber Felix", fuhr Zwingli dazwischen, „viele von uns haben durch die Schrift zum Glauben an Christus gefunden und wir meinen nicht, dass wir uns von der Obrigkeit lossagen und die Kirche vom Staat trennen sollten, wofür du ja eintrittst. Denn wir sind überzeugt, dass alle Leute das Wort hören müssen."

„Davon bin ich auch überzeugt, Ulrich, und dazu habe ich mich verpflichtet: das Evangelium Jesu Christi zu predigen, sodass es alle hören mögen. Konrad ist
nach ...", er zögerte, „seinen Glauben zu verkündigen."

„Ich weiss, dass er in Schaffhausen ist", sagte Zwingli. Wir haben Dr. Hofmeister gewarnt. Wir haben auch die Priester in Waldshut vor Konrad und Röubli und Brötli gewarnt. Gerade heute, Felix, war Konrads Freund Anemund de Coct, der französische Adelige, bei uns. Er war hier in Zürich, um einen kleinen Sohn, Niklaus, zu adoptieren, und ging mit Konrad nach Schaffhausen. Er kam aber zurück und erzählte uns, was Grebel bei ihnen über mich gesagt hatte! Myconius und ich haben Anemund geholfen, seine Beziehung zu Grebel zu überdenken." Zwingli hielt inne und fügte dann hinzu: „Wenn Konrads Vater nicht ein geschätztes Ratsmitglied wäre, sässe Konrad auch in der Zelle."

„Die Wahrheit wird bleiben, Ulrich, denn es ist weder dein Wort noch meines, sondern Gottes Wort ist die Autorität. Erinnerst du dich an unser Gespräch in Hujuffs Garten? Es ist die Kirche des Herrn, Ulrich, nicht unsere noch die des Rates."

Zwingli verliess das Gefängnis und Felix sass allein in seiner Zelle, die Folgen seiner Situation durchdenkend. Einer der Bevollmächtigten kam in den folgenden Tagen täglich zu ihm und Georg, um zu diskutieren. Im Verlauf der Woche wurden die Auseinandersetzungen hitziger. Die Temperamente gingen durch, als die Männer Felix und Georg wegen ihrer Sturheit attackierten. Felix konnte hören, wie sie mit Georg in einer Zelle weiter unten im Block redeten und er war froh, dass sie sich in ihrer Antwort einig waren.

Am 8. Februar brachte ihnen Hans Hottinger, der Nachtwächter des Augustinerklosters, die Nachricht, dass die fünfundzwanzig Gefangenen vom Kloster frei sind. Sie waren einverstanden, die neue Lehre nicht weiter zu verbreiten, hatten die Kosten ihrer Gefängnisstrafe einschliesslich Verpflegung bezahlt und waren freigelassen worden, um nach Zollikon zurückzugehen. Durch Hans' Bericht erfuhren Felix und Georg, dass die Gruppe glaubte, Zwingli in einem Punkt geschlagen zu haben! Als dieser behauptete, in der Schrift gäbe es keinen Fall von Wiedertaufe, wiesen sie Zwingli, wie Felix früher schon getan hatte, auf Apostelgeschichte 19 hin, wo Paulus in Ephesus Männer wiedergetauft hatte. Sie hatten aber politischen Frieden geschlossen und eintausend Florine Schutzgeld bezahlt. Ihre Freilassung geschah unter der Auflage, nicht mehr in anstössiger Weise „gegen Gott und ihre Nächsten" zu handeln.

Felix und Georg hatten weiterhin Begegnungen mit den Repräsentanten des Rates. Felix wiederholte immer wieder die Meinung, die er in seiner Disputation vertreten hatte. Er wollte Zwingli und seinen Verbündeten klar machen, was ihm sein Glaube bedeutete. Das fand er nur in der Schrift, die ihre volle Bedeutung in Christus erlangt. Er kritisierte die Pfarrer von Zürich, weil sie die Leute irregeführt hatten und weil sie nicht einmal nach ihrem eigenen Schriftverständnis handelten. Er erinnerte Zwingli daran, wie er vor zwei Jahren selbst versprochen hatte, die Messe abzuschaffen und den Tisch des Herrn als neuen Weg einzuführen.

„Warum", fragte Felix, „hattest du Angst das zu tun? Und warum hast du nicht Gemeindezucht eingeführt und hast stattdessen von deiner Macht Gebrauch gemacht? Die Kirche braucht Zucht, damit die Menschen dem Wort Gottes wirklich folgen und von ihrer offenen Sünde und Schlechtigkeit Busse tun."

Zwingli schwieg dazu. Dann sagte er: „Felix, ich denke, wir verstehen uns. Du bist frei in deinem Glauben. Ich habe auch Glauben, bin aber auch für die Kirche als Institution verantwortlich. Wenn du einfach 100 Gulden und die Gefängniskosten bezahlst, können wir dich gehen lassen."

„Und damit würde ich zugeben, dass der Rat ein Recht hätte, mich wegen des Glaubens einzusperren?", konterte Felix empört. „Auf keinen Fall, Ulrich. Das kann ich nicht tun!"

In der zweiten Gefängniswoche schrieb Georg einen Brief an den Rat, um seinen Standpunkt zu erklären. Er erinnerte sie daran, dass Christus seine Jünger ausgesandt hat, damit sie alle Menschen lehrten. Er hat ihnen die Macht gegeben, Vergebung der Sünden zu gewähren, und er hat ihnen befohlen, die Gläubigen als ein äusseres Zeichen der Vergebung zu taufen. Er sagte dem Rat, er hätte das Evangelium immer auf diese Art verkündigt und die Leute hätten sich unter Tränen an ihn gewandt und um die Taufe gebeten.

Dann beschrieb Georg, wie er die neuen Gläubigen belehrt: „Ich rufe Christus für sie um Gnade an und lehre sie, in Liebe, Einheit und Gemeinschaft zu leben, wie die Apostel in Apostelgeschichte zwei gelehrt haben. Ich erinnere sie, immer an den Tod Christi und sein vergossenes Blut zu denken, und ich erkläre ihnen, wie Christus das Abendmahl praktiziert hat, breche das Brot und trinke den Wein zusammen mit ihnen als Brüder und Schwestern im Leib Christi. Dies steht nicht im Gegensatz zur Heiligen Schrift oder zur Kirche Gottes."

Nach Georgs Brief waren die Verhöre von Zwingli und seinen Verbündeten sehr intensiv, gingen aber mehr um die Autorität der Kirche. Georg, in seiner donnernden Art, antwortete Zwingli, er würde der Schrift mehr Gewalt antun und sie mehr verfälschen als der „alte Papst selber". Beim Versuch Zwingli zu umgehen bat er erneut den Rat um die Möglichkeit, seinen Standpunkt vor ihnen zu verteidigen.

Am 18. Februar jedoch entschied der Rat, Georg zu entlassen, wenn dieser versprach, sich friedlich zu verhalten. Sie erinnerten ihn daran, dass er kein Bürger von Zürich war und dass er deshalb keinen Zutritt zur Stadt und ihrer Umgebung hatte. Schliesslich wurde er am 24. Februar freigelassen. Als er das Gefängnis verliess, griff er durchs kleine Fenster von Felix' Zelle. Felix verabschiedete sich von seinem Freund und Georg versprach, weiterhin treu das Wort Gottes zu lehren.

„Wohin gehst du, Georg?"

„Zuerst nach Zollikon", antwortete er. „Ich muss meine Frau finden, bevor ich irgendetwas anderes tue."

„Bitte sag Trini, dass ich sie liebe", sagte Felix aufgewühlt. Da wurde ihr Gespräch unterbrochen und Georg den Korridor hinunter zum Gefängnistor hinausgestossen.

Jetzt war Felix allein im Wellenbergturm. Jeder Tag war wie eine Ewigkeit und ihm war, als ob er jeden Stein in der Zellenwand schon hundertmal studiert hätte. Doch als er dort auf der nackten Zellenbank sass, wusste er: Er war nicht allein, denn er spürte die Gegenwart Gottes. Trotz allem, was ihm widerfahren war, fühlte Felix in seinem Innern Freiheit und Freude, den Willen Christi zu tun. Er litt ja für den Herrn.

Es war Ende Februar, ein noch kälterer Monat als der Januar. Felix lief nachts in seiner engen Zelle hin und her, um sich warm zu halten, und versuchte tagsüber zu schlafen. Glücklicherweise durfte er Besucher empfangen und Jakob Hottinger bekam die Genehmigung dazu. Jakob brachte ihm extra Kleidungsstücke und einige Decken. Die magere Gefängniskost wurde durch sein essbares Geschenk aufgebessert. Einmal brachte er einen Korb frischer Brötchen, von Trini gebacken, wie er Felix sagte, und Felix wusste, dass sie ihre Liebe dort hineingelegt hatte. Felix liebkoste die Brötchen und wollte weinen, weil er Trini so vermisste.

Gute Nachrichten kamen aus Zollikon und Umgebung. Jakob versicherte ihm, dass der Glaube noch immer lebendig war, auch wenn er bei einigen neu entfacht werden musste. Er berichtete, dass Brötli aus Hallau, wo er in der Region Schaffhausen arbeitete, an die Gemeinschaft in Zollikon geschrieben hat. Er war mit Frau und Kind nach seiner Verbannung aus Zürich dorthin gegangen. Er, Wilhelm Röubli und Konrad Grebel, so schrieb er, seien zusammen in Schaffhausen. Sie seien gerade sehr erfolgreich in der Region. Viele reagierten positiv auf die Evangeliumsbotschaft, besonders angesehene Leute des gesellschaftlichen Lebens, und nahmen die Taufe an. Aber sie waren tief betrübt wegen der Verhaftungen in Zollikon.

„Er lobte besonders dich und Georg wegen eurer Treue, Felix, und bat darum, für deine Freilassung zu beten. Ich erinnere mich an seine Worte: ‚Ich höre, wie stark mein Bruder Felix Manz ist, und Georg, aber besonders Felix Manz. Gott sei gepriesen'." Felix' Augen verschwammen. Jakob fuhr fort: „Er drängte die Kirche in Zollikon, ihre Hingabe an Christus und an die neue Gemeinschaft zu erneuern. Und mein Bruder Hans, unser Nachtwächter, wurde wegen der Bemerkungen, die er zu Rudolf Asper über Zwinglis Doppelzüngigkeit gemacht hatte, verhaftet", erzählte er Felix.

„Und wo ist er jetzt? Was haben sie ihm getan?"

„Sie haben ihn nicht behalten. Der Rat enthob ihn seines Postens als Nachtwächter und er musste ihnen versprechen, respektvoller zu sein bei dem, was er sagte."

„Offenbar beobachten uns Zwinglis Spione genau."

„Ja, aber Zwingli kann die Bewegung des Geistes Gottes nicht aufhalten." So erzählte Jakob Felix einiges von dem, was Georg in der Zollikoner Gemeinde in letzter Zeit tat. Vom Gefängnis war er sofort zu Heinrich Aberli, dem Bäcker vom Rennweg, gegangen, der sich weiterhin treu zur freien Kirche hielt. Hans Ockenfuss und Jakob selber, beide waren Gefangene im Augustinerkloster, assen bei Aberli Abendbrot. Bei ihnen war auch Anton Roggenacher von Stadelhofen, der neu hinzugekommen war. Er war von Georgs Geist und seiner Botschaft beeindruckt und lud ihn für den nächsten Tag zu sich ein.

Georg kam auch am Samstag, den 25. Februar, und blieb bis Sonntag. Am Sonntagmorgen bat Roggenacher um die Taufe. Georg gab ihm „das Zeichen" und danach trafen sie sich mit anderen, die zu Hans Murer, einem Bauern in Gstad, wollten. Auch dort verkündigte Blaurock die Evangeliumsbotschaft und als er fertig war, standen acht Frauen auf, gingen nach vorn und baten um die Taufe. Blaurock taufte sie.

Felix hörte angestrengt zu. „Und wer waren die Frauen?" fragte er leise.

Jakob begann verschiedene Namen aus der Gruppe aufzuzählen und lächelte plötzlich, als er hinzufügte: „Ja, und Trini war eine von ihnen."

„Oh, das ist wunderbar", rief Felix aus, hob unwillkürlich seine Arme hoch und umklammerte mit den Händen seinen Kopf.

„Du wirst es nicht glauben", fuhr Jakob fort, „die Frau von Hans Wuest, dem Gerichtsdiener und Präsidenten unseres Dorfes, liess sich auch taufen."

„Erstaunlich!" Er senkte seine Arme, um Nachdruck zu verleihen. „Ich bin so überwältigt, dass die Frauen durch den Schritt der Taufe zu uns gehören wollen. In der Kirche Christi sind wir alle eins. Aber die Frau des Gerichtsdieners?" Er grinste zu Jakob hinüber. „Das wird den Leitern von Zollikon ein neues Problem sein."

Einen Moment sassen sie und dachten an die Folgen, bis Felix fragte: „Wo ist Georg jetzt?“

„Er hat uns am Sonntag verlassen und wir wissen nicht genau, wo er jetzt ist. Weil er aus der Region Zürich verbannt worden ist, konnte er nicht mehr länger bleiben. Er und seine Frau gingen zunächst nach Witikon und werden vielleicht anschliessend nach St. Gallen gehen.“ Er schwieg einen Moment, dann lächelte sein Gesicht: „Du solltest sehen, was Marx Bosshart tut, besonders in der Gegend von Winterthur. Er ist sehr erfolgreich und predigt oft vor kleinen Gruppen im Gasthof „Zum Salmon“. Er wagte es, Zwingli herauszufordern, indem er sagte: ‚Meine Herren von Zürich drücken ein Auge über Zwinglis Fehler zu, und Zwingli über die Fehler meiner Herren‘.“

Die ersten Märzwochen zogen sich hin. Felix sog jede kleine Neuigkeit aus Zollikon begierig auf. Er wurde öfter von jemandem aus Zwinglis Gruppe besucht. Einmal sprach Zwingli selbst mit ihm. Manchmal war es so, als seien sie alte Freunde, bis sie auf das Thema kamen, das sie beide trennte.

Am Aschermittwoch, den 8. März, kam Zwingli zum Gefängnis. Felix dachte, es sei gut, ihn an den Aschermittwoch vor drei Jahren zu erinnern, als die Reformation in Zürich begann. Wieder einmal konfrontierte er ihn mit seinem jahrelangen Versprechen, die Messe abzuschaffen und eine neue Abendmahlsordnung einzuführen. Zwingli sagte: „Felix, ich entwickle eine derartige Ordnung für den Gottesdienst und will sie in dieser Fastenzeit einführen. Ich will auf jeden Fall die Veränderung und werde bis Ostern ein evangelisches Abendmahl abhalten.“

Felix antwortete: „Du hast aber lange gewartet, Ulrich, und einige von uns sahen keinen Grund, warum die Veränderungen so lange auf sich warten lassen.“

„Aber wir müssen die Einheit der Kirche bewahren“, entgegnete Zwingli, „und jetzt ist die rechte Zeit.“

„Einheit mit wem? Wir Laien gehören genauso zur Kirche wie dein Stadtrat. Ist nicht dessen Macht für dich wichtiger als die Einheit mit dem Volk des Glaubens?“ Felix wollte kein Blatt vor den Mund nehmen.

Zwingli erwiderte: „Ich bin Bischof und Priester der Stadt Zürich und mir ist die Sorge für die Seelen anvertraut – nicht den Mönchen.“

Während der nächsten Tage hatte Felix keine Besucher und die Einsamkeit tat ihm weh. Aber am Montag kam Jakob Hottinger wieder in seine Zelle. Seine Augen funkelten und er zitterte fast vor Begeisterung. „Solch ein Geist gehört doch nicht in ein Verlies“, dachte Felix. Jakob erklärte, es gebe mehr Täuflinge, als er sich je hätte vorstellen können. „Am Mittwoch den Achten hatten wir eine wunderbare Abendmahlsfeier am See, im Obstgarten von Hans Murers Hof.“

Jakob hielt inne und sein Ausdruck machte Felix deutlich, dass er jetzt ein paar besondere Neuigkeiten mitteilen würde. „Am Sonntag, den 12. März, geschah etwas Ungewöhnliches in der Zollikoner Kirche. Jörg Schad, den du Ende Januar getauft hattest, Felix, ist zu einem gewaltigen

Zeugen geworden. Als Billeter in der Zollikoner Kirche seine Morgenpredigt beendet hatte, ging Jörg nach vorn und bezeugte seinen Glauben und wie sich sein Leben verändert hatte. Alle Zollikoner hatten ihn als liederlichen jungen Mann gekannt und jetzt ist er ein Vorbild des neuen Lebens in Christus. Als er mit seinem Zeugnis fertig war, rief er alle nach vorn,. die sich wie er taufen lassen wollten. Unsere ganze Versammlung staunte, als vierzig Leute aufstanden. Jörg Schad taufte sie alle – in der Kirche von Zollikon!"

Felix reagierte sichtlich erstaunt. „Das ist ja unglaublich!" Nach einer kurzen Pause fügte er hinzu: „Das ist ganz anders als letzten Sonntag, als ich mit Georg Blaurock in der Kirche war. Hat Pfarrer Billeter seine Meinung geändert?"

„Nein, hat er nicht, und er hat den Gottesdienst verlassen, als Schad sprach. Niemand weiss, was er tun wird. Es gibt aber auch noch andere Neuigkeiten für dich", fuhr Jakob fort. „Es gibt noch andere, die nach Zollikon gekommen sind, um sich uns anzuschliessen. Hans Bichter aus dem Schwarzwald ist besonders aktiv und hat dreissig Leute getauft. Mit ihm kam ein sehr beeindruckendes Ehepaar, Michael und Margarita Sattler. Sattler war Prior des Klosters von St. Peter im Schwarzwald und hat in Freiberg studiert. Es gibt dort eine Klosterreform, die vom Bischof Hugo angeordnet wurde. Man sagt, die Reform solle eher die Bauern zufrieden stellen statt unter den Mönchen ein echtes Streben nach Gerechtigkeit fördern. Er hatte die Leere und das verkehrte Leben der Mönche satt. Es störte ihn, dass sie die Armen verachteten, denn er selbst kümmerte sich gern um die Probleme der Bauern. Er verliess seine Klosterstelle und heiratete Margarita, eine schlaue, kleine Frau, die der Kirche als Betschwester gedient hatte."

„Er ist ein Gelehrter", fuhr Jakob fort. „Er und seine Frau kamen, um sich Zürich anzuschauen und von Zwinglis Reformation zu lernen. Nachdem sie Zwingli getroffen hatten, hörten sie von der Glaubensbewegung in Zollikon und gehören jetzt zu uns."

„Und was ist Sattlers Standpunkt? Gehört er wirklich zu uns?" Felix wollte nicht skeptisch sein. „Oder hält er es mit den militanten Bauern?"

„Das kann ich jetzt noch nicht sagen, er ist aber ein Gläubiger in Christus und gehört nun zur Freiwilligenkirche der Wiedergeborenen. Er beherrscht die Sprachen und ist schon bei den Bibelstunden dabei, die in den Häusern in Zollikon abgehalten werden."

„Ich freue mich darauf, Sattler kennen zu lernen. Wenn er ein Jünger Christi ist, so ist er mein Bruder."

Dass die Bewegung in Zollikon vom Stadtrat und von den Züricher Pfarrern beobachtet wurde, war klar. Bald nach dem Ereignis in der Kirche von Zollikon gab es Verhaftungen durch den Rat. Am Mittwoch wurden Hans Hottinger, der ehemalige Wächter, und Jakob, der mit Felix Verbindung hatte, für ihr Engagement in der Freikirche verhaftet. Am Donnerstag wurde die Gemeinde in Zollikon besonders schlimm angegriffen, wobei mehr als ein Dutzend anderer Leute ins Gefängnis gesteckt wurden. Auch Michael Sattler, der neue Bibellehrer, war dabei. Der Rat kannte ihn, denn er war einflussreich wegen seiner früheren Stellung als Prior im Kloster und wegen seiner guten Lehrtätigkeit.

Und dann folgte die zweite Verhaftung seines Freundes Georg Blaurock. Offensichtlich war Blaurocks Arbeit und die seiner Frau in der Region von Witikon so erfolgreich, dass sie deshalb nicht weitergezogen waren. Der Rat erfuhr von seinen Aktivitäten, kam in die Witikoner Gemeinde und verhaftete auch ihn. Nun war er wieder zurück im Turm, in eine Zelle am Ende des Korridors eingesperrt, wo Felix war. Als er an Felix' Zelle vorbeikam, sagte er fröhlich: „Tja, mein Bruder, wie zu erwarten war, bin ich wieder da!"

Felix rief hinter ihm her: „Wir sind hier um Christi willen. In der Tat, das war vorauszusehen!"

Diese grosse Verhaftungswelle hatte auch ihr Gutes. Einen Tag nach Georgs Verhaftung sagte man den Gefangenen, der Rat hätte eine Disputation für den 20. März angesetzt. Jakob Hottinger, Hans Hottinger, Sattler und die anderen wurden vor den Folgen ihrer Aktion gewarnt. Man versprach ihnen, dass sie durch die Disputation gewiss ihre Meinung ändern, ihre lächerlichen Ansichten aufgeben und ihre Freiheit gewinnen würden.

Zwingli sagte zu Felix und Georg, sie dürften jetzt ihren Standpunkt zur Taufe anhand der Schrift verteidigen. Mit gespieltem Wohlwollen berichtete er ihnen, dass Ihr Freund Konrad mit seiner Frau von seinem Aufenthalt in Schaffhausen zurück in der Region Zürich war. Aus Achtung vor Konrads Vater Jakob Grebel und als Beweis des guten Willens der Kirche lud Zwingli Konrad ein, zusammen mit seinen Brüdern bei der Disputation dabei zu sein. Er hatte Konrad freies Geleit versprochen und dies Rudi Thomann ausrichten lassen.

Felix bekam neue Hoffnung. Zumindest geschah etwas, das Abwechslung in die langweilige Gefangenschaft brachte. Er vermutete aber, dass Zwingli mit dieser scheinbaren Toleranz nur tricksen wollte, um ein Bekenntnis aus ihnen herauszulocken.

Am Morgen des 20. März wurde Felix aus seiner Gefängniszelle heraus ins Freie geführt. Er stand einen Moment, um seine Augen an das fremde Licht zu gewöhnen. Er war schwach, aber die frische Luft war belebend. Er atmete tief, als er auf das blaugrüne Wasser der Limmat sah, blickte auf den See und erhob seine Augen zum Oberland und zur Schönheit der dahinter liegenden Berge. Von ganzem Herzen sehnte er sich nach Freiheit. Georg wurde auch herausgebracht und sie wurden über die Brücke geführt, hinunter in die vertrauten Strassen von Zürich und geradewegs zum Rathaus. Konrad wartete schon auf sie.

„Meine Brüder!", rief er aus und umarmte sie beide.

Die kunstvoll gearbeiteten Roben der Mitglieder des Rates sahen ganz anders aus als die gewöhnliche Kleidung der Brüder. Als Bürgermeister Röist die Sitzung eröffnete, erklärte der Sprecher des Rates offen, warum sie hier zusammengekommen waren. Zwingli richtete seine Kommentare ständig an Konrad, der nicht im Gefängnis gewesen war. Das stellte Felix und Georg in ein schlechteres Licht. Es war klar, er versuchte sie zu spalten. Zu Georg war er besonders grob und nannte ihn einen „grossen, dummen Träumer". Einmal machte er Blaurock lächerlich. Obwohl er jahrelang ein Mönch gewesen und in Leipzig ausgebildet worden war, fiel es Georg schwer, die deutsche Übersetzung des Neuen Testaments zu lesen, die ihm bei der Diskussion mit dem Rat gegeben wurde. Zwingli klagte ihn auch der Unverschämtheit an, niemanden ein Kind Gottes zu nennen, bevor er nicht auch so verrückt wäre wie er!

Schliesslich fragte Zwingli Felix wegen der Loslösung der freien Kirche von der evangelischen reformierten Bewegung in Zürich. Er verurteilte Felix, ein Spalter zu sein, ein Separatist, ein Idealist, der die Rückkehr zur primitiven Kirche der Urgemeinde anstrebte.

„Felix", sagte er, „du verstehst nicht, was es bedeutet, eine Kirche im sechzehnten Jahrhundert im Gehorsam zu den Lehren der Heiligen Schrift zu bauen. Dies ist nicht das erste Jahrhundert. Wir müssen im Heute leben."

Felix räusperte sich. Es war nicht leicht, sich nach der monatelangen Unterernährung und Einsamkeit zu konzentrieren. „Meister Ulrich, wir sollen keine Staatskirche bauen, sondern eine, die das Reich Christi verkörpert. Ich möchte aufrichtig auf dem Boden der Schrift und ihrer Auslegung stehen, die uns durch die Leitung des Heiligen Geistes gegeben wird. Wenn es der Wille des himmlischen Vaters ist, diejenigen zu taufen, die Christus im Glauben angenommen haben, dann können wir doch nicht anders, als ihnen das Zeichen der Taufe mitzuteilen. Warum ärgerst du dich darüber so? Wichtig ist ihre Bekehrung zu Jesus Christus; die Taufe ist nur ein Zeichen dieses Glaubens."

Nach vier zermürbenden Stunden beendete der Rat endlich die Sitzung. Sie verhängten eine Anordnung, nach der die Brüder des Zollikoner Kreises gezwungen waren, mit ihren Praktiken aufzuhören und die zerstörerische Spaltung zu beenden. Am Ende der Sitzung verabschiedete sich Konrad unter Tränen von Felix und Georg und ging nach Hause. Eine Menge hatte sich draussen vor dem Rathaus versammelt und Felix überflog die Gesichter. Da plötzlich sah er Trinis rotgeweinte Augen. Er blieb stehen und wandte sich um. Um alles in der Welt wollte er zu ihr, aber die Wache zog ihn zurück. Felix und Georg wurden den gleichen Weg, den sie gekommen waren, ins Gefängnis zurückgeführt.

Am 25. März wurde Felix und Georg das Urteil des Grossen Rates überbracht. Der Rat behauptete, mit den Brüdern im Augustinerkloster gesprochen zu haben und berichtete, die Männer und Frauen hätten zugestimmt, mit ihrer „Spaltung und ihrer Taufe aufzuhören" und mit der Kirche zusammenzuarbeiten. Auf Grund ihres Einverständnisses wären sie entlassen worden. Blaurock wurde entlassen und nach einem gelesenen Dekret sollten er und seine Frau mit einem Schiff den See hinunter und zurück nach Chur gebracht werden. Der Rat forderte eine schriftliche Zusage von den Behörden in Chur, ihn in der Region zu behalten und seine Einmischung in die Züricher Gemeinde zu verhindern.

Ein paar Männer und Frauen aus Zollikon wurden wieder ins Gefängnis gesteckt. Der Rat wollte ein Exempel statuieren, dass er es ernst meinte mit seinem Kampf gegen die Freikirchenbewegung. Sie wurden beschuldigt, ihr früheres Versprechen vom 8. Februar bei ihrer ersten Inhaftierung nicht eingehalten zu haben. Einer ihrer Leiter, Rutsch Hottinger, sprach für die Gruppe: „Was wir im Augustinergefängnis versprachen, nämlich uns ruhig zu verhalten, haben wir eingehalten. Wir haben uns still verhalten, bis Gott uns um etwas anderes bat."

Felix als Bürger Zürichs und Leiter der Brüder wurde nicht freigelassen. Es brach ihm das Herz, als er erfuhr, er würde in seiner Zelle bei Brot und Wasser eingesperrt bleiben. In den folgenden Wochen wurde die Sympathie des Wachpersonals immer deutlicher. Am 4. April, als der Gefangenenwärter dem Felix das Abendessen brachte, sprach er kurz mit ihm.

„Man sagt", sagte er zu Felix, „Zwingli hätte dem Rat gesagt, all die früheren Kämpfe mit der römischen Kirche wären Kinderspiele gewesen, verglichen mit denen gegen die Wiedertäufer."

Als er die Zelle verliess, bemerkte Felix erstaunt, dass er die verriegelte Tür zustiess, er drehte jedoch nicht den Schlüssel herum. Felix wartete, bis es still war, und versuchte die Tür zu öffnen. Sie war nicht verschlossen! Er zögerte noch einmal und fragte sich, was das wohl bedeutet und was er tun sollte. Als die Abendschatten die Nischen des Gefängnisses verdunkelten, bewegte er sich langsam den Korridor entlang, um die Tür zum Kai auszuprobieren. Auch diese war offen! Fast ohne nachzudenken schlüpfte er durch den Ausgang und schloss die Türe hinter sich.

Ein paar schnelle Schritte und er war über die kurze Brücke auf der Strasse. Flink lief er an der Marktbrücke vorbei, die über die Limmat führte, und eilte die Strasse hinunter. Am Grossmünster vorbei und nach einigen Abkürzungen durch enge Gassen kam er zum Haus seiner Mutter und klopfte kurz ans Tor. Es dauerte ewig, bis seine Mutter endlich öffnete. Ihr Mund formte seinen Namen, aber kein Laut kam über ihre Lippen, als sie ihn ins Haus zog. Sie umarmten einander und sie stand weinend da. Er wusste, dass er sich beeilen musste, und erzählte er von seiner Flucht. Wenn er sich umgezogen und etwas Gutes gegessen hat, würde er sich im Schutz der Dunkelheit davonmachen.

Schnell nahm Anna etwas aus den Regalen, während Felix badete und seine Kleidung wechselte. Als sie am Tisch ihre Köpfe in Danksagung senkten, leitete Felix das Gebet für seine Mutter, seinen Bruder und für die Erneuerung der Kirche nach dem Willen Christi. Als er vom Gebet aufblickte, sagte Felix: „Mutter, wir stehen im Werk Christi. Jesus sagte, er würde seine Kirche bauen und die Pforten der Hölle würden sie nicht zurückhalten."

Kapitel zehn: Der reisende Evangelist

Es war früh am Morgen, als Felix das Haus seiner Mutter verliess und sich auf den Weg zum Hof der Hottingers durch die Gassen von Zürich stahl. Vorsichtig lief er durchs Neumarkttor und eilte dann weiter. Als er in das Bauerndorf Zollikon einmarschierte, roch er den Rauch von den offenen Kaminen. Wie warm und angenehm musste es sein, so gemütlich und frei in den eigenen vier Wänden zu wohnen! Man konnte schon die Bauern in ihren Ställen bei der Morgenarbeit wahrnehmen. So lief er schneller, um nicht im hellen Tageslicht gesehen zu werden.

Als er den Weg zu Trini hinaufging, überlegte er, was er ihr über ihre Beziehung sagen musste. Er hatte auf dem Weg nach Zollikon sorgfältig darüber nachdenken wollen, war aber so beschäftigt mit seinem neuen Gefühl der Freiheit und den Bildern, die ihm gefehlt hatten, dass er es auf später verschob. Er ging hinauf zum Gebäude, um anzuklopfen, aber die Tür ging zuvor auf.

„Felix, du bist frei!“, rief Trini aus und warf ihre Arme hemmungslos um seinen Hals.

„Psst, das bin ich erst jetzt, meine Liebe“, flüsterte er, „ich bin letzte Nacht geflohen.“

„Geflohen?“, hauchte sie.

„Der Gefängniswärter hatte das Tor nicht verschlossen und so konnte ich entwischen. Aber ich kann nicht bleiben, Trini, ich muss weit weg von Zürich.“ Er ging zur Tür herein und hielt Trini für eine Weile fest. Schliesslich sagte er leise: „Ich habe dich so vermisst.“

„Und nicht eine Stunde ist vergangen, in der ich nicht an dich gedacht habe“, sagte sie. Felix wusste, dass er gehen sollte. Er küsste sie mit der Leidenschaft unerfüllter Liebe. Plötzlich zog er sich zurück, als ihre Augen immer noch geschlossen waren.

Sie schaute zwinkernd auf. „Du hast einen Bart. Dein Gesicht fühlt sich so anders an.“

Er kicherte reuevoll. „Es gab keinen Barbier im Turm und ich hatte keine Zeit zum Rasieren.“

„Mir gefällt es“, kommentierte Trini. „Du warst schon immer hübsch, jetzt bist du noch viel hübscher. Und“, fügte sie hinzu, „du solltest den Bart behalten, wenn du auf der Flucht bist.“

„Ich weiss nicht, was die Zukunft bringt“, sagte er mit Wehmut in seiner Stimme. „Ich weiss, es gibt viel zu tun für die Kirche, und ich muss es ausserhalb der Region Zürich tun.“

„Es ist besser, wenn du weg und frei bist, statt im Gefängnis zu sitzen.“ Tränen traten in ihre Augenwinkel. In dem Moment kam Trinis Vater Konrad Hottinger ins Zimmer.

„Felix! Ich wusste nicht ...“

„Herr Hottinger, ich muss sofort gehen. Ich bin ein Flüchtling."

Der Mann fragte nicht weiter. „Felix", sagte er, „du brauchst ein Pferd."

„Ja, aber unter gewissen Umständen könnte es unverantwortlich sein, wenn ich euch nicht sage, dass es gefährlich werden könnte, mir zu helfen."

Konrad schien den letzten Teil von Felix' Bemerkung überhört zu haben und sagte: „Wenn du weit weggehst, brauchst du ein Pferd."

„Nun", sagte Felix und dachte kurz nach, „ich gehe wahrscheinlich nach Schaffhausen und vielleicht nach St. Gallen."

„Aber du kommst zurück", sagte Trinis Vater und legte den Arm um seine Schulter. „So nimm das Pferd und kehre mit ihm zurück, wenn Gott dich auf diesem Weg leitet. Trini, geh mit Felix und hilf ihm eines unserer Besten zu satteln."

Als sie miteinander zum Stall gingen, brach die Morgensonne hell durch. Sie erleuchtete die Gesichter und zeigte ihre Gefühle offener, als sie ertragen konnten. Trini suchte das beste Sattelzeug heraus und zäumte und sattelte ein starkes Pferd, auf dem ihr Gelieber sie wieder verlassen würde. Sie führte den Wallach aus seinem Stall und hielt die Zügel für Felix. Felix ging zu ihr und strich eine Haarsträhne zurück, die dem Haarknoten entwischt war. Sie schaute ihn mit Tränen in den Augen an und schnappte nach Luft, als wollte sie das Weinen unterdrücken. Er umarmte sie, was sich so richtig wohltuend anfühlte. Dann liess er los, wandte sich um und schwang sich auf das Pferd. Mit einem letzten Blick auf die Frau, die er mehr liebte, als er je vermutet hätte, ritt er fort.

Mit dem Pferd ging es schneller und so ritt er zunächst nach Osten. Für den Fall, dass er gesehen werden sollte, entschied er, es sei besser, dass keiner von seinem Ziel Schaffhausen im Norden weiss. Stattdessen ritt er in die Gegend von Bäretswil und traf dort ein paar Brüder, die ihn zu Hans Hotz, einem Schreiner in Grüningen, schickten. Dort sollte er Marx Bosshart treffen, den er von früher kannte. Er war einer von den Eingesperrten im Augustinerkloster.

Am frühen Nachmittag erreichte er Hotz' Schreinerei. Marx war da und wollte unbedingt Näheres über seine Flucht wissen. Marx und Hotz erzählten ihm begeistert, dass am Nachmittag eine Versammlung in einer Höhle tief im nahe gelegenen Wald geplant sei. Ehe er sich versah, stapfte Felix durchs Unterholz und spähte zwischen den Bäumen hindurch. Die Höhle war recht gross, mit niedriger Decke zwar, aber sie reichte weit in den Felsen hinein. Schon bald waren ein paar hundert Leute versammelt. Felix wunderte sich, wie sie alle dorthin gekommen waren. Er hatte niemand anders gesehen, als er und seine Freunde unterwegs zur Versammlung waren.

Als er im Schutz des dichten Waldes bei ihnen war, dankte er Gott für das Vorrecht, unter diesen Gläubigen zu sein statt in der Gefängniszelle. Als sie ihn ermunterten, das Wort zu ergreifen, bezeugte er seinen persönlichen Glauben und sein Verständnis von der Herrschaft Christi und des Werkes des Geistes, eine freie Kirche ins Leben zu rufen.

„Nur wer an Christus glaubt, kann gehorchen, und nur jemand, der gehorcht, drückt echten Glauben in Christus aus. Wir wurden in eine neue Lebensordnung gerufen, in die Gemeinschaft von Jüngern, um einander im Glauben, im Familienleben, in materiellen Nöten liebevoll zu helfen. Das ist die Frucht des Geistes Christi."

Felix übernachtete in Hirslanden, nördlich von Zollikon, bei Felix Lehmann. Früh am Morgen machte er sich wieder auf den Weg und ritt nordwärts, um am Abend in Embrach über Nacht zu bleiben, und am nächsten Tag den Menschen dort zu dienen. Da er nur etwa 15 Kilometer nordöstlich von Zürich war, beeilte er sich, weiterzuziehen.

Als er in Winterthur, müde wie er war, ankam, fand er Unterkunft im Gasthof Krone. Er versorgte das Pferd selbst, denn er wollte so lange wie möglich mit dem wenigen Geld auskommen, das die Brüder ihm gegeben hatten. Es war früh am Abend, aber Felix kroch in sein Bett und schlief lange und tief.

Auf Empfehlung von Marx besuchte er am nächsten Vormittag Arbogast Finsterbach, Bossharts Schwager. Die Familien und Freunde, wie Marx ihm gesagt hatte, waren sehr an Bibellesen und -lehre interessiert. Felix dachte, sein Aufenthalt in Winterthur würde kurz sein, er verbrachte jedoch die nächsten paar Tage dort und besuchte verschiedene Hauskreise zwecks Bibelstudium. Als er die Bedeutung des persönlichen Glaubens an Christus und die innere Gegenwart des Heiligen Geistes erläuterte, bekehrten sich einige zu Jesus Christus und baten Felix um das Zeichen der Taufe.

Felix freute sich über seine neuen Freunde, liess sie jedoch zurück und ritt weiter nach Schaffhausen, denn er wollte am Palmsonntag unbedingt dort sein. Er hoffte, dass Konrad Grebel dort wäre. Die Reise über die Hügel war schön, aber schwieriger. Oft sah er ein, wie beschwerlich es gewesen wäre, zu Fuss zu gehen. Und dann war er dankbar, dass Hottinger ihm das Pferd geliehen hatte. Das Tier blieb nicht stehen und rebellierte nicht, sondern trug ihn einfach immer weiter. Ab und zu tätschelte er seinen Hals.

Er freute sich an den grünen Weingärten und den Hügeln, die zum Rhein hin abfielen. Mit der Fähre überquerte er den Fluss und reiste zuerst nach Westen ins Dorf Hallau. Es war leicht, den Weg zu Johann Brötli zu finden, der jetzt Pfarrer der Stadtkirche war. Brötlis Frau begrüsste ihn herzlich. Sie hatte ihn schon früher bei den Bibelstudien in Zürich getroffen und viel von ihm durch ihren Mann gehört. Sie erzählte ihm, dass Johann und Wilhelm Röubli nach Waldshut gegangen waren, um mit Dr. Hubmaier zu reden, und lud ihn zu sich ein und bewirtete ihn mit Tee und Brot.

Frau Brötli war eine robuste Frau mit unerschöpflicher Energie. Felix dachte, ihre kräftige Gestalt sei kein Wunder, falls sie so isst, wie sie redet. Er schaute und hörte zu, wie sie in der Küche hantierte und Felix kaum eine Frage stellen liess. Ihr Eifer war ansteckend und sie war sehr begeistert von dem, was in der Region Schaffhausen geschah. Felix hörte, dass in Hallau fast alle Einwohner getauft wurden und dass sie nun zur

Bewegung der freien Kirche gehörten. Die Bewohner des Schaffhausener Umlands hatten sogar eine Generalversammlung organisiert, wo sie gegen die Abgabe des Zehnten an die Staatskirche protestieren wollten. Das hätte für Dr. Sebastian Hofmeister ein Problem in Schaffhausen gebracht, so sagte sie. Der Stadtrat schickte Boten, um Wilhelm und Johann zu verhaften, aber die Nachbarbauern erfuhren davon und hätten sie gewarnt. Sie beschützten die Männer sogar mit Waffen! Die Gemeinde von Waldshut hat sogar dreissig Männer geschickt, um gemeinsam mit den Bauern die Geächteten zu beschützen.

„Dies", sagte sie zu Felix lachend, „vertrug sich nicht besonders gut mit unserem Gewaltlosigkeitsprinzip, obwohl es nicht zu Kämpfen kam." Sie zuckte mit den Schultern, ergriff den Feuerhaken und schürte die Flammen mit kurzen, ungeduldigen Bewegungen. Felix nutzte den Moment der Stille aus und fragte nach Konrad.

„Er ist nach St. Gallen gegangen", sagte sie. „Er wird jetzt von einem neuen Bruder, Wolfgang Ulimann, begleitet. Er hat sich zu Jesus Christus bekehrt und wurde von Konrad zur Taufe im Rhein nahe Schaffhausen untergetaucht. Ulimann kam aus demselben Kloster in Chur, woher auch Blaurock stammte, und", sie stemmte die Hände in ihre breiten Hüften, „er ist wie Georg ein Donnersohn."

Frau Brötli ging an den Tisch und schälte einen Apfel. Wegen der Art, wie sie das Messer benutzte, fürchtete Felix fast um ihr Leben, zumindest um ihren Daumen! Aber bevor er sich versah, hatte sie zwei Äpfel geschält und ihm einen vorgesetzt. Er hatte eigentlich schon genug, aber um nicht mir ihr diskutieren zu müssen, ass er die Apfelstücke, während sie fortfuhr: „Ulimanns Heimat ist St. Gallen, wo er für seine gründlichen reformatorischen Bibelstunden, die er leitet, bekannt ist. Seine Führungsqualitäten werden für unsere Bewegung und für Konrad selbst ein Gewinn sein. Sie haben uns vor kurzem verlassen, um nach St. Gallen zu gehen, und wollten dort zusammenarbeiten." Sie liess sich in einen Stuhl gegenüber plumpsen und ass ihren Apfel, die Ellbogen entspannt auf den Tisch gestützt. „Du, es gibt noch jemanden, den du kennen lernen solltest", sagte sie zwischen zwei Bissen, „es ist Marti Lingg, der auch zum Glauben gekommen ist. Er ist ein wohl bekannter Weber hier in Schaffhausen und ist sehr erfolgreich in der Verkündigung des Evangeliums. Er ist auch ein enger Freund von Ulrich Teck, dem Bruder, der mit Michael Sattler in Oberglatt arbeitet. Du weisst, dass Michael und Margarita Zürich verlassen mussten. Sie wohnen bei Hanz Künzi in Klingnau auf halber Strecke nach Zürich."

„Ich wollte gern mal wissen, was Sattler macht", bemerkte Felix.

„Er erlernt das Weberhandwerk von Künzi und ist ein ziemlich ruhiger Studiertyp", sagte sie, als wäre Stillsein ein Charakterfehler. Sie fügte mit Nachdruck hinzu: „Aber er ist einer von uns!"

Frau Brötli lud Felix ein, bei ihr zu übernachten. Ihr Mann würde am Abend von Waldshut zurück sein. Johann wollte zum Palmsonntagsgottesdienst in Hallau sein. Felix nahm dankbar an und sagte, er wolle einen Spaziergang machen und rechtzeitig zum Abendessen zurück sein.

Er verliess das Haus und lächelte, weil Frau Brötli so informativ und unterhaltend war. Er machte sich in Richtung Rhein auf und überlegte seinen nächsten Schritt. Nach Schaffhausen wollte er gehen, um Dr. Hofmeister zu treffen. Aber als er über seine Lage nachdachte, schien es ihm weiser, bis Montag zu warten, aus Furcht, dass sein Aufenthalt hier in Zürich bekannt würde und er seine Zeit hier unterbrechen müsste.

Er spazierte gemütlich zum Rheinfall und genoss eine Stunde lang den majestätischen Anblick des turbulenten Wassers, das in Kaskaden über den Felsen hinunterfloss und eine Dunstwolke in die Luft schleuderte, bis sie mit der Luft verschmelzend verschwand. Bei dieser Szene wurde er an die Worte Jesu erinnert: „Wer an mich glaubt, wie die Schrift gesagt hat, aus seinem Leibe werden Ströme lebendigen Wassers fliessen." Felix neigte sich und betete, dass Gott ihre Bewegung in einen mächtigen Strom wie diesen verwandeln möge, der jetzt zu seinen Füssen floss, einen Strom, der wie der Rhein Europa durchqueren und die Menschen erfrischen würde.

Als Felix später wieder bei den Brötlis war, war Johann inzwischen von Waldshut angekommen. Das Wiedersehen war herzlich.

„Ich bin sicher, meine Frau hat dir alles erzählt, was hier geschieht", sagte er und legte verspielt seine Arme um sie, als sie den Tisch deckte. Sie nahm sie herunter und tischte noch mehr Speisen auf.

„Du kennst mich doch", lachte sie.

„Nun, ich kann dir hocherfreut erzählen", sagte Brötli und klatschte in die Hände, „dass Dr. Hubmaier die Stadt Waldshut zum evangelischen Glauben und offiziell zur Glaubenstaufe führt. Hubmaiers Korrespondenz mit Oecolampadius in Basel, Bucer in Strassburg und sogar mit Zwingli hat ihn zu einer Schlüsselfigur der weiterentwickelten Reformation gemacht."

„Das ist wirklich ein Grund zur Freude", antwortete Felix.

Vor dem Schlafengehen lud Johann Felix ein, im Morgengottesdienst in der Kirche von Hallau zu sprechen. Erwartungsgemäss würde der Pfarrer das Wort verkündigen. Er wollte aber Felix der Gemeinde vorstellen und ihm die Gelegenheit für einen Vortrag geben.

„Sie wissen alle von dir und von deinem standhaften Glauben im Gefängnis. Dafür habe ich gesorgt", kicherte er. „Und jetzt möchte ich, dass sie erfahren, wie Gott dich errettet und deinen Geist bewahrt hat."

Am Sonntagmorgen sprach Felix zur Gemeinde und erzählte sein persönliches Zeugnis. Er sprach davon, was es bedeutet, Christus im Glauben zu folgen, in bekennender Jüngerschaft und in Heiligkeit des Lebens. Er drängte die Gläubigen in der Hallauer Gemeinde, freimütig nach Christi Willen zu wandeln. Als er dann hörte, wie Johann die Leute ermahnte und auch deren Eifer sah, fühlte seine Seele sich wieder frei. Die Wochen im Gefängnis brachten ihm ein unterschwelliges Gefühl der Verzweiflung, tiefer, als er es sich selber eingestanden hatte. Aber im Gottesdienst an diesem Morgen spürte er die Geburt einer neuen

Hoffnung, einer Gewissheit, dass die Freikirchenbewegung lebendig und gesund war.

Am nächsten Tag begleitete Johann Felix, als sie die Strassen der mittelalterlichen Stadt Schaffhausen hinuntergingen. Sie gingen am Kloster vorbei und weiter zur Abteikirche, die aus ockerfarbenem Stein gebaut war. Hier trafen sie Dr. Hofmeister in seinem Studierzimmer. Sie wurden hereingelassen, wenn auch nur zögerlich. Als sie einander vorstellten, erzählte Dr. Hofmeister von seinen früheren Gesprächen mit Konrad Grebel und von einer besonderen Verbindung mit dem französischen Adeligen De Coct, der leider so früh verstorben war. Falls Dr. Hofmeister früher toleranter gegenüber der freien Kirche und der Glaubenstaufe war, dann hatte die Diskussion mit Zwingli das verändert. Als sie eine Weile redeten, wurde klar, wie Hofmeister jetzt dachte.

„Wie ich Konrad gegenüber erklärt habe“, sage er, „ist es zum Wohle für die ganze Bewegung wichtig, dass wir in Zwinglis Bewegung der reformierten Kirche bleiben. Das ist nötig für uns alle, wenn wir von Rom frei bleiben wollen.“

Felix sagte nachdrücklich: „Sebastian, wir lösen uns nicht nur von Rom, wir bauen eine neutestamentliche Kirche. Du kennst sehr wohl die Bedeutung des evangelischen Glaubens, von dem ich rede. Du weisst, wie wichtig es ist, dass wir Christus allein als Haupt und Herrn der Kirche erkennen“

„Ja, Felix, er setzt aber auch die irdischen Autoritäten ein, um die gesellschaftliche Ordnung aufrechtzuerhalten und wir müssen uns ihnen unterordnen.“

„Es gibt aber keine Autorität ausser der, die von Gott gegeben ist. Sogar die jetztigen Regenten sind von Gott ernannt. Das heisst, er hat sie eingesetzt. Er steht über den Mächten. Und es kommt vor, dass irdische Mächte gegen den Willen Christi handeln, auch der Rat der Zweihundert! Wenn das geschieht, müssen wir Gott mehr gehorchen als Menschen.“

„Ja, aber es ist unsere Verantwortung, diese Mächte, einschliesslich den Rat, zur Treue zum Wort Gottes zu aufrufen“, entgegnete Hofmeister.

„Wenn sie sich gegen Christus und seine Kirche stellen, müssen auch wir uns ihnen im Namen Christi widersetzen. Wozu ich aufrufe“, Felix erhob nachdrücklich den Finger, „ist, dass Menschen sich öffentlich und kämpferisch zu Jesus Christus bekennen, um eine vom Staat unabhängige Kirche zu schaffen, keinen Kirchenstaat, der denen falsche Hoffungen macht, die niemals eine persönliche Entscheidung für Christus getroffen haben. Die Kirche, von der ich rede, besteht aus Freiwilligen, aus Leuten, die aus eigenem Entschluss Jesus Christus als Herrn annehmen, im Gehorsam nach der Bibel leben und im Willen Christi wandeln.“

Am Ende des Gesprächs sagte Sebastian: „Felix, ich habe dich gehört und bewundere deine Ernsthaftigkeit. Ich habe mich aber entschieden, bei Zwingli zu bleiben und bei der Reformation, die er in der Kirche vorantreibt.“

„Dann hast du wohl auch kein Interesse mehr, dieses Gespräch fortzusetzen?", wollte Felix wissen.

„Solange du in Schaffhausen bist und dich gut benimmst, können wir unser Gespräch fortsetzen." So traf sich Felix in den nächsten Tagen mit Sebastian in der Abtei. Er war beeindruckt, dass der Mann ihm zumindest zuhörte, jedoch am Mittwoch war klar, dass Hofmeister meinte, was er sagte. Trotz ihres gemeinsamen Studiums der Schrift blieb Sebastian auf der anderen Seite. Felix war sich jetzt auch ziemlich sicher, dass man in Zürich von seinem Aufenthalt in Schaffhausen erfahren hatte.

An diesem Abend sprach Felix das letzte Mal im Haus der Brötlis. Er nahm am abendlichen Bibelstudium und am Abendmahl teil. Wieder sprach er von der Gemeinschaft der Versöhnten, jener wahren Bruderschaft, wo Christus in der gegenseitigen Liebe sichtbar wird.

Er wollte am nächsten Morgen nach St. Gallen gehen, weil er Konrad dort erwartete. So ging er zeitig zu Bett. Am Morgen verliess Felix Schaffhausen und ritt nach Osten, den Rhein entlang. Schliesslich machte er in der malerischen Stadt Stein am Rhein eine Rast. Die Fachwerkhäuser, deren Fundamente in den Fluss hineinreichten, faszinierten ihn. Das Benediktinerkloster nahe der Kirche bot Unterkunft an, die er nur ungern annahm. Er hatte gehört, dass 1524 Pfarrer Schmid von der römischen Kirche mit dem Bann belegt worden war. Daraufhin machten Zwinglis Verbündete einen Aufstand und zerstörten das Ittinger Kloster. Er fragte sich, ob diese Spannungen zwischen der katholischen und der reformierten Kirche in dieser Stadt immer noch andauerten.

Felix konnte mit einigen Mönchen am Tisch reden. Zuerst fragte er nach dem Einfluss der lutherischen Stimmen in ihrer Gemeinschaft und nach dem Konflikt zwischen den Kräften der katholischen Kirche und Zwinglis Reformation. Die Mönche kommentierten das kaum. Dann fühlte er sich frei, über einen dritten Glaubensweg zu reden, nämlich, dass Jüngerschaft mehr war, als sich mit einem dieser beiden Richtungen zu identifizieren. Es gab wenig Reaktionen, aber Felix empfand, dass er zumindest den Samen ausgestreut hatte.

Während der nächsten Tage war Felix unterwegs entlang des Untersees, der den Bodensee mit Kreuzlingen verband, die Zwillingsstadt des benachbarten Konstanz. Die Landschaft erfrischte ihn – die welligen Hügel der Nordschweiz, grüne Wälder, Felsformationen, Flüsse und Seen. Als er sich einen Tag später nach Süden wandte, hatte er eine wundervolle Aussicht auf den Freudenberg, ein Kennzeichen der Region St. Gallen. Je näher er der Stadt kam, desto atemberaubender war der Anblick von Hügelketten und Feldern, die sich entlang der jenseits von St. Gallen liegenden Alpen erstreckten. Immer wieder hielt er an, um zu rasten und den Anblick zu geniessen. Er wünschte, Trini wäre da, um sich mitzufreuen.

Auf der restlichen Strecke zur Stadt dachte er oft über den grossen Unterschied zwischen seiner Stellung und der seines Freundes Konrad nach. In St. Gallen war Konrads Schwager Vadian ein einflussreiches

Stadtratmitglied, Stadtarzt, anerkannter Gelehrter und Hauptfigur der Reformation. Dadurch war es für Konrad offenbar leichter, in dieser Region zu leben und zu arbeiten. Felix wusste auch, dass die leichtere Behandlung, die man Konrad in Zürich gab, deshalb zustande kam, weil sein Vater im Stadtrat anwesend war. Trotz dieser Analyse war Felix kaum auf das vorbereitet, was er vorfand. Konrad und seine Verbündeten hatten beachtlichen Erfolg in St. Gallen.

In der Stadt angekommen versuchte Felix seinen Freund Lorenz Hochrütiner ausfindig zu machen. Lorenz begrüsste Felix begeistert und freute sich sehr, dass er aus dem Gefängnis und frei war. Sofort erzählte er, was in St. Gallen und Appenzell Erstaunliches geschah. Lorenz berichtete erfreut: „Es gibt jetzt achthundert Leute in der Region, die sich haben taufen lassen. Gabriel Giger, der aus Zürich gekommen war, hatte in St. Gallen sehr intensiv in der Kirche gearbeitet. Seine Partner im Dienst sind Marti Lingg und Wolfgang Ulimann, der Sohn von Andreas Ulimann hier in St. Gallen und Leiter des Grossen Rates.“ Lorenz machte eine Atempause und fügte hinzu: „Ulimann ist ein ausgezeichneter Gelehrter aus einer Patrizierfamilie der Webergilde und nahm die Taufe durch Grebel in Schaffhausen an. Grebel hatte ihn im Rhein untergetaucht.“

„So sagte man mir in Hallau“, kommentierte Felix.

„Er ist zu einem der herausragendsten führenden Brüder hier in der Region von St. Gallen geworden. Er ist ein aussergewöhnlich begabter Redner, gewinnend und geradlinig. Unsere Brüder lernten ihn in der Weberwerkstätte auf dem Marktplatz kennen, wo sie ihn baten, dem Schulmeister Dominik Zili zu helfen und in der Kirche von St. Laurenz Bibellesungen abzuhalten. Er lehnte ab und sagte, er sei Berufen, in Freiheit zu predigen. Die Zuhörerzahl bei seinen Predigten ist aussergewöhnlich! Tausende Leute kommen, um ihn zu hören. Er spricht oft zu grossen Gruppen in der Schützenhalle. Die Bewegung ist so bekannt geworden, dass der Stadtrat seine liebe Not hat, weil er nicht im Stande ist, sie zu unterdrücken“, fuhr Lorenz fort.

„Das ist wunderbar!“, rief Felix aus. „Es scheint, dass viele Freunde, die aus Zürich ausgewiesen wurden, hier in St. Gallen sind. Das könnte das Zentrum der Kirche der Gläubigen sein.“

„Felix, du hättest am Palmsonntag hier sein sollen! Wir hatten einen öffentlichen Taufgottesdienst in der Sitter.“ Lorenz zwinkerte begeistert, als er die Ereignisse noch einmal durchlebte. „Grebel war hier und hatte zwei Wochen lang gepredigt und Hunderte hatten das Evangelium angenommen. Für Palmsonntag wurde eine Taufe am Fluss angekündigt und Massen von Menschen strömten aus der Stadt zum Ufer. Sicher waren auch viele Schaulustige dabei, aber wir tauften am Sonntagnachmittag tatsächlich einige hundert Leute.“

Als Felix erstaunt Lorenz anstarrte, schüttelte dieser den Kopf und sagte: „Und das ist nicht alles. Das Gleiche geschieht in Appenzell. Bolt Eberli von Lachen ist trotz seines Bauernstandes ein gewandter Redner und gut im Erforschen der Schrift. Die Menschenmassen drängten an den Hügeln des

Birlisberges, um ihn predigen zu hören, und viele aus der Stadt Teufen wollten sich von ihm taufen lassen. Hans Krüsi ist jetzt Pfarrer dort. Er war Lehrer in Will, dreissig Kilometer westlich von St. Gallen, und wurde von zwei Freunden, Johann Ramseyer und Martin Baumgartner, zu einer Versammlung von Grebel mitgenommen. Durch Konrads Predigt bekehrte er sich und nahm die Glaubenstaufe an. Sein Dienst ist sehr wirkungsvoll und er hat inzwischen so viele getauft, dass er selber sagt, er könne sie nicht mehr zählen."

„Und der Rat von St. Gallen erlaubt das?" fragte Felix.

„Nein, der Stadtrat wollte Krüsi unterdrücken, aber Vertreter aus mehr als dreissig Weilern der Region hatten sich vorgenommen, ihn zu verteidigen, sodass der Rat von einer Verhaftung absah. Sie enthoben ihn aber seines Amtes, er lehrt nicht mehr. Er hat nun weben gelernt und versorgt jetzt seine Familie als Weber. Er wendet sich freimütig gegen die soziale Unterdrückung der katholischen Vogtei, der Abtei in St. Gallen, er unterstützt jedoch keinen Bauernaufstand. Momentan ist er in St. Georg aktiv."

Felix glättete sein Haar mit der Hand. „Das ist ja fast unglaublich", sagte er.

„Sie haben aber unseren Bruder Gabriel Giger verhaftet. Er war so verzweifelt, als er Zwinglis Buch über die Taufe in der Kathedrale vorlas, dass er die Lesung unterbrach und auf der Kanzel laut aufschrie!"

„Zuletzt habe ich von deinem Freund Georg Blaurock gehört, er sei in Appenzell und arbeite dort in einer Kirche."

„Georg ist frei! Und wo ist Konrad jetzt?", fragte Felix ungeduldig.

„Er war so begeistert von den Geschehnissen am Palmsonntag, aber die Kritik vom Rat war so stark, dass er in der folgenden Woche zurück nach Zürich ging. Er wollte gern Barbara und die Kinder mit in dieses Gebiet bringen. Grebel, wie du auch vermutet hast, sieht St. Gallen als das Zentrum für die Freikirchenbewegung. Er hofft, dass Vadian seine Familie beschützt, wenn sie in St. Gallen sind.

„Das könnte eine gute Sache sein", kommentierte Felix. „Ein bisschen Distanz zu Zwingli könnte derzeit die beste Strategie sein."

Felix und Lorenz beteten zusammen, nachdem sie über ihre Arbeit gesprochen hatten. Felix wusste, dass Lorenz bezüglich seiner Rolle in der Bewegung und seines Einflusses in St. Gallen sehr demütig war. Er bewunderte den Geist, in dem Lorenz die anderen für ihre Arbeit lobte.

„Felix, unsere Brüder hier in St. Gallen müssen dich hören. Heute Abend können wir zu mehreren Versammlungen gehen und du kannst sprechen."

Die Begeisterung war erfrischend, als Felix sich unter die Menge mischte. Zuerst waren sie in der Schützenhalle, wo er sie aufrief im Glauben mit Christus zu wandeln und nicht nur religiöse Mitläufer zu sein, sondern wahre Jünger zu werden und die Glaubenstaufe anzunehmen. Die grössere Versammlung war in der Fechtbaracke unter den Lindenbäumen beim Multertor. Hier predigte Felix bis spät in die Nacht, und zwar über Hebräer sechs. Er betonte, wie nötig vollständige Busse und echter Glaube sind, „damit sie nicht abtrünnig von Christus werden und wieder gegen ihn sündigen. Ein wahrer Christ wendet sich nicht von Christus ab und lebt nicht in Sünde."

Felix genoss den Geist und den Austausch mit den Brüdern. Als sie aber annahmen, dass Vadian bald von Zwingli hören würde, dass Felix aus dem Gefängnis ausgebrochen war, beschlossen sie, dass er nach Appenzell gehen und sich von St. Gallen fernhalten sollte. Hoffentlich würde er seinen Freund Georg treffen und mit ihm arbeiten können. Felix war es recht, dass sie beide in der evangelistischen Verkündigung zusammenarbeiten würden. Georg würde die Menschenmengen anziehen und Felix konnte sich auf die Lehre konzentrieren.

Er nahm ihren Rat an, verliess St. Gallen und ritt nach Appenzell. Die kurze Reise verlief ereignislos, abgesehen von der Landschaft und der Laune von Felix' Pferd. Es wollte immer wieder anhalten und etwas fressen. Er konnte verstehen, warum das Tier vom Weg abweichen und ins ausgedehnte Weideland wollte. Felix schaute auf die fernen Alpen, die das hügelige Ackerland mit einer zerklüfteten Felsenkette schmückten. Er erinnerte sich daran, dass Zwingli von seiner Kindheit hier in den Bergen von Toggenburg erzählt hatte.

Nachdem man ihm den Weg zu Hans Krüsi erklärt hatte, konnte Felix die Kirche mit dem angrenzenden Pfarrhaus leicht finden. Ein Hausmeister sagte ihm, wo der ehemalige Pfarrer ist. Bald befreundete er sich mit Krüsi. Er war ein intelligenter und hingegebener Mann und ihre Gemeinschaft war für Felix ein Zeichen dafür, dass der Geist Gottes Menschen zu wertvollen Führern für die Freikirche formte. Die Bewegung beschränkte sich keinesfalls nur auf die wenigen Leute, die sich in Zürich ganz am Anfang haben rufen lassen.

Felix freute sich, jemanden gefunden zu haben, dessen Geist und Hingabe so ähnlich war wie bei ihm selbst. Er ermutigte Hans, das Evangelium zu predigen und die Menschen zum Gehorsam gegenüber Christus aufzurufen. Später am Abend begleitete Krüsi Felix zum Haus, wo die Blaurocks wohnten. Auf dem Weg erzählte er von der bemerkenswerten Anhörung, die Blaurock in Appenzell erlebt hatte.

„Man nennt ihn einen zweiten Paulus. Er ist hier genau so nützlich wie Ulimann in St. Gallen. Die Leute strömen herbei, um seine Predigten zu hören. Sie staunen über seinen Mut und seinen klaren Aufruf zur Bekehrung."

Felix lächelte. „Das ist Georg. Er ist kühn und nimmt kein Blatt vor den Mund. Wenn man ihn hört, weiss man immer genau, was er will."

Als sie am Chalet ankamen, stellt Hans Felix schnell dem Hausherrn vor, der ihn herzlich begrüsste. Dann rief Hans den Georg aus einem anderen Zimmer, um „einen alten Freund zu treffen". Als Georg hinter dem Vorhang in den Korridor trat, war er sprachlos, eilte zu Felix und umarmte ihn.

„So hat dich also der Engel des Herrn aus dem Gefängnis herausgeführt!", rief Georg aus.

„Ja, aber der Engel war von ziemlich irdischer Gestalt“, kicherte Felix. „Ich glaube, der Gefängniswärter selbst liess die Türen nach seinem abendlichen Rundgang offen.“

„Aha, wie interessant. Ich bin so froh, dass du hier bist. Hier herrscht Freiheit, das Evangelium zu verkündigen. Zusammen können wir uns von Appenzell nach Süden in das Oberland durcharbeiten, den ganzen Weg bis in meine Heimat Chur, und die gute Nachricht verbreiten.“

„Genau das will ich auch“, sagte Felix. „Ich kann es kaum erwarten, mich an einem offensiveren Predigtdienst zu beteiligen. Zu lange war ich im Gefängnis festgehalten worden. Mein Ding war immer das systematisches Bibelstudium, aber ich möchte dies gern auf das Herzstück des Evangeliums für die evangelistische Verkündigung zuschneiden.

„Und da sind noch andere bei mir, die du sicher kennen lernen willst, Felix. Wie du vielleicht weisst, bin ich in Grüningen gewesen. Unter den Jüngern dort haben wir ein paar ausgezeichnete Leiter. Ein sehr gewandter Prediger ist Hans Hotz. Und es gibt noch andere wie Jakob Falk und Heini Reimann, die mit mir gekommen sind und hier in Appenzell Lehrstunden halten.“

„Ich habe Hotz schon kennen gelernt. Auf meiner Flucht von Zürich habe ich bei ihm übernachtet. Ich möchte diese Brüder auf jeden Fall treffen, und auf irgendeine Weise etwas mitteilen.“

Die nächsten Wochen in Appenzell waren sehr lohnend für Felix. Das grössere Team der Mitarbeiter war besonders eifrig, denn sie unterstützten und ermutigten einander. Sie nutzten jede Gelegenheit aus, das Evangelium zu verbreiten: im Park, an Strassenecken oder an Kreuzungen, wo Menschen unterwegs waren. Er lernte Falk und Reimann gut kennen. Es stimmte, was Georg alles von ihnen erzählt hatte. Sie redeten vom fruchtbaren Dienst Konrad Grebels und Marx Bossharts im Gebiet von Grüningen. Falk war vor kurzem von Konrad in Hinwil getauft worden. Sie waren beide fähige und hingegebene Leute und sie konnten sich leicht mit der ländlichen Bevölkerung identifizieren. Während der nächsten Wochen bekehrten sich Hunderte zu Christus. Georg und Felix tauften sie und wiesen sie an, Hauskreise einzurichten, um einander zu helfen, das Wort immer besser zu verstehen.

Felix liebte die Arbeit. Er freute sich an der Gemeinschaft mit den Neubekehrten und mit Georg und den anderen Predigern. Appenzell war erfrischend anders als Zürich. Er konnte sich an den Hügelketten und den gepflegten Bauernhöfen, wo er oft Besuche machte, nie satt sehen. Er evangelisierte den ganzen Weg hinunter bis zu den Bergen im Süden nach Ebenalp, dessen kräftige Vorgebirge sich über das dunkle Wasser des Sees erhoben.

Aber die Freiheit, die sie genossen, war nur von kurzer Dauer. Ende April verhaftete der Stadtrat eine Reihe Brüder, unter ihnen Falk und Reimann. Als man hörte, dass sie aus Grüningen waren, wurden sie nach einigen Tagen freigelassen, mit der strikten Anweisung, die Gegend zu verlassen. Felix und Georg waren sich einig, ihre Reise nach Chur aufzuschieben, um mit diesen ausgewiesenen Brüdern nach Grüningen zu reisen. Felix hatte ein besonderes Interesse daran, in die Region um Zürich zurückzukehren. Wie sehr er Trini vermisste! Er betete und hoffte, bald nach Zollikon gehen zu können. Weil sie jetzt in Urnäsch, im westlichen Teil des Appenzeller Gebiets, arbeiteten, könnten sie leicht südwestlich nach Grüningen reisen. Unterwegs planten sie, eine Weile dort zu bleiben und später dem Fluss östlich bis nach Chur zu folgen. Blaurock konnte es kaum erwarten, die evangelistische Arbeit in seiner Heimat fortzusetzen.

Über die bewaldeten Hänge nach Westen zu reisen, dauerte ziemlich lange, aber sie genossen ihre Gespräche und die Menschen, denen sie unterwegs begegneten. Als sie sich Grüningen näherten, konnten sie das wunderschöne Seewasser im Süden sehen. In der Frühlingssonne glitzernd entstand ein erfrischend friedliches Bild. Als er die Berge im Hintergrund erblickte, zitierte Felix: „Ich hebe meine Augen auf zu den Bergen. Woher wird meine Hilfe kommen? Meine Hilfe kommt vom Herrn, der Himmel und Erde gemacht hat.“

Ein eigenartiges Gefühl des Daheimseins überkam Felix, als er sich der Stadt näherte. Konrad hatte so oft von seiner Kindheit in dieser Stadt erzählt, sodass Felix den Eindruck hatte, jede Gasse zu kennen. Er konnte das Schloss am Ende der Stadt sehen und stellte sich vor, wie Konrad in den Hallen und Räumen dieses eindrucksvollen Gebäudes aufgewachsen war. Der Gegensatz zu seinem eigenen Leben als Jugendlicher zeigte Felix erneut, wie Christus so unterschiedliche Personen in seinem Leib, der Kirche, vereinen konnte.

Bald nach der Ankunft ging Felix zu dem bekannten Haus von Hans Hotz und die beiden intensivierten ihre Bekanntschaft. Sie verbrachten die nächsten Tage mit Bibelstudium und Felix freute sich, die biblische Belehrung zu vermitteln. Hans selber war so begierig darauf, die Schrift besser zu kennen, und so begeistert, dass die Lehrstunden zu einer richtigen Klasse wurden, da andere sich anschlossen.

Die Nachrichten aus Zürich waren ärgerlich, denn die Unterdrückung der Freikirchenanhänger nahm zu. Besonders auf die Gemeinschaft der Wiedertäufer in Zollikon hatte es Zwingli abgesehen. Offenbar versuchte er, die dort aufkeimende neue Kirche zu zermalmen. Anfang Mai sagte Felix zu Georg, dass er sich gerne in Zollikon einschleichen würde, um Trini zu besuchen. Möglicherweise könnte er auch Konrad sehen, der das Risiko auf sich genommen hatte, nach Zürich zurückzugehen, um seine Familie zu holen.

„Vielleicht“, sagte er, „ist Konrad bereit, mit mir zurückzukehren. Auf jeden Fall muss ich Trini sehen, bevor wir nach Chur reisen. Du kannst die Gläubigen hier in der Region Grüningen lehren, während unsere Brüder ihre Evangelisation weiterführen.“

Von Grüningen nach Westen, den See entlang nach Zürich, war es nicht weit. Er ritt gleichmässig bis zum späten Abend und war früh am nächsten Tag nahe Zollikon. Aufgeregt ritt er den Weg entlang zu den Hottingers und zu einer warmen Begrüssung seiner Geliebten. Er fühlte sich in Trinis

Familie genauso zu Hause, wie bei sich daheim. Sie versammelten sich um ihn, um Neuigkeiten zu hören.

„Ich bringe bei dieser Gelegenheit euer Pferd zurück", wandte er sich an Konrad Hottinger. „Ansonsten müsste ich das Vieh für den evangelischen Dienst beschlagnahmen!" Alle lachten. Felix erzählte ihnen von seinen Reisen, und was Gott in der Ostschweiz tat und wie dort die freie Kirche wuchs. Seine Gedanken aber waren bei Trini und seine Augen wanderten immer wieder zu ihr.

„Wohin wirst du als Nächstes gehen, weil du kein Pferd benötigst?", fragte Hottinger.

„Nach Chur, und mein Weg wird mich über steinigen Boden führen – nicht so leicht für ein Pferd. Ich kann die Hauptstrasse nicht benutzen."

Da er es kaum erwarten konnte, seinen Freund Konrad zu sehen, einigte man sich, dass er sich im Schutze der Dunkelheit spät abends, kurz bevor das Tor geschlossen wurde, nach Zürich einschleichen und am Morgen wieder zum Haus der Hottingers zurückkommen würde. Man warnte ihn, er solle ja vorsichtig sein, denn in letzter Zeit hat es wiederholt Verhaftungen gegeben. Man sagte ihm, Andreas mit den Krücken und Marx Bosshart seien ein paar Mal in der Stadt gewesen, um Konrad zu sehen. Sie wussten, dass die Züricher Behörden davon Wind bekommen hatten, und vermuteten, dass es nur durch den Einfluss von Konrads Vater möglich war, dass er sich zu Hause aufhalten konnte. Vielleicht konnte Konrad aus diesem Grund eine Reihe Brüder empfangen, um mit ihnen zu sprechen, obwohl ihre Besuche gewiss beobachtet wurden. Leider waren viele Zollikoner Familien, die wiedergetauft waren, derart eingeschüchtert worden, dass sie gar nichts mehr sagten.

Felix schlich sich nach Zürich ein und ging mit einer Gruppe Bauern durchs Neumarkttor in die Stadt. Er lief geradewegs zu Grebels Haus neben dem „Turm auf dem Bach", wo Konrads Vater wohnte, und klopfte hastig an die Tür. Barbaras vertraute Stimme drang durch die Tür und fragte, wer da sei. Felix antwortete leise und zögernd. Schnell öffnete sie und Felix trat in das warme, gemütliche Haus ein. Es war ein Wiedersehen von Freunden, die sich nahe standen. Bald sagte Konrad: „Felix, ich habe wichtige Neuigkeiten von deiner Mutter und deinem Bruder Heinrich."

„Ich hoffe, es geht ihnen gut", seufzte Felix.

„Besser als je zuvor", sagte Konrad lächelnd. „Es gibt was Neues bezüglich ihres Glaubens. Sie haben sich beide taufen lassen, Felix, hier, in unserem Haus!"

Felix konnte sich seiner Tränen nicht erwehren. Er wischte sie sanft ab und sagte: „Bitte erzähl mir davon."

Konrad erzählte, wie Anna Manz und ihr Sohn Heinrich eines Nachmittags gekommen waren. Sie erzählten von ihrer Beziehung zu Christus und baten um die Taufe.

„Und du hast sie getauft?"

„Ja, genau dort, wo du jetzt sitzt."

Felix war eine Weile still und sagte dann: „Ich bin so dankbar. Jetzt sind wir vereint in Christi Familie."

Der Abend zog sich lange hin und es wurde spät, als Konrad begeistert seine Sicht von den Palmsonntagsereignissen in St. Gallen erzählte. Er erzählte von den Gesprächen der Brüder mit dem Rat und erwähnte, dass er Vadian schreiben wollte. Er unterbrach aber, als er hörte, dass Felix schon dort gewesen war und die Nachrichten kannte.

Konrad fragte ihn dann: „Hast du von den Ereignissen am gleichen Ostersonntag in Waldshut gehört?"

„Nein, ich habe nichts mehr gehört, seit ich in Schaffhausen war. Das war in der Woche vor Ostern."

„Unser Bruder Wilhelm verbrachte viel Zeit mit Dr. Hubmaier und am Samstag vor Ostern hatte er Balthasar in der Stadtkirche von Waldshut getauft! Daraufhin liessen sich am Ostersonntag ungefähr sechzig weitere Personen in der Stadtkirche taufen, und zwar unter der Leitung von Hubmaier."

„Wunderbar!", freute sich Felix. „Und lässt sich das der Stadtrat gefallen?"

„Ihr grösseres Problem ist zurzeit der Widerstand der Habsburger. Die österreichischen Machthaber wollen diese Bewegung aufhalten und die Einheit der katholischen Kirche erhalten. Ferdinand befahl der Schwäbischen Liga, Dr. Hubmaier zu verhaften. Es sieht aber so aus", fuhr Konrad fort, „dass das ganze Waldshut sich der Freikirchenbewegung anschliesst. Hubmaier spricht von seinem ‚Krieg für das Evangelium'. Das neue Selbstbewusstsein der Bauern bei ihrer Suche nach Freiheit hat Ferdinand ziemlich frustriert. Diese Bewegung wird die Gesellschaft verändern! Aber", er lehnte sich näher an Felix heran, als sei er tief besorgt, „ich bin mit Hubmaier nicht einer Meinung, was die Verteidigung mit dem Schwert betrifft!" Dann schwieg er. „Wie auch immer", sprach er weiter, „Gottes Zeit ist gekommen, eine freie Kirche entstehen zu lassen."

„Das glaube ich auch, Konrad", sagte Felix. „Auch deshalb habe ich es riskiert, nach Zürich zurückzukommen. Wir müssen Hubmaier ermutigen, vorsichtig zu sein und in Waldshut nicht in gleicher Weise seine Macht einzusetzen, wie Zwingli das in Zürich tut. Das entspricht nicht meinem Verständnis von Jesu Lehre."

„Ja, Felix, du hast recht. Jemand muss mit Dr. Hubmaier über einen friedlichen Weg ohne Schwert reden."

„Konrad, vor kurzem haben Georg und ich in deiner Heimatstadt sehr erfolgreich evangelisiert. Unserer Meinung nach müssen wir das auch in anderen Gebieten tun. Wir wollen den Fluss hinauf nach Chur zu ziehen. Ich bin heute nach Zollikon zurückgekommen und kam heute Abend auf Wunsch der Grüningener Brüder her. Ich wollte dich fragen, ob du mir helfen könntest, von Zürich aus eine Leitungsfunktion bei der Entstehung ihrer Kirche zu übernehmen. Ein paar gute Führerpersönlichkeiten sind gerade dabei, sich zu entwickeln, besonders Hans Hotz und Jakob Falk. Aber sie brauchen weiterführenden Unterricht, damit sie heranreifen können. Du und Marx seid die richtigen Leute, um ihnen zu helfen. Wenn du kämst, hätten Georg und ich genug Zeit zum Evangelisieren."

Sofort meldete sich Barbara: „Felix du verstehst nicht, dass Konrad Familie hat. Du bist ledig. Er war so selten zu Hause und liess mich hier mit den Kindern alleine. Er muss in Zürich bleiben."

Konrad lächelte nur und sagte: „Nun, meine Barbara, wir müssen sehen, welche Aufgaben Gott uns stellt."

„Ja", sagte sie, „aber er kann wohl kaum von dir wollen, dass du deine Familie verlässt und die ganze Zeit weg bist. Und ausserdem bist du krank. Dein Hinken ist so schlimm, dass man dich bald nur noch als Krücken-Konrad kennen wird, wenn du nicht aufpasst."

Felix hörte zu und wollte in die Meinungsverschiedenheiten nicht hineingezogen werden. Einerseits verstand er ihren Schmerz, und wie sie unter der Trennung litt, andererseits brauchte er Konrad doch so sehr.

„Es ist wichtig, dass ich Felix und Georg beim Dienst helfe", sagte Konrad. „Und Grüningen war meine Heimat, wie du weisst. Und das Evangelium wurde dort so gut aufgenommen."

Seine Augen schweiften in die Ferne. „Es macht mich ungeduldig, hier zu sitzen und nicht persönlich bei den Menschen zu sein."

Seine Frau kniete sich neben ihn, sie wusste vielleicht, dass sie verloren hatte. „Ich weiss, Konrad. Es gibt aber auch vieles, was du hier tun kannst. Mit deinem Vater im Rat hast du ein Mass an Sicherheit, das die anderen nicht haben. Vergiss nicht, dass deine Ausflüge nach Zollikon und die Besuche deiner Freunde hier bei uns auch ein Dienst waren."

„Ja, ich weiss, Barbara, aber selbst ein einwöchiger Dienst in Grüningen könnte wichtig sein." An Felix gewandt sagte er: „Du wirst sicher nach Hause gehen wollen. Ich kann dich später dort abholen und dann machen wir uns auf den Weg."

„Konrad!" Barbara stand jetzt vor ihm. Ihre Lippen zitterten, ihre Arme waren fest verschränkt. „Du wirst nicht gehen." Dann wandte sie sich an Felix: „Felix, es tut mir Leid, aber ich muss ihn hier behalten. Wenn er mit dir loszieht, melde ich den Behörden, dass du hier in Zürich bist und wo sie dich in Zollikon finden können."

Konrads riss überrascht seine Augen auf. Er war offenbar wütend, aber dann, nach anfänglichem Zögern, antwortete er ihr respektvoll.

„Barbara, das würdest du tun?"

„Ja, es tut mir wirklich Leid, aber das muss ich. Ich will nicht, dass du gehst."

Felix blickte Konrad mit einer Mischung aus Bedauern und Verständnis an. „Dann muss es so sein, mein Freund. Du gehörst hierher."

Eine lange, unangenehme Stille folgte. Aber Barbaras Gesichtsausdruck änderte sich nicht. Trotz Meinungsverschiedenheiten beteten sie zusammen und Konrad sagte: „Lass uns darüber schlafen." Die Grebels machten sich für die Nacht bereit und Felix huschte durch die Strassen hinunter zum Haus seiner Mutter. Es war riskant, weiter in die Stadt hineinzugehen, aber er glaubte, es tun zu müssen.

Diesmal war das Zusammensein mit seiner Mutter und seinem Bruder anders. Sie hatten denselben Glauben angenommen wie er und er liebte sie deshalb noch mehr. Sie redeten bis in die frühen Morgenstunden und Felix schlief nur kurz. Am Morgen vor Sonnenaufgang trank er Tee und ass zu viel von dem Käse, den seine Mutter aufgetischt hatte. Nach seiner Gefängniszeit war es ihm, als könne er nie genug bekommen, seinen Magen zu füllen. Wieder einmal verabschiedete er sich von seiner Familie und ging wieder zu Konrad. Als er an der Tür klopfte, kam Konrad heraus und sprach leise, damit die Kinder nicht wach wurden.

„Lass uns gehen", sagte er, „es wird schon gelingen." Und sie gingen zum nächsten Stadttor. Es war verschlossen und Frau Meis im Nebenhaus erkannte Konrad durch ihr Geschäft und rief ihnen zu, dass niemand hinausgehen dürfe. Sie eilten zum Neumarkttor, aber auch das war verschlossen. Verdutzt und besorgt gingen sie zurück zu Konrads Haus, wo sie herausfanden, dass Barbara durch eine andere Tür hinausgeschlüpft war, als Konrad das Haus verlassen hatte. Sie war zu Konrads Eltern gelaufen und bat sie, sein Weggehen zu verhindern. Als die beiden ankamen, kam auch sie gerade zurück. Sie sagte, dass über Felix keine Meldung eingegangen wäre, und es sei am besten, er würde untertauchen.

Felix verabschiedete sich schnell und ging zum Markt. Dort fand er einen Bauern, der nach Zollikon zur Arbeit wollte. Er sprang hinten auf den Wagen auf, zerzauste sein Haar, kratzte Erde vom Boden auf und beschmierte damit Gesicht und Kleidung. Der Bauer schaute sich nicht einmal um, als er durch die Strassen zum Neumarkttor zufuhr.

Sie waren die Ersten an diesem Morgen, die Zürich verliessen. Felix atmete auf, weil er nicht erkannt worden war. Sein liederliches Aussehen entsprach dem eines ungekämmten Bauern, der in seinem Wagen auf dem Markt übernachtet hatte.

Felix hatte viel Zeit zum Nachdenken, als er es sich in dem leeren Karren gemütlich machte. Die Strasse war nicht eben und so wurde er ziemlich durchgeschüttelt. Er dachte an die Gespräche mit Konrad und Barbara vom Abend zuvor. Wie energisch Barbara doch ihren Mann festhielt! Und wie sich doch Konrad nach Grüningen gerufen wusste! Konrad hatte sogar gefragt, was wichtiger sei, die Ehe oder das Werk der Kirche, was auch bei vielen anderen ein Problem war. Felix musste mit Trini darüber reden. So sehr er sie auch liebte, wäre es für beide nicht gut, jetzt ans Heiraten zu denken. Er war berufen, reisender Evangelist zu sein und Menschen zu Jesus einzuladen. Wegen der damit verbundenen Risiken und wegen der vielen Reisen sollten sie erst viel später eine Ehe in Betracht ziehen. Es wäre falsch, Trini im Ungewissen darüber zu lassen, warum er sie jetzt noch nicht heiraten wollte.

Kapitel elf: Gefangennahme in Chur

Am nächsten Tag spät abends näherte sich Felix der Stadt Grüningen, dem Sitz der Bezirksregierung. Das Gebimmel der Glocken an den Hälsen der Kühe ertönte über die Weiden. Er schaute zu den fernen Bergen und die Abendsonne warf ein rosa Leuchten über die schneebedeckten Gipfel. Die melancholischen Töne eines Alphorns von den Hügeln her stimmten ihn traurig. Die Traurigkeit führte seine Gedanken. In seinem Innern fühlte er sich zu ihr hingezogen.

Es war nicht leicht, zu Trini „ade" zu sagen und ihr zu erklären, dass er die nächsten Monate und vielleicht Jahre unterwegs sein müsse, bis die Kirche der Gläubigen sich etabliert hatte und von den Behörden als rechtmässige Körperschaft anerkannt sein würde. Dass sie seine Worte gut aufgenommen hat, hätte ihn nicht überraschen brauchen. Es war sonnenklar, dass sie mit Christus lebte. Nun wusste er, dass sie auch hinter seinem Dienst stand und das war für Felix eine innere Kraftquelle.

Ausserdem ermutigte ihn das offene Glaubensbekenntnis und die Unterstützung seiner Mutter und seines Bruders. Er hatte es riskiert, in die Stadt zu gehen, um sie zu sehen, und das Risiko hatte sich mehr als gelohnt. Es wurde Felix warm ums Herz, als er daran dachte, was seine Mutter über ihre Beziehung zu Christus sagte, und wie gern sie ihm nachfolgte. Heinrich hatte ihn umarmt und gesagt: „Felix, ich bin dein Bruder auf eine neue Weise, nicht nur durch meine erste Geburt, sondern auch durch meine Wiedergeburt."

Als er zum Haus kam, wo er und Blaurock übernachtet hatten, traf er Georg, der sich ungeduldig nach Chur aufmachen wollte. Er war enttäuscht, dass Konrad nicht dabei war.

„So, Konrad konnte nicht kommen?", sagte er enttäuscht.

„Barbara war unnachgiebig. Sie hätte mich den Behörden verraten. Wir waren sogar bereit, das zu riskieren", erwiderte Felix. Dann fügte er hinzu: „Es läuft nicht so gut in Zürich für Konrad. Finanziell steckt er in Schwierigkeiten. Er verhandelt sogar darüber, seine Bücher zu verkaufen, und er hat einige sehr kostbare Exemplare!" Felix hielt inne. „Und mit seinen Füssen ist es so schlimm, dass er kaum laufen kann. Er zuckt bei jedem Schritt zusammen."

„Ich kann mir vorstellen, wie ihn das schmerzt", sagte Georg mitfühlend, „aber wir brauchen ihn. Die Bauernunruhen der letzten Wochen hier in Grüningen haben viele dazu ermutigt, den Behörden zu trotzen, indem sie keinen Zehnten mehr an die römische Kirche zahlen. Damit ist es für uns und die Neubekehrten schwieriger geworden, ihnen zu zeigen, dass wir einen anderen Kurs verfolgen. Die Brüder wollen der Gemeinde klar machen, dass wir Frieden und Gewaltlosigkeit befürworten."

„Konrad und ich haben in Zürich auch davon gesprochen. Die

Neubekehrten müssen das als Weg des Reiches Christi verstehen. Die Grüningener Brüder müssen in positiver Hingabe an Christus leben und Jesus gehorchen, anstatt die staatlichen Mächte zu bekämpfen."

„Konrad wäre sehr nützlich gewesen", sagte Georg erschöpft.

„Ja, aber wir können noch etwas anderes tun, nämlich Hotz, Falk und Reimann als Leiter einsetzen. Sie sind starke Persönlichkeiten von ausserordentlich guter Schriftkenntnis."

Georg war mit Felix' Vorschlag einverstanden. Mit Bossharts Hilfe wurden die Männer in einer besonderen Versammlung beauftragt, wo viele Neubekehrte anwesend waren, um ihre Unterstützung auszudrücken. Mit dem Gefühl, dass die Arbeit in Grüningen in guten Händen ist, machten sich Felix und Georg auf ihre lange Reise nach Chur. Felix hatte kaum Zeit zum Ausruhen. Die Reise wurde zunehmend schwierig, als sie den Zürichsee hinter sich liessen und den Walensee entlanggingen. Der Weg war steil und sie waren beide müde, als sie endlich die bewaldete Terrasse des Kerenzer Berges erklommen hatten. Oben angekommen bot sich ihnen eine atemberaubende Aussicht. Sie sassen beide auf einem flachen Felsen und liessen ihre Blicke über die Schwemmebene unter ihnen schweifen und dann auf die gigantische Felsbastion der Churfirsten.

„Es ist so, wie ich gesagt habe, nicht wahr?", fragte Georg.

„Ja", hauchte Felix. „Eine wunderbare Belohnung für den schweren Aufstieg."

Als sie den Gipfel überquerten, stand Felix am Wessenpass und blickte über die Abhänge ins Tal hinunter. Er schob seinen Hut nach hinten und wischte sich den Schweiss aus den Augenbrauen. Sein Hemd klebte an seinem Körper und der Schweiss vom langen, anstrengenden Aufstieg hatte es dunkel gefärbt. Die kühle Luft liess ihn frösteln und schon bald wollte er weitergehen. Sie gingen weiter ostwärts durch die Schlucht, hinunter ins Rheintal, einer wunderschönen Ebene, die sich bis nach Süden erstreckte, wo die Flussquellen hoch in den Alpen waren.

Je näher sie der Stadt kamen, desto offensiver wurde Georg, als er über ihre Evangelisationspläne sprach. Er kannte die Gegend gut, denn er hatte in Chur Dienste getan und sich dort vor zwei Jahren öffentlich von der Kirche Roms losgesagt. Er war damals von Chur weggegangen, weil der Stadtrat die traditionelle Stellung der Kirche voll unterstützte. Seine Zeit in Zürich und seine Verbundenheit mit den Brüdern in der Freikirchenbewegung hatten ihn davon überzeugt, dass Christi Botschaft, die die Menschen zur Freiheit beruft, ihren Glauben zu bekräftigen und die Taufe anzunehmen, von vielen Bewohnern der Stadt Chur aufgenommen werden würde. Als er und seine Frau aus Zürich ausgewiesen wurden, war seine Rückkehr nach Chur nur kurz, wobei sie sich nur mit wenigen Freunden trafen.

Als Felix und Georg ankamen, entdeckten sie, dass die ganze Stadt an der Reformation beteiligt war. In den letzten beiden Jahren hatten die Kirchenleiter entscheidende Schritte unternommen, um mit Rom zu brechen, und hatten ihre Sympathie mit der evangelischen Bewegung von Luther und Zwingli kundgetan. Die katholischen Würdenträger wurden ihrer Ämter enthoben und die Leiter der Kirchen arbeiteten in grundsätzlicher Übereinstimmung mit Zwingli. Das war vielleicht der Grund, warum sie in relativer Freiheit arbeiten konnten, zumindest solange sie nicht mit den Wortführern der Reformation zusammenprallen würden.

Felix und Georg begannen sofort das Evangelium Christi zu verkündigen. Sie predigten, man solle seinen Glauben festmachen, Christus als persönlichen Herrn annehmen und für den Heiligen Geist offen sein. Sie riefen die Menschen auf, in der Nachfolge zu leben und die Liebe Christi als Lebensprinzip zu sehen. Sie hielten Bibelstunden in Häusern, predigten an den Strassenecken und auf den Feldern, wo immer sich Menschen versammelten. Ihre Botschaft war die gleiche wie anderswo auch, aber jede einzelne Bekehrung zu Christus war eine besondere Freude. Viele Menschen reagierten auf die Evangeliumspredigt und liessen sich taufen. Etliche von ihnen waren ältere Leute, bekannte Bürger aus Chur, die jetzt in ihrem Bruch mit Rom so weit waren, für das Prinzip „*sola scriptura*“ einzutreten. Ihre Aktivitäten waren dem Stadtrat bald bekannt. Als die Zahl ihrer Nachfolger wuchs, wurden öffentliche Erklärungen gegen diejenigen abgegeben, die gegenüber der offiziellen Kirche spaltend und umstürzlerisch waren.

Anfang Juni begrüssten sie ihren alten Freund Andreas Castelberger bei seiner Rückkehr nach Chur. Dies war seine wie auch Georgs Heimat gewesen und sie hatten eine frohe Begegnung. Andreas musste ihnen etwas sehr Trauriges berichten. Bolt Eberli, ihr geliebter Mitstreiter, hatte den Märtyrertod erlitten. Nachdem er in Appenzell Grebels Arbeit erfolgreich fortgeführt hatte, wurde Bolt Ende April gezwungen, die Stadt zu verlassen. Er war nach Süden gegangen, um im Kanton Schwyz zu arbeiten. Im Mai wurde er in seiner Heimatstadt Lachen verhaftet und am 29. wurden er und ein Priester von den katholischen Amtsinhabern auf dem Scheiterhaufen verbrannt. Felix und Georg sassen stumm da. Georg starrte vor sich hin, während Felix mit den Händen sein Gesicht bedeckte.

„Das ist wieder ein Fall von katholischem Widerstand gegen die Reformation“, fuhr Castelberger fort. „Obwohl Bolt ein Wiedertäufer war, machte dieser Fall Zwingli und seinen Verbündeten wie auch Vadian in St. Gallen grosse Sorgen. Das heisst für sie, dass die römische Kirche die evangelische Reformation zertreten will.“

Alle drei Männer hatten Bolt gekannt und mit ihm brüderlich zusammengearbeitet. Er war der erste Kollege, der aus der Kirche der Gläubigen als Märtyrer gestorben war. Lange war es still. Schliesslich erhob sich Georg und sagte: „Ich kann ihn noch immer in der Metzgerhalle in St. Gallen predigen hören, ein frommer und mutiger Mensch.“

„Ja!“, rief Felix aus, „und solches Predigen muss weitergehen. Nach den Worten von Tertullian ist das Blut der Märtyrer der Same der Kirche.“

„Es gibt noch mehr mitzuteilen“, sagte Andreas leise. Er hatte Zeit gehabt, seinen Schmerz zu verarbeiten und wusste, dass seine Brüder

das noch nicht konnten.
„Die Spannungen im St. Gallen haben zugenommen“, fuhr er fort. „Vadian hat die Täufer bei einer öffentlichen Anhörung in der dritten Maiwoche heftig kritisiert. Die Brüder lasen darauf einen Brief von Konrad vor. Diesem schickte Vadian eine schriftliche Antwort und Konrad bat die Brüder wiederum zu antworten. Sie baten um Zeit und es wurde ihnen zwei Wochen gewährt. Gleich nach Pfingsten trafen sie sich im Rathaus. Unsere Brüder lasen einen weiteren Brief von Grebel aus Hinwil, und wieder antwortete Vadian. Der Rat hat den Brüdern nun ernste Beschränkungen auferlegt. Sie mussten sich bei einer Abendlesung in St. Laurenz anhören, wie Zwinglis Buch über die Taufe vorgelesen wurde. Die Brüder sassen ganz hinten auf der Empore, aber Ulimann und Giger waren deutlich zu hören, als sie laut riefen. Ulimann rief: ‚Ihr habt uns Zwinglis Worte gegeben, wir wollen Gottes Worte.‘“

„Und was geschah dann?“, fragte Felix.

„Die Kirche der Gläubigen lebt“, kicherte Andreas, „auch wenn der Rat eine Truppe von zweihundert aufgestellt hat, falls es zu einer Revolte gekommen wäre.“

„Kannst du uns mehr von Zürich oder Zollikon erzählen?“, fragte Felix.

„Grebel hat Zürich verlassen und er und Marx Bosshart waren seit dem 2. Juli im Gebiet von Grüningen. Grebel hat zu grossen Menschenmassen in Hinwil und Bäretswil gepredigt. Er hat Zürich im Juni verlassen und ging zunächst nach Norden, um Hubmaier in Waldshut zu besuchen. Vadian hat er aufgegeben seit ihrer unglücklichen Trennung in St. Gallen. Auf seiner Rückreise bekam er Angst, nach Zürich zurückzugehen, und so ging er weiter nach Süden, nach Grüningen.“

„Du hast Recht, das sind gute Nachrichten“, bestätigte Felix.

Andreas erzählte weiter: „Zur gleichen Zeit, besonders nach Pfingsten, wurde die Kirche von Zollikon missionarisch. Sie haben mehrere Bibellehrer in verschiedene Dörfer im Osten ausgesandt.“ Andreas kicherte. „Zwingli hat jetzt geschrieben, dass diese Wiedertäufer überall auf dem Lande herumlaufen und predigen! Einer von ihnen ist dein alter Freund Felix Kienast. Ein anderer ist Rudolf Hottinger, Trinis Bruder.“ Andreas sah Felix an und Felix lächelte zufrieden.

Er und Georg erzählten Andreas von den Ereignissen in Chur. „Ja, wir sind auf Widerstand gestossen, das ist richtig“, sagte Felix. „Jakob Salandronius, ein Lehrer des Klosters in Chur, liess uns wissen, dass er sowohl Vadian in St. Gallen wie auch Zwingli in Zürich von den Unruhen in der Stadt geschrieben hat. Er sagt, meine und Georgs Lehre sein schuld an den Unruhen.“

Georg unterbrach: „Und wir haben die Dorfgebiete durchzogen. Letzte Woche waren wir in Maienfeld im Norden und hatten ein gutes Echo von den Leuten dort. Konrads Schwester lebt dort und wir genossen ihre besondere Gastfreundschaft. Ich bin sicher, wir haben noch aggressiveren Widerstand zu erwarten.

Georgs Vorhersage war richtig. Zwei Tage später, am 13. Juli, wurden beide Männer verhaftet. Felix wurde von Soldaten des Stadthofes überrascht und sofort ins Rathaus gebracht, wo der Magistrat ihm sagte, er störe den Frieden der Stadt, provoziere die Kirche und führe viele Personen irre. Dadurch bringe er Uneinigkeit in die Stadt. Da Felix kein Bürger der Stadt Chur war, gebot man ihm, die Stadt zu verlassen und er durfte nicht zurückzukehren. Falls er doch zurückkomme, werde er wieder verhaftet und man würde dann weniger tolerant mit ihm umgehen. Die Soldaten begleiteten Felix die Strasse hinunter bis an die Stadtgrenze und liessen ihn gehen. Georg wurde verwarnt und unter der Bedingung freigelassen, dass er sich als Bürger von Chur anständig zu benehmen hätte, und zwar in Übereinstimmung mit dem Willen des Rates.

Nun war Felix heimatlos. Chur zu verlassen und zurück nach Zürich zu gehen bedeutete, die Verhaftung zu riskieren. Wenn er gegenwärtig ohne Zuhause war, konnte sein Zuhause auch hier in diesem Gebiet oder anderswo sein. Er machte sich auf den Weg ins südliche Waldgebiet und fand nach vielem Suchen das Haus eines Bruders. Sein Gastgeber sandte einen Jungen in das Haus, in dem er und Georg einmal gewohnt hatten. Spät an diesem Abend kam Georg zu ihm und sie redeten und beteten über ihre schwierige Lage. Sie waren sich einig, dass Felix in den ländlichen Gebieten um Chur arbeiten sollte und Georg geheimere Wege finden würde, mit den Menschen in der Stadt zu reden.

Felix hatte nur zwei Tage lang in den Häusern in den Bergen gepredigt, als man ihn wieder umstellte und verhaftete. Im Gefängnis angekommen fand er heraus, dass man auch Georg wieder festgenommen hatte. Bei dieser zweiten Verhaftung war der Magistrat viel härter. Sie klagten Felix an, weil er ihre Forderung, im Gebiet zu bleiben, nicht befolgt hatte. Sie liessen ihn wissen, dass er nun zurück in seine Heimatstadt eskortiert werde, da er zuvor gewarnt worden war. Der Grosse Rat in Zürich sollte über ihn urteilen. Der Magistrat verfasste einen Brief, der dem Rat in Zürich gesandt werden sollte. Er wurde Felix als Urteilsbegründung des Rates in Chur vorgelesen:

> Lange Zeit hatten wir jemanden unter uns, der sich Felix Manz nennt. Dieser hat unter unseren Leuten viel Aufsehen und Unruhe erregt, indem er alte Menschen getauft und an den Strassenecken gepredigt hat. Das tat er in einem solchen Ausmass, dass wir ihn angewiesen haben, die Stadt zu verlassen. Danach kam er zurück und tat wie zuvor und missachtete die öffentlichen Bekanntmachungen der Kirche, nach denen Erwachsenentaufe bei Todesstrafe, bei Verlust der Ehre und bei Enteignung verboten ist. Deshalb verhafteten wir ihn und sperrten ihn ein paar Tage ein. Weil er aber ein hartnäckiger und aufsässiger Mensch ist, entliessen wir ihn aus dem Gefängnis. Und weil er einer von euch ist, haben wir ihn zu euch gesandt mit der freundlichen Bitte, dass ihr euch um ihn kümmert und in eurem Territorium behaltet, sodass wir ihn los sind und unsere

Leute ruhig bleiben. Falls er zurückkehren sollte, sind wir gezwungen harte Massnahmen gegen ihn zu ergreifen.

Felix war tief verletzt. Es ist nie angenehm, verachtet zu werden. Er versuchte sich daran zu erinnern, dass er zuerst ein Bürger des Reiches Gottes war und nicht in erster Linie ein Bürger dieser Welt. Aber es fiel ihm schwer, sich damit abzufinden, von seinen Mitmenschen geächtet zu werden. Er fürchtete die Reise nach Zürich und die Begegnung mit dem Rat.

Die kleine Truppe von Soldaten bewegte sich schnell aus Chur hinaus und Felix lief unter ihnen. Die Leute standen an den Strassen und beobachteten sie. Manche riefen Felix freundliche Worte der Ermutigung zu, andere riefen Worte, die nicht so freundlich waren. Beim Aufstieg zum Wessenpass kamen sie langsamer voran. Als sie die bewaldeten Terrassen über dem Walensee hinaufstiegen, wurde bald klar, dass Felix durch seine vielen Reisen körperlich stärker war als die Soldaten. Sie liessen ihn ungehindert vor ihnen herspazieren. Es war eine Erleichterung, nicht die schweren Ketten tragen zu müssen.

Die Reise war lang. Die Männer wurden müde und fingen an, Felix zu verspotten. Es schien ihnen Freude zu machen, ihn mit Fragen zu quälen. „Was, denkst du, wird Zwingli mit seinem irrenden Gelehrten tun? Wie wird er jetzt mit seinem schärfsten Widersacher verfahren?“ Felix antwortete nicht auf ihre unseligen Bemerkungen. Vielmehr wollte er bei jeder sich bietenden Gelegenheit den Frieden und den Lebensinhalt vermitteln, den er in Christus gefunden hatte.

„Zwingli und ich waren Freunde und Kollegen“, erzählte er ihnen. „Diese Beziehung jedoch zerbrach, als ich mich weiter in der Richtung bewegte, die Zwingli mich gelehrt hatte. Die freie Kirche wird leben. Wir bauen nicht auf dem Wort Zwinglis, sondern auf dem Wort Gottes.“

Die Männer schalten ihn: „Nun, wir werden sehen, welches Wort über dein Schicksal entscheiden wird, sobald wir in Zürich sind. Es wäre dir besser ergangen, wenn du zu seiner Sturmpolizei gehörtest.“

Felix dachte über seine Lage nach. Bei seiner zweiten Verhaftung in Chur war auch Georg festgenommen worden, jedoch hatten seine vielen Freunde in Chur seine Freilassung ausgehandelt. Er und Georg wurden vom Gefängnis ins Rathaus gebracht, wo das Urteil vorgelesen wurde, wonach sie aus der Stadt verstossen waren. Georg hatte Felix leise gesagt, dass er wieder nach Appenzell gehen, bei seiner Frau sein und dort mit den Kirchen arbeiten würde. Nachdem er Felix die Gebete der Bruderschaft zusicherte, dass seine Zeit im Gefängnis nicht lange dauern möge, wurden sie schnell getrennt. Felix hatte das unangenehme Gefühl, ziemlich einsam zu sein.

Die kleine Truppe zog schliesslich nach Zürich und reiste die Nordseite des Zürichsees entlang. Felix war sich der bekannten Häuser in Zollikon und der Nähe zu Trini sehr bewusst. Den Soldaten, die mit ihm marschierten, sagte er jedoch nichts davon. Wenn Feindschaft und

Widerstand grösser werden sollte, war es wichtig, dass er nichts über diejenigen sagte, die ihm nahe standen.

Der bekannte Anblick des Rathauses und die Türme des Grossmünsters brachten Felix fast zum Weinen. Auf eine Art war es wunderbar, wieder zu Hause zu sein. Andererseits konnten die Umstände kaum schlechter sein. Wie anders wäre es doch, wenn die Freiheit, die er predigte, in Zürich bekannt wäre, und wenn der Stadtrat der Kirche nur erlauben würde, in der Freiheit Christi zu wirken.

Felix wurde jetzt eilig die Strasse entlang zum Rathaus gestossen, wo er dem Magistrat vorgeführt wurde. Die Soldaten wollten endlich von ihrem Auftrag entlassen werden. Felix kannte den Magistraten und beobachtete seinen Gesichtsausdruck, als dieser die Botschaft aus Chur vorlas. Er wandte sich an Felix und sagte schroff: „Ich dachte, wir seien euch endlich los. Ihr seid in Zürich ebenso wenig erwünscht wie in Chur. Ihr mögt wohl ein Bürger dieser Stadt sein, aber soweit es eure schmutzige Geschichte betrifft, haben wir Gefängnisse für solche, wie ihr seid, und wir werden euren Einfluss verhindern, indem wir euch dort aufbewahren."

Es schien Felix nur einige Momente später, als er sich wieder im Wellenbergturm befand. Die Tür, die sich hinter ihm schloss, quietschte immer noch so wie damals. Der Gefängniswärter war ein anderer. Dieser nun schloss die Zelle zuverlässig. Felix lief die drei kurzen Schritte durch die Zelle und setzte sich auf die Bank.

Er musste sich jetzt auf weitere Diskussionen mit Ulrich Zwingli vorbereiten. „Worauf aber sollte es hinauslaufen?", dachte er. Denn die Verteidigung, die er vor einem Jahr geschrieben hatte, war nicht ausreichend beachtet worden. Obwohl er noch immer die gleichen Glaubensgrundsätze vertrat, so hatten die letzten Monate, als er vor so vielen Menschen predigte, seine Gedanken sehr bereichert. Bekehrte in ihrem persönlichen Glauben an Christus anzuleiten, sich mit ihnen an ihrer Taufe und am Abendmahl zu freuen, über die Bedeutung der Jüngerschaft zu lehren – all das hatte ihn darauf vorbereitet, die Position der Freikirche, nun als Anabaptisten oder Wiedertäufer bekannt, angemessener darzulegen.

Als er in der Zelle sass, dachte er über die frühere Freundschaft mit Zwingli nach. Er kannte ihn von den Jahren der Zusammenarbeit so gut. Irgendwo in Zwinglis Gewissen, glaubte er, musste doch ein Ruf sein, die Wahrheit der Schrift und ihre volle Bedeutung zu erkennen. Wenn doch Zwingli nur erkennen würde, dass sie einfach nur in Freiheit vieles davon umsetzten, was er selber früher gelehrt hatte! Wenn es die Autorität der Schrift gewesen war, die ihn veranlasst hatte, mit der römischen Kirche zu brechen, dann müsste er doch auch sehen, dass die gleiche Autorität der Schrift sie zu einer Kirche nach Christi Auftrag berief. Die wahre Kirche muss die Freiheit haben, im Willen Christ zu wandeln, losgelöst von den Strukturen der Macht und der Gewalttätigkeit, die für die Obrigkeit kennzeichnend waren.

Die Wochen vergingen und Felix' Pläne durften nicht in Erfüllung gehen.

Es wurde ihm nur eine kurze Verhandlung gegeben. Zuerst wurde von ihm Rechenschaft über seine Flucht aus dem Gefängnis im Frühling gefordert. Danach wurde er über seine Überzeugung bezüglich der Kindertaufe befragt und auf Zwinglis kürzlich verlegtes Buch „Über die Taufe, Wiedertaufe und Kindertaufe“ hingewiesen. Felix sagte: „Ich möchte an der Wahrheit festhalten, dass die Kindertaufe nicht von Gott stammt, sondern von Menschen. Wahre Taufe geschieht nur, wenn ein freiwilliges Bekenntnis zu Gott abgelegt wird, nachdem sich der Gläubige verpflichtet hat, als Jünger Christi ein besseres Leben zu führen. Wer immer von mir möchte, dass ihm Wasser zur Taufe gegeben werde, den werde ich nicht ablehnen.“

Der Beamte war nicht im Stande, alles aufzuschreiben, was Felix antwortete. So lud er Felix ein, seine Antwort für den offiziellen Verhandlungsbericht selber aufzuschreiben. Ohne zu zögern schrieb Felix seine Erwiderung. Zu seiner Zufriedenheit konnte er seine Schriftauslegung über die Taufe aufschreiben und hinzufügen, er sei gewiss, dass Christus ihn vor dem Vater im Himmel bestätigte.

Felix’ mehrmalige Anträge an den Stadtrat für eine weitere Disputation wurden ignoriert. Es war niederschmetternd für ihn, so behandelt zu werden. Er war sich im Klaren, dass Zwingli wusste, wie sehr er missachtet wurde, und dass er sich deshalb wertlos fühlen musste. Er konnte nicht verstehen, dass ein Pfarrer zulassen konnte, dass jemand so behandelt wird, der sogar ein alter Freund ist. Um seinen Geist frisch zu halten, konzentrierte sich Felix auf das, was Gott durch ihn bewirkt hatte und an seinen Auftrag als Führer in der Kirche der Gläubigen. Vielleicht war Zwingli neidisch und versuchte, ihn zu demütigen. Er musste sich von der Stärkung des Heiligen Geist abhängig machen. Sein Glaube würde sogar über die Beleidigungen triumphieren.

Und so ging der heisse Sommer vom August in den September und in den Oktober. Er konnte über seine Verbündeten nur wenig erfahren, denn er durfte keine Besucher empfangen. Er fragte sich, ob Trini wusste, wo er war. Von einem Mitgefangenen erfuhr er, das sein Freund Lorenz Hochrütiner früher nach Basel gegangen war, um dort die Freikirche voranzutreiben. Er wurde jedoch Ende August aus der Stadt ausgewiesen. So fremd das auch war, aber das gab ihm ein Gefühl der Kameradschaft. Er war nicht der Einzige, der verfolgt wurde.

Anfang Oktober gab Felix die Hoffnung auf, einmal das Privileg einer Disputation zu bekommen. Beim letzten Kontakt mit dem Stadtrat antwortete man ihm, dass seine Anfrage bearbeitet würde. Er hatte aber keine Garantie bekommen, dass es auch wirklich so war.

Am Samstagmorgen des 7. Oktober geschah eine überraschende Veränderung. Die Zellentüre öffnete sich und der Gefängniswärter sagte: „Manz, du bist frei zu gehen. Der Stadtrat hat gesagt, man wolle dich lieber loshaben wollen, statt eine Disputation mit dir zu führen. Der Befehl lautet, dass du Zürich verlassen musst und aufhörst, die Kirche zu provozieren. Wenn du wieder aufgegriffen wirst, weil du Menschen taufst, wirst du verhaftet und je nachdem, wie schwer dein Vergehen ist, auch entsprechend hart bestraft.“ Der Gefängniswärter las ein Schreiben vom Stadtrat vor. Danach schaute er voller Hohn zu Felix und sagte: „Ich glaube, das heisst, sie geben dir eine letzte Taufe.“

Felix schaute dem Mann mit einer Mischung aus Abneigung und Sympathie in die Augen. „Ich gebe dir mein Wort“, sagte der Gefängniswärter, „wenn ich dir einen Rat geben darf, würde ich mir diese Warnung zu Herzen nehmen. Ich würde Zürich verlassen und ein stilles, kleines Tal finden, wo du dein Zuhause findest und im Frieden leben kannst. Ansonsten werden sie dich hinrichten.“

Felix lächelte, als er aus der Zelle lief. Er sagte einfach: „Ich habe mein Zuhause in der Familie Gottes gefunden und ich bin im Frieden, sogar im Tal des Todesschattens.“

Kapitel zwölf: Die öffentliche Verhandlung gegen die Leiter der Wiedertäufer

Es war für Felix ein eigenartiges Gefühl, im grellen Tageslicht die Strassen von Zürich entlangzugehen. Seine Freilassung hatte ihn überrascht und er bewegte sich unsicher. Es schien ihm, als ob jeder ihn anstarren würde. Er dachte dann, dass er sich das nur einbildete. Trotzdem fühlte er sich in seiner Heimatstadt fremd. Aus irgendeinem Grund zog es ihn in weniger bekannte Strassen und er ging an die Neuenstadtgasse zu seiner Mutter.

Heinrich war zu Hause und Felix wunderte sich darüber, wie sehr er sich verändert hatte. Er sprach jetzt wie ein Mann, wie einer, der ein Ziel hatte. Als er sich an das plötzliche Wiedersehen mit seinem Bruder gewöhnt hatte, erzählte er Felix alles, was mit der Bewegung der Kirche der Gläubigen rund um Zürich geschehen war.

Felix wusch sich mehrmals von Kopf bis Fuss und zog sich frische Kleidung an. Er kam eben aus Heinrichs Zimmer, als seine Mutter hereinkam. Sie hatte ihren Kopf gesenkt und achtete auf ihren Korb, den sie trug, damit er sich nicht in der Türe verfing. „Heinrich, es gibt weisse Rüben zum Abendessen und ..." Sie merkte, dass da noch jemand da war und es verging eine Weile, bis sie glauben konnte, dass es ihr Sohn Felix war.

„Felix!", rief sie aus, „ich hatte schon Angst, ich würde dich nie wieder sehen!"

„Der Herr hat sich um meinen Leib und meinen Geist gekümmert", sagte er freudig.

Er erzählte Heinrich und seiner Mutter von seinem Dienst in der Ostschweiz und von seiner Verhaftung und Gefangenschaft. Er brachte seine Freude darüber zum Ausdruck, zur Freikirchenbewegung zu gehören und viele Menschen zu sehen, die zum persönlichen Glauben gekommen waren und bei denen er das Vorrecht hatte, sie zu taufen. Felix war freudig erregt, denn der Gesichtsausdruck seiner Mutter und seines Bruders zeigten, dass sie ihn völlig verstanden, wie nur hingegebene Jünger verstehen konnten.

„Du musst die Stadt sofort verlassen, das weisst du", sagte Anna Manz mit schmerzvoller Stimme.

„Ich weiss, Mutter. Ich habe so wenig darüber nachgedacht, wo ich jetzt hingehen soll."

Anna griff sich ihren Schal und sagte: “Wir werden mit dir bis Zollikon gehen, das wird sicherer sein."

Felix stimmte zu und meinte: „Ich bin so gespannt, Trini zu sehen. Wie geht es ihr?"

„Es geht ihr gut, mein Sohn. Eine wunderbare christliche Frau, immer noch sehr verliebt in dich."

Felix' Herz setzte einen Schlag aus. „Wir wären verheiratet, wenn es mein Lebensweg erlaubt hätte."

„Ich hoffe, dass sich das bald ändern wird", sagte sie, und er und Heinrich folgten, als sie das Haus verliess.

Die Reise ging schnell vorüber, denn sie hatten viel zu bereden. Ehe Felix sich versah, war er mit Trini allein im Garten. Sie redeten über Persönliches, über Gefühle und Hoffnungen, Schmerzen und Ungewissheiten und über ihre unsterbliche Liebe zueinander. Zeitweise redeten sie so, als wären sie nie getrennt gewesen, und manchmal wieder kannten sie einander kaum.

Viel zu früh unterbrach sie Trinis Vater. Er wollte wissen, ob sie ein paar Freunde zwecks Gemeinschaft zusammenrufen sollten, bevor Felix wieder losging. Felix war einverstanden und Konrad liess ein paar Nachbarn wissen, dass sie sich am Abend bei den Hottingers versammeln wollten. Als sie zusammengekommen waren, lehrte Felix aus dem Hebräerbrief und teilte ihnen sein Verständnis vom Werk Jesu Christi als einzigen Mittler und Herrn mit. Immer wieder sah er zu Trini hinüber, um ihre warme Reaktion zu sehen.

Jeder, der da war, teilte die Freude, die in diesem Haus herrschte. Sie sassen um den Tisch, brachen das Brot und teilten die Zeichen des Abendmahls miteinander. Heinrich sah lächelnd zu seinem älteren Bruder und sagte: „Du bist eigenartig. Heute morgen wurdest du aus dem Gefängnis entlassen, man verbot dir, die Freikirche zu fördern, doch binnen ein paar Stunden hast du einen Gottesdienst in Zollikon geleitet."

Alle lachten, aber sie wussten auch um die Gefahr, die ihm daraus entstehen könnte. „Wir sind hier in einer schwierigen Lage", sprach Trinis Vater. „Wir sind als Gruppe von Gläubigen ziemlich unterdrückt worden, aber die Freikirche lebt immer noch. Unser Einfluss reicht über unser Dorf hinaus. Kürzlich rief uns die Gemeinde von Wassberg und bat uns um ein paar Bibellehrer. Wir wählten Rudolf Rutschmann, meinen Sohn Rudolf und deinen Freund Felix Kienast aus und sandten sie hin, um das Wort zu predigen."

„Ich bin so froh, das zu hören", erwiderte Felix und erinnerte sich daran, dass Andreas davon berichtet hatte. „Der Schlüssel für unsere Zukunft liegt einfach im Gehorsam zu Christus und seinem Wort. Es ist seine Kirche. Er ist der Herr."

Am frühen Nachmittag des nächsten Tages verabschiedete sich Felix von seinen Freunden. Heinrich und Anna Manz waren vor ihm zurück nach Zürich gegangen. Felix wollte in die entgegengesetzte Richtung nach Osten, nördlich von Grüningen. Wieder einmal umarmte er Trini. Beiden war klar geworden, wie sehr ihre Liebe gewachsen war, trotz der vielen Trennungszeiten, und doch waren sie vorsichtig, was die Zukunftspläne betraf. Sie redeten nicht viel miteinander. Jeder wusste, dass der Abschied unvermeidlich war. Trini stand am Tor und sah ihm nach, bis er völlig aus ihrer Sicht verschwunden war. Felix blieb oft stehen, als er die Strasse weg von ihr hinunterwanderte, um zurückzuschauen. Ein paarmal dachte er daran, zu ihr zurückzulaufen, aber nein, er hatte ihr nichts anzubieten.

Es war eine eintönige Wanderung und am Abend hatte er kaum den halben Weg zum Zielort zurückgelegt. Um sich bei Täufern, die ihn kannten, ein Nachtquartier zu sichern, machte er sich früh am Sonntagmorgen auf nach Hinwil. Er war sich ziemlich sicher, hier Konrad Grebel zu finden, der zusammen mit Marx Bosshart in dieser Region, besonders in Hinwil, einen beachtlichen Dienst getan hatte, zumindest nach dem, was ein paar Brüder in einem Dorf berichteten, wo er übernachtet hatte. Sie erzählten ihm begeistert von den Debatten zwischen Konrad und den Pfarrern, von seinem Aufruf zur Gerechtigkeit und seinem Angebot, mit Zwingli zu debattieren. Er hatte gesagt, für den Fall, dass Zwingli ihn schlagen würde, solle man ihn selbst verbrennen. Wenn er aber Zwingli schlagen würde, solle man Zwingli nicht verbrennen!

Auf dem Weg durch den Tannenwald genoss er die Stille des Morgens. Als er nachmittags in Hinwil ankam, war die Stadt in heller Aufregung. Eine Menschenmenge versammelte sich auf dem Marktplatz und Felix mischte sich darunter, um zu erforschen, was vor sich ging. Er erkannte bald Jakob Gross, mit dem er in St. Gallen zusammen gewesen war, und drängelte sich durch die Menge, um zu ihm zu gelangen. Gross freute sich ihn zu sehen und erzählte ihm von den ungewöhnlichen Ereignissen an jenem Morgen. Georg Blaurock hatte die Kanzel der Dorfkirche übernommen und die Morgenandacht gehalten. Felix erinnerte sich, wie Georg ein andermal versucht hatte, das Gleiche zu tun, und fragte sich, ob seine Aktion diesmal ähnliche Nachwirkungen hatte.

„Er kündigte eine Sonntagnachmittagsversammlung hier auf dem Marktplatz an“, sagte Jakob. Felix konnte Georgs laute Stimme woanders in der Menge hören. „Magistrat Berger wurde geholt“, fuhr Jakob fort. „Und er kam vom Schloss Grüningen geritten, um Georg zu verhaften. Als er hier eintraf, hatte sich eine grosse Menge versammelt, um Georg und die anderen Führer der Freikirche zu beschützen. Indem sie Georg umringten, hatten sie verhindert, dass Berger ihn verhaften konnte.“

Felix schüttelte erstaunt den Kopf. „Komm“, sagte Jakob mit Nachdruck, „lass uns zu den anderen Leitern gehen.“

Jakob geleitete Felix zum Zentrum der Gruppe. Da waren Konrad, Georg und Michael Sattler mit Martin Lingg und Ulrich Teck von Waldshut. Konrad und Georg begrüssten Felix, als wären sie Blutsbrüder. Und bevor einer von ihnen darüber reden konnte, wie schwer ihre Mission war, wie gross das Opfer war, das sie bringen mussten, und welche Risiken ihnen aufgezwungen wurden, fing Georg an zu singen. Felix, mit seiner klaren, starken Stimme, machte mit und dann Konrad. Sie waren wieder zusammen, vereint durch ihre Überzeugungen, und sie fühlten sich frei durch ihr gegenseitiges Verständnis.

Als sie den Gesang der Menge leiteten, konnte Felix Magistrat Berger ausserhalb der Menschenmenge erkennen. Er hatte es schwer, auch nur den Rand der Menge zu durchdringen, und plötzlich wandte er sich ab und eilte ins Dorf. Als er weg war, ging die Versammlung ohne Hindernisse weiter. Zuerst predigte Georg, dann Konrad und schliesslich Felix vollmächtig das Evangelium Christi und die Freiheit, die man erlebt, wenn man sich ihm hingibt. Niemand störte die Versammlung, sie dauerte anderthalb Stunden.

Felix betonte in seiner Predigt die Nachfolge als ein Leben, das Jesu Auftrag ernst nimmt, Gott völlig zu lieben und den Nächsten zu lieben, einschliesslich die Feinde.

„Liebe", zitierte er Paulus, „ist die Erfüllung des Gesetzes. Und noch einmal: Die Liebe Gottes ist in unsere Herzen durch den Heiligen Geist ausgegossen. Wir können das Leben Christ nicht getrennt vom Heiligen Geist leben." Er erhob seine Stimme, damit ihn alle hören konnten, und rief aus: „Wenn Liebe ohne Christus möglich wäre, so bräuchten wir Christus nicht! Wenn Liebe mit Christus nicht möglich ist, so haben wir Jesus noch nicht voll erkannt. Dass Liebe durch Christus möglich ist, ist alles, worum sich christliche Nachfolge dreht!"

Plötzlich hörte man Geräusche von Pferden. Magistrat Berger war zurückgekehrt. Felix erkannte, dass er wahrscheinlich von den Nachbardörfern Pferde und weitere Beamte zur Verstärkung angefordert hatte. Er hätte wissen müssen, dass Berger nicht so leicht aufgibt. Nun begannen die Polizisten durch die Menge zu reiten, drängten die Leute zur Seite und bahnten sich ihren Weg zur Mitte des Kreises. Die Leute konnten die Pferde nicht aufhalten und fielen hin. Felix wandte sich an Konrad und sagte: „Ich denke, ich sollte weggehen. Ich bin jetzt nicht bereit für eine weitere Auszeit im Gefängnis."

„Beeil dich, Felix", sagte Konrad, „ich kann mit meinen Füssen nicht laufen, aber du kannst es. Geh!" Und er stellte sich vor Felix, um ihn vor dem Blick des Magistraten abzuschirmen. Schnell tauchte er in der Gruppe unter, die gegenüber von Berger und den Reitern stand. Er schaute zurück, als er ein Rufen hörte, und sah, dass sie Georg schon ergriffen hatten, dessen grosse Gestalt in der Menge zu sehen war. Als er sich weiterbewegte, war er sicher, dass Konrad und die anderen Leiter auch gerade verhaftet wurden. Felix begab sich ohne Zögern in den Schutz des angrenzenden Waldes. Er eilte zwischen den Bäumen hindurch und verschwand. Das Rufen der Beamten zeigte ihm, dass die Reiter um den Wald kreisten, und versuchten die anderen der Gruppe zu finden.

In den nächsten Tagen blieb Felix sicher in einem Gebiet versteckt, das ihm schon von seinem früheren Aufenthalt in Grüningen Monate zuvor bekannt war. Seine erste Nacht verbrachte er in einer Höhle in den Hügeln und danach wohnte er bei verschiedenen Freunden und Wiedertäufern. Von seinen Gastgebern hörte er, dass Konrad, Georg, Michael Sattler, Ulrich Teck und Jakob Gross mit Hans Hotz und Heini Reimann, den Brüdern vor Ort, im Gefängnis von Grüningen waren. „Wie seltsam", dachte Felix, „dass Konrad jetzt im Gefängnis am Ort seiner

Jugendheimat war.“ Er fragte sich, wie seinem Freund in der Zelle zu Mute war, wo sein eigener Vater einst als Gerichtsdiener von Grüningen Gefangene hielt.

Felix entdeckte, dass Jakob Falk frei war und sie konnten sich bald treffen. Eine Anzahl prominenter Bürger, so erzählte Jakob ihm, drängten Magistrat Berger, rücksichtsvoll mit den Gefangenen umzugehen und vorsichtig bezüglich jeglicher Abkommen mit Zürich zu sein. Magistrat Berger hatte den Stadtrat von Zürich über die Verhaftung informiert und er bot an, vor Ort eine Disputation abzuhalten, um Klarheit wegen der unterschiedlichen Lehrauffassungen zu gewinnen. Er wartete jetzt auf ein Wort aus Zürich, dass der Rat Vertreter von Zwingli zu einer solchen Disputation nach Grüningen schickt. Wegen der bevorstehenden Verhandlungen hatten die Brüder vor Ort Hoffnung, dass Magistrat Berger die Gruppe nicht nach Zürich ausliefern würde.

Felix wusste, dass Berger Leute ausgeschickte hatte, ihn zu suchen. Eines Tages, früh am Morgen, als Felix zu einem Nachbarbauern unterwegs war, sah er eine Gruppe Soldaten auf sich zukommen. Er legte seinen Stock auf seine Schultern, versuchte so lässig wie möglich zu sein und bog zum Wald ab, der bis an den Weg heranreichte. Sie waren so nahe, dass er sich unter ein paar kleinen Tannen neben einem grossen Felsen mit dem Gesicht nach unten ausstreckte und sich laut atmen hörte. Die Männer gingen vorbei und Ihre Stimmen verebbten in der Ferne. Er wartete lange, erhob sich dann langsam aus seinem Versteck und setzte seinen Weg durch den Wald fort, anstatt die viel benutzte Strasse zu nehmen.

Danach wagte er nicht, sich öffentlich zu zeigen. Die Brüder aber, mit denen er sich traf, erzählten ihm, wie die Stimmung unter den Einwohnern war, was die Verhaftung der Gruppe durch Berger betraf. In der Tat erzählt man, die Leute hätten Berger darum gebeten, die Gefangenen freizulassen. Berger jedoch blieb hart. Er würde diese Männer so lange festhalten, bis die Sache von Zürich aus geklärt wäre.

Die Verhandlungen setzten sich in den nächsten Wochen fort und die Brüder fühlten sich zunehmend frei für ihren Dienst. Felix und Jakob Falk arbeiteten zusammen. Sie hielten Bibelstunden in Bauernhäusern und sogar öffentliche Predigten im Wald ab. Sie besuchten eine Reihe kleiner Dörfer der Region, um die Brüder zu lehren und zu ermutigen. Aus Sicherheitsgründen wechselte Felix weiterhin den Aufenthaltsort und ging von einer Gemeinde zur anderen. Falls sein Dienst aufgefallen wäre, hätte man ihn nicht so schnell gefunden. Seine Lehre konzentrierte sich jetzt auf das neue Volk, von Christus geschaffen, ein Volk von Liebe und Einheit, einig im Geist, sich gegenseitig helfend.

Zwei Tage vor Allerheiligen, am 30. Oktober, hatte Felix den Vormittag bei Karl Brennwald verbracht und nutzte die stillen Stunden zum Beten und Studieren. Brennwald war oft weg. Er ging nach Zürich, traf sich mit Leuten im Widerkerinhaus oder andermal in Seeb, nahe Bülach, wo sich viele bei Hans Meiers trafen. Nach dem Mittagessen war Felix bereit, zu

Meiers zu gehen, als er plötzlich Stimmen an der Tür hörte. Das laute Klopfen wurde von einem scharfen Befehl begleitet: „Öffnet die Tür! Wir sind im Auftrag des Magistrats hier!“ Im nächsten Moment waren die Soldaten ins Haus eingebrochen und es war zu spät für Felix um zu fliehen. Er stand und blickte kühn und ruhig in die Gesichter seiner Häscher. Sofort wurde er ergriffen und ohne viel Worte weggeführt. Seine Verhaftung war ein Schock, denn die Zeit der Freiheit war so kurz, dass der Gedanke an die Zelle ihn jetzt völlig niederschmetterte.

Als sie am Gefängnis ankamen, war Magistrat Berger hocherfreut. Mit seiner Verhaftung hatten sie nun alle bekannten Führerpersönlichkeiten der Täufer. Das brachte Berger vor dem Stadtrat in Zürich in eine einmalige Stellung, denn dort sagte man von ihm: „Er hielt den Wiedertäuferschaden im Züricher Oberland auf.“ Das Schloss Grüningen wurde zu seinem Gefängnis, als er in den Raum gesperrt wurde, wo auch die anderen Wiedertäufer waren.

Die Leute von Grüningen drückten gegenüber Magistrat Berger weiterhin ihr Missfallen über die Verhaftungen aus. Es schien sich ein Bauernaufstand zusammenzubrauen. Um die aufgeregte Bevölkerung zu besänftigen, gab ihnen Berger einen Bericht über seine Verhandlungen mit Zürich. Er versicherte den Leuten, dort werde eine Disputation stattfinden und diese Männer hätten Gelegenheit, ihre Sicht in rechter Weise zu verteidigen. Die Schuld für die lange Haftzeit schob er dem Rat von Zürich zu, der sich noch über die Disputation einigen musste.

Die Gefangenen hofften, dass Berger in Sachen Verhandlung vor Ort erfolgreich sein würde. Das war ihnen lieber als eine Verhandlung bei Zwingli in Zürich. In den Wochen nach Felix' Verhaftung teilten die Gefangenen einander ihre Erfahrungsberichte aus dem Werk mit. Zumindest fühlte sich Felix im Gefängnis nicht einsam. Die Gefangenen durften frei miteinander reden und kurze Briefe schreiben, die sie durch ihre Brüder in die Region Grüningen sandten. Felix schrieb eine kurze Nachricht an Trini um seine Lage zu erklären. Was der Gruppe Sorgen machte, war der Beiklang von Irrlehre im Namen „Wiedertäufer“ und das wollten sie überwinden. Sie redeten über die Glaubenstaufe als die erste, tatsächliche Taufe, denn die Kindertaufe hatte keine Bedeutung für die Errettung. Hans Hotz brachte ihre Gedanken stellvertretend zum Ausdruck: „Taufe ist immer das Zeichen einer erneuerten Person, begraben in den Tod Jesu Christi und immer eine gewisse Ankündigung oder ein Zeugnis von der Auferstehung durch den Tod Jesu Christi.“

Endlich kam die lang ersehnte Ankündigung. Der Rat in Zürich war streng gewesen, die Disputation sollte in Zürich stattfinden, und zwar vom 6. bis 8. November. Magistrat Berger, der eine offene Disputation ausgehandelt hatte, stimmte jetzt zu, seine Gefangenen nach Zürich zu bringen. Zwei Tage vor dem Termin führten Berger und eine Schar Soldaten die kleine Gruppe von Brüdern aus dem Gefängnis heraus für die Reise nach Zürich.

Es war früh am Morgen, noch fast dunkel, als sie Grüningen verliessen.

Berger sagte, dass er die Strecke an einem Tag zurücklegen wollte. Sie wussten, dass er bei der Bürgerversammlung als erster da sein wollte. Felix kannte den Weg nun schon, doch diesmal war es anders, weil die Brüder dabei waren, mit denen er sich so viel zu erzählen hatte. Unterwegs konnte er die Gespräche mit Michael Sattler, Martin Lingg und Ulrich Teck fortsetzen, mit denen er in der Woche im Grüninger Gefängnis intensiv Kontakt geknüpft hatte. Er bewunderte sie alle sehr für ihre Aufrichtigkeit und für ihren Glauben. Die Unterhaltung mit Konrad und Georg auf dem Weg war gelöst, manchmal sogar unbeschwert – ein Austausch unter vertrauten Freunden.

Später am gleichen Nachmittag marschierte die müde Gruppe an Zollikon vorbei. Felix' Gedanken waren bei Trini, als sie vertraute Strassen überquerten, von denen manche zu ihr führten. Am frühen Abend näherten sie sich der Stadt, passierten das Neumarkttor und machten sich auf den Weg zum Rathaus. Die Gespräche, die ihnen erlaubt waren, drehten sich jetzt hauptsächlich um das bevorstehende Treffen mit Zwingli und seinen Verbündeten bei der Disputation. Einige von ihnen hatten Bedenken, dass Zwingli nicht halten würde, was er Berger gegenüber zugesagt hatte, nämlich ihnen die Möglichkeit zu geben, ihre Sicht darzulegen. Im Gefängnis Grüningen war sich die Gruppe einig geworden, dass Felix und Konrad die Hauptredner für die Diskussion sein sollten, während Michael und Georg sie unterstützen und wenn nötig ihnen helfen würden.

Als sie durch die Strassen Zürichs gingen, merkten sie, dass ihnen die Nachricht ihres Kommens vorausgeeilt war. Als sie durch das Neumarkttor hindurch waren, sahen sie viele Leute an den Strassen stehen. Einige waren enge Freunde und waren dort, um den Brüdern ihre Unterstützung zuzusichern. Am Rathaus angekommen, präsentierte Magistrat Berger seine Gefangenen dem Magistrat von Zürich. Er tat dies mit dramatischem Gehabe, stolz darauf, dass er die Unruhestifter gefasst hatte. Er wies seine Wachen an, solange bei ihnen zu bleiben, bis sie im Wellenbergturm sicher verwahrt wären, danach durften sie sich für den Abend freinehmen. Zwei Truppen von Soldaten eskortierten nun die Gefangenen den Limmatfluss entlang zum Turm, der sich wie eine immer während Warnung aus dem dunklen, kalten Wasser erhob.

Die Verhandlungen mit Berger führten zu einem Termin für die Disputation. Der Rat zögerte es nicht hinaus. Am Vormittag des 6. November wurden die Gefangenen für ihre erste Sitzung ins Grossmünster gebracht. Die Strassen waren voller Menschen. Die Kathedrale war schon voll, als sie eintraten. Über achthundert Leute drängten sich im Gebäude. Konrad, Georg und Felix bekamen besondere Sitzplätze auf der einen Seite des grossen Kirchenschiffs zugewiesen. Ihre Verbündeten sassen hinter ihnen. Auf der anderen Seite sassen Zwingli, Leo Juda und Megander Grossmann in der vorderen Sitzreihe. Direkt hinter ihnen waren Heinrich Bullinger, Heinrich Engelhart und Oswald Miconius. Die anderen Stadtpfarrer besetzten die Plätze dahinter.

Das war ein vertrautes Bild für Felix. Sein Mut sank, weil er fühlte, dass es wieder so laufen würde wie damals.

Felix beobachtete, wie sich Grebel und Mikonius, ein alter Freund, anschauten. Das Wiedersehen war ohne Wärme. Er sah, wie Konrads Blick zu seinem Schwager Vadian glitt. Die beiden schauten sich eine Weile an, bevor Konrad seinen Vater fand. Felix war voller Mitgefühl für seinen Freund. Was für Kämpfe würden wohl in seinem Innern stattfinden bei dem schweren Stand in seiner Familie. Der alternde Jakob Grebel sass mit im Rat, seine Augen auf seinen Sohn geheftet. Felix konnte keinerlei Feindschaft in seiner Mimik erkennen, seine faltigen Brauen drückten eher echte Sorge aus.

Zuerst kündigte der Bürgermeister an, dass gleichrangige Präsidenten für die Diskussionsleitung ausgewählt worden seien. Beide waren den Gefangenen gut bekannt. Der Vorsitzende war Dr. Sebastian Hofmeister aus Schaffhausen, mit dem sowohl Konrad als auch später Felix lange Gespräche geführt hatte. Ihm assistierte Dr. Joachim von Watt aus St. Gallen als stellvertretender Vorsitzender, allen unter dem Namen Vadian bekannt. Die Gefangenen kannten ihn als Konrads Schwager.

Zwingli eröffnete den Dialog mit einer einführenden Rede bezüglich der Anklagen gegen die Brüder, weil sie die Autorität des Rates verworfen hatten. Dies sei, so sagte er, durch ihre Ablehnung der Kindertaufe und durch ihr Beharren auf eine Wiedertaufe für Erwachsene bewiesen. Er interpretierte das nicht als biblische Angelegenheit, sondern als Trotzreaktion gegen den Kirchenstaat. Er sagte, die Bewegung der Wiedertäufer verbreite sich so schnell, dass sie die Sicherheit des Kirchenstaates bedrohe. „Die Gefangenen", fügte er hinzu, „sind in ihrer Ungeduld revolutionär geworden, haben sich gegen die geordnete reformatorische Bewegung gestellt und unterstützen die Bauernaufstände."

Dr. Hofmeister gab als Vorsitzender eine Übersicht über den Ablauf und bestimmte weitere Herren für den Vorsitz über die Diskussion: Herrn von Kuppel, Herrn Wolfgang Joner, den Kommandeur von Kassnacht, Herr Konrad Schmid sowie den ehrenwerten Dr. Joachim von Watt von St. Gallen. Hofmeister eröffnete die Sitzung routinemässig mit einem Gebet. Zuletzt erklärte er die verschiedenen Thesen für die Diskussion:

„Erstens: Kinder von Christen sind nicht weniger Kinder Gottes als ihre Eltern, wie es auch im Alten Testament war. Wenn sie schon Gott gehören, wer will ihnen die Taufe verwehren?

Zweitens: Die Beschneidung war für die Alten, was die Taufe heute für uns ist. Genauso wie jene an Kindern ausgeführt wurde, sollte auch die Taufe an Kindern ausgeführt werden.

Drittens: Für die Wiedertaufe gibt es keinen Auftrag oder Beispiel oder Beweis in Gottes Wort. Deshalb kreuzigen die Wiedergetauften Christus noch einmal, entweder durch ihren eigenen Starrsinn oder durch die Erfindung einer neuen Praxis."

Nach dieser kurzen Darlegung erkannte Hofmeister Konrad und Felix als

Sprecher der Brüder an. Konrad antwortete, indem er den Rat daran erinnerte, welch enge Verbundenheit mit Zwingli er und seine Mitstreiter in der Vergangenheit genossen hatten und wie sie gemeinsam das Wort Gottes studierten. Er betonte, dass die meisten führenden Leute ihrer Bewegung durch Zwinglis Predigten zum persönlichen Glauben an Christus gekommen waren. Diese Worte bewirkten ein positives Raunen im Publikum und Hofmeister klopfte mit seinem Hammer auf den Eichentisch, wo er sein Amt ausübte.

Felix nahm diesen Gedanken auf. Er erinnerte jeden daran, was Zwingli gelehrt hatte über die Wichtigkeit des Glaubens an Jesus Christus allein zur Errettung, und an das, was er früher lehrte, nämlich dass der Taufritus nur ein äusseres Zeichen dieses inneren Glaubens ist. Auch Zwingli, so erinnerte er sie, hatte den Wert der Kindertaufe angezweifelt. Als er merkte, dass es Zwingli unwohl war, richtete er sich direkt an den Rat und sagte: „Edle Herren, alles, was wir bitten, ist, dass ihr dieses Zeichen der Taufe als richtige Konsequenz gläubiger Hingabe anerkennt, einer Hingabe, die nur von einer reifen Person vollzogen werden kann, die das Evangelium Christi versteht. Wenn durch die Reformation die Reliquien und die Hoffnung auf errettenden Verdienst durch die Messe hinweggetan werden – denn wir haben gehört, dass ihr die Messe letzte Ostern abgeschafft habt – ist es dann nicht folgerichtig, dass im Taufsakrament ebenso wenig errettender Verdienst liegt wie im Sakrament der Messe?“

„Wir glauben auch“, fuhr er fort, „dass alle Kinder Gott gehören und dass sie durch das errettende Werk Christi bewahrt werden, bis sie in einem Alter sind, wo sie verantwortlich sind. Wenn sie dann für ihre Entscheidungen verantwortlich sind, müssen auch sie zum persönlichen Glauben an Christus kommen. Dann sollen sie als Zeichen ihres Glaubens getauft werden.“ Nach einer kurzen Pause fügte er hinzu: „Ihr praktiziert euren Glauben. Ist es dann nicht möglich, dass ihr uns die Freiheit lasst, auch unseren Glauben zu praktizieren?“

Zwingli und seine Leute brachten daraufhin Argumente. Sie hatten weder vor, die Erklärungen der Brüder zu schätzen noch eine andere Praxis zu genehmigen. Die Sitzung wurde am Spätnachmittag des ersten Tages beendet, ohne dass sich die beiden Seiten aufeinander zubewegt hatten. Die Brüder wurden von den Wachen aus dem Rathaus geleitet und in ihre Gefängniszellen zurückgebracht. Das spärliche Mahl und die Nähe zueinander in den Zellen gaben ihnen Zeit und Gelegenheit, über die Vorgänge nachzudenken, obwohl sie müde waren. Michael Sattler und Ulrich Teck waren dabei besonders aktiv. Sie erinnerten alle daran, dass die Taufe als Zeichen des neuen Lebens in Christus im Zusammenhang stand mit dem Wesen der Kirche, mit dem Leben im neuen Bund und mit der Notwendigkeit eines disziplinierten, heiligen Lebens.

Am nächsten Morgen kamen die Wachen zu ihren Zellen und brachten sie wieder zu einem ähnlichen Gespräch hinaus. Nun waren so viele

Menschen anwesend, dass man Geländer im Altarraum und im Kirchenschiff des Grossmünsters anbringen musste, um die Menge aufzunehmen. Die Gefangenen wurden wieder zu ihren Plätzen geführt, und zwar an den Tisch gegenüber von den Präsidenten und Predigern. Die Debatte an diesem zweiten Tag dauerte lange und wurde oft hitzig.

Der Hauptstreitpunkt war zunächst die Taufe und dann das Wesen christlichen Lebens. Die Brüder betonten den Ruf zum persönlichen Glauben und zur Nachfolge für alle, die Christen werden wollten. Ihre Betonung auf eine völlig freiwillige Entscheidung war so revolutionär, dass sich kaum jemand damit auseinander setzte. Dieser zweite Tag war etwas besser als der erste, denn die Betonung auf die Nachfolge war dem Verständnis des Rates vom christlichen Glauben fremd.

Am dritten Tag wurden die Gefangenen vor Tagesanbruch geweckt. Sie bereiteten sich gemeinsam vor, indem sie beteten und nachdachten. Diese Sitzung war genauso wie die anderen und nach langwierigen Gesprächen durften sie über ihren Glauben eine Zusammenfassung geben, bevor der Rat darüber urteilen würde. Konrad begann mit der Zusammenfassung.

„Lasst jeden erkennen, dass wir die Schrift als Grundlage nehmen, wenn wir lehren, dass die Taufe den Gläubigen gehört, die sich dem Sohn Gottes weihen und sich vom Bösen absondern. Die Gläubigen, die die Frucht des Geistes - Liebe, Freude, Friede, Langmut, Freundlichkeit, Güte, Treue, Sanftmut, Enthaltsamkeit in sich tragen und darin wandeln, sie sind die Kirche Christi und der Leib Christi in der christlichen Kirche. Wir hoffen und haben die Gewissheit, dass wir in der wahren Kirche sind. Wir erheben Einspruch gegen eure Absicht, uns aus der christlichen Kirche hinauszutreiben und in eine Art fremde Kirche hineinzudrängen."

Felix wandte sich danach direkt an Dr. Hofmeister, den vorsitzenden Präsidenten des Rates. „Nachdem verschiedene Anklagen über gewisse Aspekte meines Glaubens gemacht worden sind, möchte ich verkünden, dass diejenigen, die Christus annehmen, seinem Wort gehorchen und seinem Beispiel folgen wollen, frei sein sollten, sich durch das Zeichen der Taufe zu vereinen. Sie sollten die anderen mit deren Glauben stehen lassen. Soweit es um die Frage der Gütergemeinschaft geht, sollte es so verstanden werden: Ich meine, ein guter Christ sollte mit seinem Nachbarn teilen, wenn dieser in Not ist. Ich glaube, dass kein Christ Magistrat sein sollte, noch dass er das Schwert ergreifen und jemanden töten sollte, denn die Schrift unterstützt so etwas nicht."

Hofmeister nickte und sagte im sachlichen Ton: „So ist es aufgezeichnet." Die Disputation wurde formell geschlossen. Den Täufern wurde gesagt, dass man ihnen zur rechten Zeit das Urteil des Rates verkündigen würde. Hofmeister kündigte dem Publikum an, dass alle anderen, die mit Zwingli nicht einverstanden waren, sich am 10. November versammeln sollten und er ihnen antworten würde. Er schlug mit dem Hammer auf den Tisch, nickte den Wachen zu und sie kamen, um die Brüder zurück in den Turm in ihre Zellen zu bringen. Eingesperrt in ihren kleinen Kammern konnten sie jetzt einfach nur auf das Urteil der Verhandlung warten.

Eine kleine Freude für Felix war, dass er Konrad Hottinger in der Menge sah. Kurz bevor sie die Strasse hinunterbugsiert wurden, konnte er einen schnellen Blick auf Trini werfen, die neben ihrem Vater sass. Wie sehr er sich doch danach sehnte, mit ihr zu sprechen und neben ihr zu sitzen! Als er nun in seiner Zelle sass, dachte er an sie, träumte vom Zusammensein mit der Freude auf das nächstes Treffen ... wenn das hier nur bald vorüber wäre ... wenn der Rat ihnen bloss die Freiheit geben würde, ihren Glauben zu leben, wie sie ihn verstanden.

Als die Tage vergingen und sie nichts vom Rat hörten, erbauten die Gefangenen einander mit Gebet und ermutigenden Worten. Gelegentlich schlug Felix oder Georg ein Lied vor und die anderen stimmten ein. Einige Lieder hatte die Gruppe selbst komponiert, meist aber sangen sie Lobpreispsalmen. Sogar die Wachen wurden freundlicher, als sie den Geist dieser friedliebenden Männer spürten. In einem der seltenen Gespräche erzählte ihnen ein Soldat den Grund, warum ihre Erwartung, dass Dr. Hubmaier zur Verhandlung kommen würde, sich nicht erfüllt. Die Beauftragten seiner königlichen Hoheit hatten das Kommen von Hubmaier dadurch verhindert, dass die Stadt Waldshut von Streitkräften der Habsburger besetzt wurde.

Endlich, nach zehn Tagen am 18. November, wurde den Gefangenen das Urteil gebracht und teilnahmslos vorgelesen.

> Konrad Grebel, Felix Manz und Georg Blaurock sind verurteilt, bei Brot, Wasser und Brei im Gefängnis zu bleiben. Niemandem wird erlaubt, sie zu besuchen, ausser den Wachen, die sie so lange im Gefängnis behalten werden, wie es Gott gefällt und den Herren gut erscheint. Die auswärtigen Brüder, Ulrich Teck von Waldshut, Marti Lingg von Schaffhausen, Michael Sattler aus dem Schwarzwald und Jakob Gross von St. Gallen sind aus Zürich verbannt und dürfen nie mehr zurückkommen. Falls sie es trotzdem tun, riskieren sie die gleiche Gefängnisstrafe.

Die Wachen machten sich daran, die vier Gefangenen aus ihren Zellen zu geleiten. Die Gefühle der Männer waren gemischt. Einerseits waren sie erleichtert über ihre Freilassung, auch wenn sie verbannt wurden, andererseits traurig, Felix, Konrad und Georg zu verlassen. Konrad rief ihnen so freudig, wie er nur konnte, zu: „Die Arbeit ist eure, während wir hier sind. Seid treu und der Herr wird euch seinen Segen geben."

Felix hörte ihre Füsse auf dem Korridor entlangschlurften und er blieb, gegen das Gefühl der Verzweiflung kämpfend, zurück. Das Gefängnis hatte ihn im letzten Jahr so vieler Dinge seines Lebens beraubt und er kannte dessen Qual gut. Wieder musste er sich mit kalten, feuchten Tagen in einer einsamen Zelle abfinden, eine Aussicht, die ihm angesichts seiner Erinnerungen fast den Verstand raubte. Wenigstens war er nicht völlig allein.

„Seid guten Mutes, Brüder“, sagte Georg zu seinen Zellengenossen, „die Kirche ist frei – ein Werk des Geistes, nicht unserer Arbeit. Wir werden Gott vertrauen.“

In den nächsten winterkalten Wochen, die sich langsam dahinschleppten, wurden in Zollikon, Witikon und in den nördlichen Nachbardörfern Zürichs weitere Täufer verhaftet. Auch sie wurden im Turm eingesperrt und in die benachbarten Zellen geworfen. Unter ihnen waren Freunde von Felix: Hans Hatz, Jakob Falk, Heini Reimann von Grüningen, Männer, die für ihre Führerqualitäten bekannt waren. Mitte Dezember wurden die Grüningener von Zürich zurück ins Gefängnis von Grüningen transportiert und dort festgehalten. Weihnachten kam und ging und es änderte sich nichts. Jakob Grebel appellierte an den Rat und bat um Nachsicht für seinen Sohn Konrad wegen seinem schlechten Gesundheitszustand und wegen der Armut seiner Frau und seiner Kinder, aber diese Gründe wurden nicht berücksichtigt.

Anfang Januar hörten sie, die Gefangenen in Grüningen seien entkommen. Hans erzählte ihnen, Reimann und Falk seien nach St. Gallen gegangen wie auch Gabriel Giger und Jakob Gross, nach den Berichten der Brüder. Sattler mit Teck und Lingg sei schon früher nördlich ins Unterland von Zürich, wahrscheinlich nach Klingnau, gegangen.

Ende Januar 1525 wurde zu ihrem Erstaunen Dr. Hubmaier von Waldshut verhaftet. Er war nach Zürich geflohen, als die österreichischen Truppen seine Stadt besetzten. Aber weil er sich dem Einfluss Zwinglis widersetzte, liess dieser ihn festnehmen. Er wurde im selben Gefängnisturm wie Felix, Konrad und Georg festgehalten. Obwohl er sich in einem anderen Teil befand, konnten sich die Männer Grüsse zurufen. Hubmaier erkannte Konrad, sie konnten aber nicht richtig miteinander reden.

Es war klar, dass der Züricher Rat alles, was zum Leben der Täufer gehörte, unterdrücken wollte. Sie hatten den Brüdern wenigstens ihre Bibeln gelassen, und das war es, was die Männer vor der totalen Entmutigung bewahrte. Sie lasen die Schrift und diskutierten verschiedene Abschnitte. Sie konnten sogar einen Wächter davon überzeugen, kleine schriftliche Botschaften zwischen ihnen und Dr. Hubmaier zu überbringen, aber ihre Kommunikation blieb dennoch begrenzt. Sie hörten, dass er bei seiner Ankunft in Zürich unter einem solchen Druck gestanden hatte, dass er sich Zwinglis Forderung, seinen freikirchlichen Standpunkt zu widerrufen, unterordnete. Er fasste sich aber wieder und hielt an seinen Überzeugungen fest. Folglich landete er, wie zu erwarten war, im Gefängnis. Der letzte, endgültige Austausch mit Zwingli hatte sogar in einer öffentlichen Versammlung im Fraumünster stattgefunden, wo Zwingli gepredigt hatte. Anschliessend war Hubmaier vorgeführt worden, von dem man erwartete, dass er widerrufen würde. Er hat sie alle mit seiner mutigen Erklärung überrascht.

Hans Hotz war in der Zelle neben Georg und Felix. Das war ein besonderer Vorteil, dann Hans hatte ein ausgezeichnetes Führerpotential und brauchte Ermutigung und Hilfe im biblischen Verständnis, um seine Glaubensansichten zu prüfen. Georg war besonders bemüht, die Gefangenen zu stärken. Sein Geist war unerschrocken und er rechnete fest damit, dass sie freigelassen und bald wieder bei der Arbeit sein würden. Felix wusste wohl, warum man ihm den Spitznamen „Starker Georg“ gegeben hatte und man schätzte und respektierte den gross gewachsenen Mann immer mehr.

Die Wintermonate vergingen nur langsam mit den vielen bitterkalten Tagen. Unten am Turm gefror das Limmatwasser zu Eis. Im Februar hörten sie mehr darüber, wie ihr Freund Balthasar Hubmaier eingesperrt wurde. Er wurde nach Österreich deportiert und war sofort nach Augsburg entflohen. Während er noch immer im Gefängnis war, sprach er mit einem Bewacher, in der Hoffnung, dass sein Bericht Felix, Konrad und Georg erreichen würde. Er war nach Waldshut geflohen und dann nach Zürich, um den Habsburgern zu entkommen. Aber sogar nach seiner Ankunft in Zürich baten die österreichischen Behörden den Züricher Rat, Hubmaier auszuliefern. Der Rat antwortete, er wolle sich mit ihm befassen. Zwingli handelte mit Hubmaier aus, diesen zu beschützen, und zwar unter der Bedingung, dass er in drei öffentlichen Gottesdiensten abschwören sollte, und zwar im Fraumünster, im Grossmüster und in der Gassaukirche Grüningen. Letztere war laut Zwingli wichtig, um die wachsende Wiedertäuferbewegung in dieser Region zu entmutigen. Es war im Fraumünster, wo Hubmaier Zwinglis Plan mit einer starken Predigt durchkreuzte, worin er sein Bekenntnis zum Weg Jesu nach der Schrift bekräftigte und zu einer Kirche der Gläubigen aufrief. Deshalb landete er im Gefängnis.

Am ersten März kam die Nachricht, dass auch der Rat ihren Fall aufnehmen wollte. Eine weitere Verhandlung wurde auf den sechsten und siebten März angesetzt. Felix rechnete aus, dass dies die zehnte Disputation mit Zwingli und seinen Verbündeten sein würde. Er und die anderen Gefangenen machten sich Sorgen, ob es auf Verbannung oder Todesstrafe hinauslaufen würde. Als die Verhandlung kam, wurde sie weniger publik gemacht und war kürzer und förmlicher als die vorhergehenden. Das Streitgespräch brachte kaum etwas Neues, ja, es wirkte fast routinemässig. Der Stadtrat wollte offenbar ein schnelles Urteil. Zwingli klagte sie wegen drei Dingen an: Sie lehrten, es solle keine Obrigkeit geben, sie sollten alles gemeinsam besitzen und dass die Gläubigen Heilssicherheit hätten. Er verdrehte die Sache auch, indem er sagte: „Sie haben ihren Leuten auch gesagt, auf Widerstand gegen meine Herren vorbereitet zu sein, falls man Soldaten gegen sie schicken würde.“ Es war Felix und Konrad wie auch den anderen Brüdern klar, dass Zwingli eine härtere Strafe gegen sie erreichen wollte, indem er sie des Aufruhrs und der Revolution bezichtigte.

Die aufgerufenen Zeugen waren in der Tat Zwinglis Verbündete. Sie alle berichteten von Gesprächen mit Gefangenen im Turm. Felix hörte mit

Genugtuung zu, als jeder von seinem Gespräch erzählte. „Hans Hotz", berichtete einer dem Rat, „sagte im Hexenturm, Blaurock habe ihn zuerst gelehrt und auch ermutigt, ebenso Felix Manz. Auf diese Weise haben sie sich alle gegenseitig bestärkt. Hotz ist überzeugt, dass Kindertaufe eine Irrlehre und die Erwachsenentaufe richtig sei."

Ein Zeuge murmelte etwas davon, dass er Hotz' Widerspruch auf der Folterbank schon brechen könne. Er sagte: „Wir haben Dr. Hubmaier dort dreimal gestreckt, das hilft, um jemanden dazu zu bringen, ganz anders zu reden.

Als Felix das hörte, rief er unfreiwillig: „Nein!" Er sass, die Hände vorm Kopf, und stellte sich die schreckliche Folter vor. Es schien, als ob Zwingli diese Enthüllung, dass er Dr. Hubmaier gefoltert hatte, irgendwie peinlich war. Es war nämlich bekannt, dass er und Hubmaier in den letzten beiden Jahren vor dieser Gerichtsverhandlung in Liebe die gleichen Ansichten geteilt hatten. An dieser Stelle merkte Felix, wie extrem Zwingli geworden war, und wie sehr er entschlossen war, seinen Willen durchzusetzen. Felix blickte zu ihm auf und sah jemanden, den er zuvor nicht gekannt hatte. Hätte Zwingli ihn auch angesehen, so hätte er bestimmt gewusst, was Felix dachte.

Nun wurde jeder Gefangene persönlich zu seiner Überzeugung befragt. Felix hörte, wie jeder seine Sicht zum Ausdruck brachte und dabei kenntnisreich die Schrift verwendete. Er war stolz, einer von ihnen zu sein. Uli Hottinger aus Zollikon erwiderte dem Rat einfach, dass die Schrift die Kindertaufe nicht ausdrücklich lehrt und man sie schon deshalb nicht durchführen sollte. Ernst von Glatz aus Schlesien erzählte davon, wie er von Karl von Brennwald im Haus des Kürschners Widerkerin getauft worden war, und dass er zu seiner Taufe stehe. Gildemeister Huber wandte sich an Brennwald, damit dieser das bestätigte. Das tat er und sagte, er habe Meister Eichs Gehilfe auch getauft, und dass er bis auf sein Blutzeugnis auf seinem Glauben bestehe. Der Gildemeister wandte sich nun an Anna Widerkerin und sie antwortete, dass Brennwald Eichs Gehilfen und den Gehilfen ihres Bruders, Meister Bluntschli, getauft habe. Sie fügte hinzu, dass sie zu ihrer Taufe stehe, denn Christus und seine Apostel hätten es so befohlen und so schien es für sie gut und richtig. Als sie sprach, dachte Felix: „Wie tief greifend ist die Reform der Kirche der Gläubigen. Frauen und Männer bekunden ihren Glauben und ihre Überzeugung."

Der zweite Gildemeister, Heinrich Trüben, wandte sich an Anton Roggenacher aus Schwyz, auch ein Kürschner, und erkundigte sich nach seinem Glauben. Er erwiderte: „Die Taufe ist für den, der die Sünde verlassen und mit Fleiss Jesus nachfolgt, denn Gott gibt ihnen viel Gnade, um nach seinem Willen zu leben." Hans Hottinger, der Wächter von Zollikon, war der Nächste: „Hätte Gott die Kindertaufe befohlen, würde ich sie unterstützen, was aber Gott nicht gepflanzt hat, soll ausgerissen werden." Rudolf Hottinger folgte ihm. Er war Trinis Bruder und Felix hörte ihm mit tiefem Mitgefühl zu. Rudolf hatte Familie und durch seine Worte setzte er viel aufs Spiel: „Ich habe nichts Unrechtes getan, als ich mich taufen liess. Ich bitte euch aber, meine Herren, um der brüderlichen Liebe willen, dass ihr mich zu meiner Familie gehen lasst." Er hielt inne und sagte dann: „Ich werde nicht gegen die Kindertaufe sein." Er konnte Felix nicht in die Augen schauen und sass mit gesenktem Kopf dort.

Die Gildemeister besprachen sich und dann sprach Hans Usteri, der Dritte der Herren, Hans Ockenfuss an und bat ihn um seinen Kommentar. Er kannte ihn gut, denn er war einer von denen, die in Zwinglis Gegenwart in der Druckerei Froschauer Wurst assen, wo die Reformation eigentlich ihren Anfang nahm. Ockenfuss sagte: „Da weder das Alte noch das Neue Testament die Kindertaufe enthält, will ich auf der Seite der Wahrheit stehen und sie mit meinem Blut versiegeln, so wie es mein Herr Jesus Christus getan hat. In allen anderen Dingen werde ich meinen Herren gegenüber gehorsam sein."

Huber, auch einer der Herren, fragte Elisabeth Hottinger von Hirslanden, ob sie die Entscheidungen des Rates nicht annehmen wolle. Mit klarer Überzeugung erklärte sie, dass sie bis zum Tode zu ihrer Taufe stehe und dass es gut und richtig sei, denn Christus hatte es auch so gemacht. Margaret Hottinger, Jakobs Schwester, fügte hinzu, dass wir in dieser Taufe gerettet sind, und dass jeder, der nicht an Christus glaubt und gegen die Taufe kämpft, ein Kind des Teufels ist!

Die Gildemeister wandten sich nun zurück an die anderen Männer, Fridli Ablberg aus Schwyz und Hans Heingartner von St. Gallen. Beide bezeugten, er sei kürzlich nach Zürich gekommen und habe Ockenfuss als Schneider kennen gelernt, sei zu sich nach Hause gegangen und habe sich mit den Täufern identifiziert. Als sie Brennwald trafen, begleiteten sie ihn in die Stadt und wurden dort verhaftet. Mit einem Schulterzucken sprach Huber zu den letzten beiden Gefangenen. Zuerst sagte Winbrat Fanwilerin von St. Gallen, dass auch sie ihre Taufe als Gottes Lehre anerkenne und sie als die Gerechtigkeit Gottes annehme. Dann sprach Huber zu Anna Manz, Felix' Mutter. Sie erzählte von ihrem Glauben, ruhig, aber mit unmissverständlicher Überzeugung. Felix hatte sie im Raum nicht gesehen, bevor sie aufgerufen wurde. Ihre kleine Gestalt hatte sie hinter den grösseren Männern verborgen. Seine Augen trafen sich mit denen seiner Mutter und das Lächeln von beiden zeigten die familiäre Ähnlichkeit. Sie strahlten auch Friede und Sicherheit aus. Aus Liebe wurde es Felix warm ums Herz, als er die Augen von einem Gefangenen zum anderen wandern liess. Wie wunderbar verschieden diese Menschen waren, die das Wesen einer Kirche von freiwilligen Gläubigen wiederspiegelte.

Die Anhörungen waren jetzt zu Ende und Zwingli wandte sich an die Führer Konrad, Felix und Georg und fragte, ob er noch etwas für sie tun könne. Georg fragte, ob er ein kurzes Bekenntnis in Briefform einreichen könne, da man ihn nicht ausreichend angehört hatte. Konrad bat, dass Zwingli eine Abhandlung drucken lassen möge, die Konrad im Gefängnis vorbereitet hatte, und die dazu dienen sollte, den Glauben der Brüder verständlicher zu machen. Felix blieb still. Er hatte von Zwingli und dem Rat so viel erbeten und so wenig bekommen. Er würde sich durch Betteln nicht erniedrigen. Felix nahm an, dass diese gnädige Geste nur zum Schein war, denn die Anfragen wurden abgelehnt. Diese zweite Verhandlung sollte in erster Linie offenbar nur dazu dienen, die neue, härtere Gangart des Rates bekannt zu machen.

Der Rat verschwendete keine Zeit. Am 7. März, einen Tag nach Ende der Verhandlung, wurde die Vollmacht vorgelesen. Kurz und ernsthaft wurde darin verboten, auch nur irgendjemanden wiederzutaufen. Für alle, die eine derartige Taufe durchführen sollten, setzte der Rat die Todesstrafe durch Ertränken fest. In der Vollmacht stand ausserdem, dass Felix, Konrad und Georg sowie neun weitere Männer und sechs Frauen aus den Wiedertäuferkreisen im Neuen Turm auf Stroh gelegt werden sollen, und zwar bei Brot und Wasser, bis sie sterben und verwesen. Niemand durfte sie besuchen oder hatte die Macht, ihre Lage zu ändern, ob sie gesund oder krank waren, „ohne die Zustimmung meiner Herren."

Die Gruppe der Gefangenen wurden in den Turm gebracht. Die Männer in einem Teil und die Frauen in einen anderen. Jeder von ihnen war gezwungen, auf neue Weise nach den inneren Tugenden des Glaubens zu trachten. Nun waren sie also zum Tode verurteilt! Sie versuchten, sich gegenseitig mit Worten, Gebet, Schriftzitaten und -auslegungen zu ermutigen. Manchmal sangen sie sogar gemeinsam. Alle aber spürten die Härte des Edikts. Dass Wiedertaufe jetzt mit dem Tod durch Ertränken bestraft wurde, machte die Erwachsenenbekehrung nun zur Hauptsache in der Kirche der Gläubigen.

Die Wächter informierten sie, dass Abschriften der öffentlichen Verlesung durch den Stadtrat weit verbreitet wurden um die Härte des Urteils zu verkünden. Die Bevölkerung wurde gewarnt, dass niemand, sei es Mann, Frau oder Kind, weiterhin jemanden taufen dürfe und jeder, der es trotzdem tut, festgenommen und gnadenlos mit dem Tod durch Ertränken bestraft würde.

Man sagte denen, die im so genannten „Mörderturm" festgehalten wurden, dass jederzeit alle, die abschwören, freigelassen würden. Die Wachen stichelten sie täglich mit dieser Möglichkeit, mit der Chance, aus dieser schrecklichen Lage herauszukommen. Es war aber bald klar, dass keiner einen Kompromiss in seiner Beziehung zu Christus eingehen würde. Tag für Tag wurden sie stärker im Geist, weil sie ihr Leben miteinander teilten und eine tiefe Gemeinschaft hatten.

Zwei lange Wochen vergingen, als sie Mittwochabend, als sie ihr Brot assen, herausfanden, dass die Zellentüren der Männer nicht verschlossen waren! Felix konnte es kaum glauben, dass ihm dies zum zweiten Mal geschah, aber er und Georg gingen durch das Gefängnis, redeten mit mehreren Gefangenen und freuten sich an der Gelegenheit sich bewegen zu können. Sie hatten eine Flucht aus dem Turm nicht wirklich ernsthaft erwogen, denn das Haupttor zu den Zellen war von aussen fest verriegelt. Plötzlich rannte Karl Brennwald auf Felix' Seite und erzählte ihm, er hätte ein Fenster entdeckt, hoch oben an der Wand, und die Fensterläden seien scheinbar nicht verschlossen! Als sie unten einen weiteren Fensterladen sahen, brachen sie ihn ab, stellten ihn in die Ecke, und der Knecht von Meister Eich kletterte hoch und stiess das Fenster auf. Aufgeregt suchten sie herum und in einem anderen kleinen Raum fanden sie mehrere Seilstücke, die sie zusammenknoteten. Meister Eichs Knecht band das Seil sicher um einen Riegel und Felix kletterte hinauf und rief den anderen zu, ihm zu folgen.

Als aber die Gruppe sich vorm Fenster versammelte, fragte Ockenfuss: „Ist es recht, die Ordnungen des Magistrats zu missachten und aus dem Gefängnis auszubrechen?" Nachdem sie eine Weile zweifelten, erklärte Georg in seiner robusten Art: „Gott in seiner Vorsorge hat diese Flucht ermöglicht und wir sollten das eilig nutzen!"

Felix schwang das Seil zu Karl und zog ihn hinauf, danach Anton. Dann kam einer nach dem anderen die Wand hoch und durch das offene Fenster hinaus auf den Sims. Indem sie das Tau in der Ankerwinde zum Abseilen verwendeten, konnten sie alle entkommen, die Mauer des Turmes hinab und in den Wassergraben unter der Zugbrücke. Der Letzte, der herunterkam, war Eichs Knecht, ein grosser, athletischer junger Mann. Er verknotete das Seil unter seinen Armen und liess sich herunter zu den anderen. Fröhlich gratulierten die Männer einander, blickten umher, um sicher zu sein, dass niemand in ihrer Nähe war, um sie aufzuhalten. Als sie die Böschung hochkletterten, warf Felix einen letzten traurigen Blick auf den Turm, mit dem Wissen, dass seine Schwestern in Christus immer noch gefangen waren. Dann drehte er sich um und eilte mit den anderen über die Brücke. Sie rannten in eine Gasse, hielten den Atem an und besprachen, was sie tun würden. Wilhelm und Fridli waren seit einigen Tagen ziemlich krank gewesen und die Flucht hatte sie geschwächt. Sie meinten, sie würden ein Weile in Zürich bleiben, da man sie in der Gegend kaum kannte, und sie könnte sich bei Brüdern verstecken. Ockenfuss sagte, er wolle nach Horgerberg gehen, um zu arbeiten.

„Und wo geht ihr hin?", fragten einige, an Felix, Konrad und Georg gewandt.

„Das ist schwer zu entscheiden. Es gibt so viele Städte, die uns haben wollen!", scherzte Konrad und dachte mehr an die Behörden als an die Bürger.

„Vielleicht sollten wir uns den Indianern am anderen Ende des Meeres anschliessen", schlug Felix vor.

„Von ihnen werden wir vielleicht besser behandelt als hier", brummte Georg.

Der Scherz war eine willkommene Erleichterung. Sie kicherten und wurden still, den Ernst ihrer Lage überdenkend.

„Natürlich gehe ich zuerst zu Barbara", sagte Konrad leise.

„Und ich werde meine Frau suchen. Ohne Zweifel wird sie in Appenzell sein“, sagte Georg.

„Ich“, sagte Felix, „werde zunächst nach Zollikon gehen und dann dorthin, wo Gott mich führt.“

Kapitel dreizehn: Triumph: inmitten von Verfolgung

Nach ihrer Flucht machte Felix schnell Pläne, Hans Hottinger, Jörg Schad und ein paar andere von der Gemeinde in Zollikon zu begleiten. In der noch verbleibenden Nacht wollten sie in verschiedene Richtungen gehen und sich am Morgen beim Gasthof „Grüner Schild“ treffen. Konrad verabschiedete sich von Felix und sagte, er gehe nach St. Gallen. Er wusste, dass er Barbara und ihre Kinder bei seiner Schwester und seinem Schwager Vadian finden würde. Georg wollte Grebel begleiten und in die Region Appenzell weitergehen.

„Ich glaube, wir werden mit Brennwald nach Norden, nach Oberglatt gehen“, meinte Konrad zu Felix, „dann weiter nach Embrach und ostwärts nach St. Gallen. Unsere Freunde werden uns auf dem Weg verstecken.“ Sein Gesicht veränderte sich und seine Mimik zeigte Sorge und Zuneigung. Er legte seine Hände auf Felix‘ Schultern. „Felix, du warst dreimal im Gefängnis und wieder draussen. Du bist altersmässig unser Senior. In der Bewegung bist du als herausragende Stimme bekannt. Ausser deinen klaren Predigten und deinem evangelistischen Eifer hast du den Ruf, bei der Konfrontation mit Zwingli aufrichtig zu sein. Wir brauchen dich. Du sollst so viel wie möglich durchs Land reisen, um die Kirche zu erbauen.“

„Sei aber vorsichtig“, fügte Georg hinzu, „denn es ist klar, dass Zwingli mit dir besonders hart umgeht. Er muss ein Exempel statuieren, um zu zeigen, wie ernst er es meint.“

Felix nickte und sagte: „Ich bin vorsichtig. Ich werde unnötige Aufmerksamkeit vermeiden. Wie auch immer, die Gebiete sind aufgeteilt, die Sache ist klar und ich möchte das Evangelium von Jesus Christus in seiner ganzen Wahrheit zu predigen. Wenn ich dabei Dinge tun muss, die mir neue Verfolgungen einbringen, dann soll es so sein. Ich werde aber von Ort zu Ort gehen und es für Zwingli so schwer wie möglich machen, mich aufzuspüren.“

Sie trennten sich in der dunklen Strasse und Felix vereinbarte mit der kleinen Gruppe, die nach Zollikon ging, einen Treffpunkt. Nachdem er sie verlassen hatte, verbrachte er die Nacht bei seiner Mutter in ruhiger Wachsamkeit. Sie wurde nicht eingesperrt wie einige andere Frauen. Spät in dieser Nacht sprachen sie leise über die Gefahren, denen sie nun alle ausgesetzt waren.

„Mein Sohn“, sagte sie, und kämmte ihm mit den Fingern das Haar, „es wird uns gut gehen. Du musst dir keine Sorgen um uns machen und wir werden uns auch um dich keine Sorgen machen. Wir sind mit Gott und er ist mit uns.“

Lange vor Sonnenaufgang trafen sich die Männer beim „Grünen Schild“ und zusammen huschten sie durch die Stadt. Sie waren unter den Ersten, die durch das Tor gingen, und seufzten erleichtert, als sie an der Wache vorbei liefen. Es schien Felix eine kurze Zeit, bis er an Konrad Hottingers Haus klopfte.

„Wer ist da?“ sagte eine Männerstimme. Felix antwortete und sofort wurde die Tür geöffnet. Konrad Hottinger konnte seinen Augen kaum trauen. Er wollte die ganze Geschichte hören, wie die Männer freigekommen waren. Sie sassen um den Kachelofen. Die Wärme tat den kalten, schmerzenden Muskeln gut. Die restliche Familie wurde zusammengerufen und Trini stürmte ins Zimmer. Felix erhob sich und nahm sie in die Arme. Für einen Moment war niemand anders im Zimmer, nur sie beide. Sie hielten einander, als wollten sie nie wieder loslassen. Plötzlich merkte Felix so richtig, dass er frei war! Er war frei und bei seinen Freunden, frei mit dem Menschen, den er mehr liebte als alle anderen.

Als sie die Neckereien hinter sich hörten, lösten sie sich voneinander und erröteten über ihre Ungehörigkeit. Niemand nahm es ihnen übel. Jeder im Zimmer wusste seit Jahren von ihrer Liebe.

„Felix“, sagte Jörg Schad, „hier wird dich der Magistrat zu allererst suchen. Du darfst nicht hier bleiben.“ Alle wussten, dass es stimmte und Felix fühlte kurz den Zorn in sich aufsteigen, weil er nicht wirklich frei sein konnte. Wieder in die Kälte hinauszugehen, wieder alleine zu sein und herumzurennen war im Moment genug um aufzugeben. Wenn er gefangen würde, hätte er zumindest einen denkwürdigen Tag, der ihm durchs Gefängnis helfen würde.

„Jörg hat Recht. Du musst gehen, schnell.“ Trini schnappte sich seine Jacke und hielt sie ihm auf. Er blickte sie an und wäre gerne dageblieben. Er wusste, dass sie sich mehr Sorgen um ihn machte, als er um sich selber. Er schlüpfte in die Jacke und verabschiedete sich.

„Ich werde zur Höhle gehen und dort warten. Eine Reihe Brüder können morgen Nachmittag zur Gemeinschaft und zum Gebet nachkommen. Wir können dann über unseren nächsten Schritt diskutieren. Vielleicht können die aus Zollikon Jakob Hottinger, den Ältesten, mitbringen.“ Felix hielt einen Moment inne und fügte dann hinzu: „Ich brauche seinen Rat.“

Trini ging mit ihm nach draussen und wieder nahm er sie in die Arme. Er hob ihr Kinn mit dem Finger hoch, wie er es das erste Mal getan hatte, und küsste sie.

„Ich liebe dich“, sagte er sanft.

Jörg Schad kam aus dem Haus und bestand darauf, ihn in die Höhle zu begleiten, damit er nicht alleine ist. Felix war wegen seines Gefängnisaufenthaltes schwach und begrüsste die Gesellschaft. Sie sagten „auf Wiedersehen“ zu Trini und machten sich auf den Weg. Es war ein beschwerlicher Marsch, denn es ging die Hügel hinauf und hinunter und durch den Wald. Endlich, am frühen Abend, durchquerten sie ein Bächlein. Das war ein Zeichen dafür, dass sie angekommen waren. In diesem Steingebilde schien es wärmer zu sein und Felix schlief sofort ein, in die schwere Decke eingehüllt, die Trini ihm gegeben hatte. Schad sass am Höhleneingang und hielt Wache, während Felix schlief. Später wickelte auch er sich in seine Decke ein und legte sich schlafen.

Als Felix erwachte, sah er sich in der grossen Höhle um. Die Decke war niedrig und Wasser tropfte von den Seiten. Sie öffnete sich wie ein Schlund am Abhang des Hügels. Jörg hatte schon seinen Anteil vom Käse, Brot und Wein gegessen, den sie mitgebracht hatten. Felix genoss jeden Bissen und blickte in den lichtdurchfluteten Wald hinaus. Ein kleiner Wasserfall fiel silbrig glitzernd über den Eingang. Das war das einzige Geräusch im Wald. „Gottes Musik", dachte Felix.

Spät am Nachmittag kamen einige Dutzend Personen an. Sie kamen allein oder zu zweit über die Felder und auf verschiedenen Wegen. Felix begann die Versammlung, indem er einfach von den Diskussionen mit den anderen führenden Leuten der Bewegung berichtete. Sie sprachen über ihre Träume und Hoffnungen für die neue Kirche. Felix erzählte ihnen, ihm liege viel daran, dass die neuen Gruppen von Nachfolgern sich vom Herrn und seinem Wort leiten lassen. Sie sollen nicht einfach nur gegen die Lehrgebäude sein, die sie abgelehnt haben.

„Wenn Christus unsere Autorität ist, müssen wir wahrhaftig sein Wort hören. Und das bedeutet, dass wir es in Übereinstimmung mit seinem Vorbild, seinem Leben auslegen. „Und", er hielt einen Moment inne, „mit dem letzten Edikt könnten wir auch mit ihm im Tod eins werden."

Er merkte, dass seine Worte eine Ermutigung an eine Gruppe ängstlicher Menschen waren. Sogar er selber wurde erfrischt, als er zu ihnen sprach. Sie begannen sanft zu singen, Echos füllten die dunkle Höhle. Gefühle traten hervor und zog sie in die Bedeutung des Liedes mit hinein. Das rief zur Hingabe auf und festigte ihre Weihe an ihn, den sie besangen. Felix präsentierte ein paar Liedzeilen, die er im Gefängnis geschrieben hatte, und half der Gruppe, diese mit einer bekannten Melodie zu singen:[5]

Mit Lust, so will ich singen,
mein Herz freut sich in Gott,
der mit viel Kunst tut bringen,
dass ich entrinn dem Tod.
Der ewiglich nimmt kein End,
ich preis dich, Christ vom Himmel,
der mir mein Kummer wendt.

Den mir Gott tut zusenden
zu meinem Vorbild und Licht,
der mich vor meinem Ende
zu seinem Reich beruft,
dass ich mit ihm hab ewig Freud,
und liebe ihn von Herzen,

[5] Zu finden in Liederbuch: The Mennonite Hymnal, Herald Press, No 40

auch all seine Gerechtigkeit.

Christus tut niemand zwingen
zu seiner Herrlichkeit,
allein wird's dem gelingen,
der willig ist bereit.
Durch rechten Glauben und wahre Tauf,
wirkt Buss mit reinem Herzen,
dem ist der Himmel kauft.

Nach einer langen Gebetszeit diskutierten sie, wie sie am besten ihre Begeisterung weitergeben und die Gemeinden der Gläubigen ermutigen konnten. Der Älteste Jakob Hottinger leitete das Gespräch und gab jedem Redezeit. Sie waren sich einig, dass Felix nach Norden gehen sollte und sich möglicherweise mit den Leitern in der Region Schaffhausen treffen könnte. Er musste aber der Stadt und Hofmeister fernbleiben. Von dort konnte er nach Osten reisen und versuchen sich mit Konrad in St. Gallen zusammenzutun. Man gab ihm eine Liste von Freunden, bei denen er auf seinen Reisen wohnen konnte. Als die Gruppe ging, einzeln oder zu zweit, erkannte Felix plötzlich, wie einsam man als Leiter sein konnte.

In den nächsten paar Wochen wollte er nach Norden ziehen und bewegte sich fast verstohlen von einem Haus der Brüder zum anderen. Immer wieder sprach er von seinem Glauben und lehrte die kleinen Gruppen, die sich zur Gemeinschaft versammelten. Der geistliche Hunger der Leute beeindruckte ihn. Sie bettelten förmlich um Nahrung aus dem Wort Gottes. Obwohl viele regelmässig und jahrelang die liturgischen Rituale der Kirche mitgemacht haben, ist ihnen noch nie das Evangelium aus der Schrift gelehrt worden.

Felix lehrte gerne und seine Leichtigkeit, mit den biblischen Sprachen umzugehen, half ihm, frisch und frei zu lehren. An den meisten Orten, zu denen er reiste, waren sich die Bewohner einig, das Zeichen der Taufe denen, die sich zu Christus bekehrten, zu geben. So brauchte Felix selbst keine Taufe zu vollziehen, damit er nicht gegen das Edikt des Züricher Rates verstiess. Aber am 7. April diente er in Embrach, ein Stück nördlich von Zürich. Die Frau eines Mannes, mit dem er redete, reagierte mit einer Entscheidung zum Glauben. Sie bezeugte ihre Beziehung zu Jesus Christus und wollte getauft werden. Mit einer tiefen Überzeugung bat sie Felix, ihr das verbotene Zeichen der Taufe zu geben.

Felix war sich völlig darüber im Klaren, was diese Handlung für ihn bedeutete. Trotzdem erhob er sich und nahm die Schöpfkelle aus dem Eimer mit Trinkwasser. Sie kniete sich vor ihm hin, ihr Ehemann stand an ihrer Seite, und Felix taufte sie „im Namen des Vaters und des Sohnes und des Heiligen Geistes." Ihre echte Freude war sein Lohn. Als er jenes Haus verliess und nach Schaffhausen reiste, überlegte er, was er sagen würde, wenn man ihn fasste und ausfragte. Sein einziges Wort war das der frühen Apostel: „Wir müssen Gott mehr gehorchen als den

Menschen."

Als er sich unter den Täufern (Baptisten) bewegte, wie sie sich oft selber nannten, knüpfte er den nächsten Kontakt mit Heinz Küntzi in Klingnau. Er hörte von ihnen, dass Konrad und Karl Brennwald nach ihrer Flucht aus dem Gefängnis erfolgreich nach Oberglatt gekommen waren. Während ihres kurzen Aufenthaltes hatte sich der gelehrte Schulmeister Michael Wüst, ein Freund von Billinger, bekehrt und hatte die Taufe empfangen. Als führender Mann des Ortes hatte seine Bekehrung einen starken Einfluss für die Sache. Felix fragte auch nach seinen Freunden Michael und Margarita Sattler. Er hoffte, sie zu sehen, hörte aber, dass sie nach Norden in den Breisgau gegangen waren. Sie arbeiteten in der Stadt Horb am Neckar. Felix war zufrieden und freute sich über Sattlers Wort und an seine offensiven Vorstösse in der Bewegung der Kirche der Gläubigen.

Von seinen Freunden zu hören war eine Wohltat für Felix' Geist. Er erlangte seine Gesundheit und Kraft wieder und er drängte unermüdlich weiter. Der Fluss, der westlich des Bodensees nach Osten floss, war sein Wegweiser. Wieder machte er eine Pause und beobachtete die turbulenten und schäumenden Wasser des Rheinfalls. Es war ein grossartiger Anblick.

„Nichts kann die Kraft dieses Wassers aufhalten", sagte er zu sich selber, „wie auch nichts die Wahrheit Gottes aufhalten kann!"

Vom Wasserfall ein Stück entfernt fand er die Fähre und überquerte den Fluss. Der Fährmann war ein freundlicher Bursche und das Gespräch verkürzte den Weg zur anderen Seite. In jener Nacht fand er Unterkunft in Hallau bei einer Familie, die er kennen gelernt hatte, als er die Gemeinde von Johann Brötli besuchte. Sie erzählten ihm, wie die Kirche rund um Hallau in Schleitheim und in Waldshut wuchs. Jedoch hat der Bauernaufstand und die militärische Unterdrückung der Habsburger es viel schwerer gemacht, sich in Gruppen zu versammeln. Der Druck des Magistrats lastete schwer auf den Gläubigen. Die grössten Spannungen gab es in Waldshut, wo Dr. Hubmaier aus der Stadt vertrieben worden war. Es war klar, dass mit dem Druck durch die katholischen Habsburger Zwingli die zweite Runde in Waldshut indirekt gewonnen hatte.

Die Wiedertäufer, wie sie öffentlich genannt wurden, obwohl sie die Bezeichnung „Täufer" bevorzugten, litten unter der grossen Unterdrückung durch die Habsburger Behörden. Wilhelm Röubli war aus der Region geflohen, um nach Strassburg zu gehen. Röubli hoffte, dass er in den moderateren Reformatoren Martin Bucer und Wolfgang Capito Verständnis für die Freiheit der Täufergemeinschaft finden konnte. Michael Sattler hatte früher in Klingnau, nördlich von Zürich, gelebt und als Weber mit Hans Küntzi gearbeitet. Nun war er vor kurzem mit Wilhelm nach Norden gereist. Mit seiner Frau Margarita hatte Sattler weiter in Horb am Neckar gearbeitet, während Röubli und seine Frau nach Strassburg in Richtung Westen gegangen waren. Nach dem, was überall berichtet wurde, evangelisierte Sattler sehr erfolgreich und brachte Leute in die Kirche der Gläubigen.

In Schaffhausen fand Felix heraus, dass durch Dr. Hofmeisters Treue gegenüber Zwingli die Täuferbewegung buchstäblich aus der Stadt vertrieben wurde. Kleine Gruppen trafen sich jetzt im Wald und in den Häusern. Ein paar Tage war Felix bei ihnen und predigte auf Wiesen, in Waldlichtungen oder wo immer sie sich im Geheimen treffen konnten. Er ermutigte die Gläubigen zur Nachfolge und verbrachte viele Stunden, die Leiter seelsorgerlich zu beraten, die von jeder Gruppe auserwählt wurden.

Nachdem Felix nur einige Tage in der Region Schaffhausen gedient hatte, verliess er die Gegend. Er machte die gleiche Reise wie ein Jahr zuvor und reiste nach Osten, Richtung St. Gallen. Er wusste, dass er entweder hier oder in der Region Appenzell wieder auf Konrad und Georg treffen konnte. Er freute sich an der Schönheit des Frühlings. Die Blütenknospen öffneten sich, die hellgrünen Blätter an den Obstbäumen und andern Bäumen veränderten sich und bildeten einen Kontrast zu den Fichten und Kiefern. Nach einer beschwerlichen Reise, die mehr als eine Woche dauerte, erreichte er St. Gallen. Als er dort angekommen war, konnte er Grebel leicht ausfindig machen, indem er die Bediensteten in Vadians Haus fragte. Obwohl Konrad nicht mehr die Gastfreundschaft Vadians genoss, kannten sie Konrad und wussten, wo er war, und informierten Felix. Er fand Konrad, als er gerade eine Bibelstunde leitete, und beteiligte sich am Gespräch. Nach der Stunde freuten sie sich über das kurze Wiedersehen und tranken Tee bei Barbara. Nachdem sie ein Treffen in Appenzell vereinbart hatten, verliess Felix sie in jener Nacht. Er wollte kein grösseres Risiko dadurch in Kauf nehmen, dass er im selben Gebiet wie Konrad war.

Nach ihrem Rat ging er zu Wolf Uliman, als er im Dorf ankam. Dieser war zuvor in Chur gewesen, aber im März floh er von dort. Der Erfolg seines Predigtdienstes war eine solche Bedrohung für die Beamten, dass er nur knapp der Verhaftung entkommen war. Nun arbeitete er wieder mit Georg Blaurock zusammen und evangelisierte in Appenzell. Es war klar, dass Georg bei Ulimann war, als Felix dort ankam.

„Felix, mein Bruder und Mitgefangener!“, lachte Georg und warf seine grossen Arme um ihn. „Wie hast du uns gefunden?“

„Ich war eben in St. Gallen und habe Konrad getroffen.“

„Ah, Konrad war früher bei uns. Jetzt aber verbringt er die meiste Zeit mit Barbara und den Kindern. Es ist schwer für Konrad, freie Entscheidungen zu treffen, denn die Familie bindet ihn so fest an seinen Schwager Vadian.“

„Ja“, sagte Felix. „Konrad erzählte mir, dass er Vadian wegen seiner Haltung bei der Verhandlung in Zürich zu Rede gestellt hatte. Er würde Vadian kritisieren, weil dieser Zwingli und den Verlauf der Reformation in Zürich unterstützte. Konrad sagte, Vadian sei so höflich, wie es seine Funktion nur zulassen konnte, aber er liess Konrad wissen, dass er ihn nicht beschützen könnte.“

„Das ist wirklich ein schwerer Stand", seufzte Georg. „Und der berühmte Historiker Johann Kessler ist ein Beauftragter Vadians. Er versucht, unseren Bruder zurück zu Zwingli zu bringen!"

Einige Tage später kam Konrad nach Appenzell, um sich mit den anderen führenden Täufern zu treffen. Er warnte sie vor Kessler und seinen Gesprächen, die er unter dem Deckmantel der Geschichtsforschung führt. Als Felix und Konrad unter sich waren, erzählte Konrad von den Problemen mit Barbara wegen ihrer Sorgen für die Familie. Sie hatte denselben Glauben, den Konrad verkündigte, aber sie fühlte die grosse Unsicherheit, mit der sie und die Kinder lebten. Vadian änderte plötzlich seine Meinung und bot ihnen einen Platz in seinem Haus an. Barbara wollte es annehmen. In der Tat wurde sie von Konrads Schwester stark ermutigt, sich der evangelischen Kirche in St. Gallen anzuschliessen und diese, wie Vadian es nannte, neue sektiererische Bewegung zu verlassen. Konrad wusste: Vadians gegenwärtige Toleranz ihm gegenüber war mit der Hoffnung verbunden, dass Barbara ihn schon ändern würde.

Als Felix seinem Freund zuhörte, traf es ihn schwer. Wie entmutigend musste das Problem für Konrad sein! Konrads Verwandtschaft war schwierig. Seine Eltern setzten es durch, Dorotheas Ehe mit Ammann zu annullieren und hatten sie mit dem wohlhabenden Hans Escher verheiratet, einem starken Mann mit Pensionen und guten Verbindungen. Er sprach sich sogar gegen Zwingli aus, den er „Gottes fünftes Wunder im Rat" nannte. Konrad formulierte es positiv wie immer und legte dar, wie wichtig die Kirche der Gläubigen war und wie notwendig es war, eine Frekirche auf der Grundlage des Neuen Testamentes zu bauen. Mit dieser Überzeugung machten sich die beiden auf den Weg, um in den Orten der südlichen Region von St. Gallen zu lehren und zu predigen. Die meisten ihrer Versammlungen fanden draussen auf den Hügeln statt, im Wald, in Bauernhäusern und Scheunen. Oft versammelten sich Gruppen in Wohnzimmern, um ihre tiefgründigen Lehren zu hören.

Konrad teilte Felix mit, dass er sich Sorgen um seinen Vater mache. Der Senator war zunehmend unter Druck geraten. Sein Vater Jakob hatte Konrads Überzeugung und Auftrag mehr und mehr respektiert. Während er sich mit Zwingli und der Kirche identifizierte, appellierte er weiterhin an den Rat, mehr Toleranz auszuüben. In den letzten Monaten hatten sich ernsthafte Spannungen zwischen Jakob Grebel und Ulrich Zwingli entwickelt. Jakob wurde nun beschuldigt, Stipendien unterschlagen zu haben, die er für Konrad vom französischen König und vom Papst angefordert hatte.

Konrad sagte: „Das ist nicht leicht zu beantworten, da ich so viel verschwendet und meiner Familie so viel gekostet habe. Wer will da noch etwas gegen die Geldverwaltung meines Vaters sagen, da er es mir zurecht vorenthalten hat. Ich liess durch Vadian meinen Vater bitten, mich und alles, was mich betrifft, nicht unnötig zu verteidigen."

Felix dachte an den Eindruck, den er von Jakob hatte. Er erinnerte sich, wie er Konrad bei der letzten Verhandlung von seinem Platz, wo der Senat sass, angesehen hatte.

Mitte Mai kam Ulrich Bolt nach St. Gallen, nachdem er in Basel im Gefängnis gewesen war. Er wurde mit der Auflage freigelassen, den Ort zu verlassen, und berichtete von einem viel versprechenden Wachstum der Täuferkirche in Basel, besonders durch die erfolgreiche Arbeit von Lorenz Hochrütiner. Felix empfand ein neues Interesse, die Stadt zu besuchen, wo er studiert und gearbeitet hatte. Er dachte über die Möglichkeiten nach, wie er nach Basel reisen könnte, um die neue Gemeinschaft der Gläubigen zu unterstützen.

St. Gallen war zu einem Treffpunkt der Verbannten geworden, denn Felix' alter Freund Jörg Schad traf Ende des Monats aus Zollikon in dieser Stadt ein. Er berichtete, dass der Züricher Rat nun ein obligatorisches Taufregister eingeführt hatte. „Jede Züricher Familie ist nun gezwungen, die Taufen der Kinder ihrer Familie zu registrieren", erzählte er ihnen. „Und ihr sollt auch wissen, dass Falk und Reimann wieder im Gefängnis in Grüningen sind. Sie hielten eine Versammlung im Herrlibergwald zwischen Rubikon und Wetzikon ab, als Magistrat Berger sie verhaftete. Aber das Gericht in Grüningen widersetzte sich dem Mandat aus Zürich vom 7. März und lehnte es ab, sie hinzurichten! Nun hat der Rat von Grüningen Schwierigkeiten, denn der Züricher Grossrat hatte Bern um ein Urteil gebeten. Die drei Kantone Bern, Zürich und St. Gallen, haben eine Allianz gebildet, um diese Bewegung zu zerschmettern.

„Jakob Hottinger, der Älteste von Zollikon, wurde wieder in Zürich eingesperrt", erzählte ihm Schad. „Er war in Zollikon der Treueste in der Kirche der Gläubigen. Viele von der Gruppe dort wurden eingeschüchtert. Die vielen Gefängnisaufenthalte haben Jakob körperlich sehr geschwächt, sodass seine Freunde sich um sein Leben sorgten. Sie beten alle, dass er im Stande sei, die strenge Gefängnisstrafe zu überstehen."

Jörg berichtete auch von einer Disputation, die gerade in Baden stattfand. Das war eine Gegenüberstellung der katholischen und der reformatorischen Position. Zwingli selber hatte sich ferngehalten und lehnte seine Teilnahme deshalb ab, weil man angeblich sein Leben bedroht hat, und so diskutiert Oecolampadius aus Basel mit Johann Eck. Man redet viel über diese Disputation. Sie begann am 18. Mai mit Berchtold Haller aus Bern, der Oecolampadius zur Seite stand, sowie mit Johann Faber und Thomas Murner, die Eck unterstützten. Eine Menge Priester besuchten die Disputation. Berichten zufolge war Oecolampadius ein geschickter Gegner für Meister Eck!"

„Zumindest muss Zwingli jetzt an einer anderen Front kämpfen", kommentierte Felix. „Die römische Kirche arbeitet gegen seine Reformation und hierin ist er mir sympathisch. Was gibt es Neues von Dr. Hubmaier?"

„Nachdem Dr. Hubmaier aus Zürich verschwand, wurde unter den

Brüdern berichtet, er sei nach Osten in den südbayrischen Raum gegangen. Einige sagen, er sei in Augsburg. Vielleicht erhofft er sich dort mehr Freiheit, wo er weniger bekannt ist. Da so viele unserer führenden Leute herumreisen, bin ich sicher, dass wir etwas von seiner Arbeit hören.

Georg kommentierte: „Er braucht unser Gebet, denn er ist ein gebrandmarkter Mann wie wir."

Nach einer Woche Dienst in den Hügeln südlich von St. Gallen fragte Felix Georg, ob sie nicht wieder in die Region von Grüningen gehen sollten, um den Kirchen zu dienen, wo sie schon zuvor gearbeitet hatten. Georg brachte seine Sorgen zum Ausdruck, dass sie dabei unvermeidlich Magistrat Berger begegnen würden, aber er wollte immer noch gern dorthin gehen und besonders wollte er den Gläubigen in Zollikon helfen. Trotz der Berichte über jüngste Verhaftungen, die von Berger vorgenommen wurden, weil er die Ausweitung des so genannten „Zürichproblems" verhindern wollte, waren sie hin und hergerissen, ob sie nun gehen sollten oder nicht.

Anfang Juni kam die Frage wieder auf. Felix sagte: „Georg, ich habe viel darüber gebetet und nahm mir vor mit dir nach Grüningen zu gehen, wenn du bereit bist. Wir können ein paar Wochen unter den Gläubigen ovangelisieren und lehren. Ich könnte Trini besuchen. Und dann könnte ich vielleicht einen weitoren Traum erfüllen. Seit Ulrich Bolt aus Basel gekommen ist, sah ich mich gerufen, die Gläubigen dort zu besuchen. Das ist ein neues Gebiet für unsere Bewegung dort und ich mochle dio Kirchen in und um Basel ermutigen, vielleicht auch jene weiter südlich nach Bern."

Sie waren sich einig, Georg verabschiedete sich und sie waren wieder unterwegs. Mitte des Monats waren sie wieder in den vertrauten ländlichen Gebieten von Grüningen, zogen durch die Hügellandschaft von Haus zu Haus und trafen sich in den Höhlen und Wäldern. Die nächsten paar Wochen des Dienstes waren lohnend, wenn auch äusserst belastend, denn sie mussten ihren Dienst in der Region bekannt machen und es trotzdem vermeiden, verhaftet zu werden. Die Reaktionen waren überwältigend, als ob die Leute auf ihre Predigt nur so gewartet hätten, obwohl seit dem 30. November der Rat von Grüningen Erwachsenentaufe schwer bestrafte. Felix traf sich mit einer Gruppe nach der anderen und predigte und lehrte fast unermüdlich. Hans Hotz arbeitete mit ihm und sein klares Denken und sein hingegebener Geist waren einfach anregend.

Felix lehrte jetzt ausführlich den Hebräerbrief und betonte den neuen Bund in Christus. In Grüningen war ein Dialog zwischen den katholischen Priestern und den evangelischen Stimmen im Gange und führte zu einem anregenden Gedankenaustausch. Seine Botschaft handelte von Christus als dem Hohenpriester, dem einen Mittler, der einzigen Versöhnung mit dem Vater. Er betonte die unmittelbare Beziehung zum auferstandenen Christus, mit ihm ein neues Leben in der Kraft seiner Auferstehung zu führen und dieses Leben auch im Alltag umzusetzen. Das war das Wort des Glaubens für den suchenden Verstand. Felix war auf diese erstaunliche Resonanz kaum vorbereitet. Die Gläubigen brachten viele andere zur Versammlung und etliche bekehrten sich zu Jesus und nahmen die Taufe an.

Jakob Falk kam von Appenzell nach Grüningen zurück und berichtete Felix von seinen Erfahrungen. Er hatte sich auch nördlich und östlich von St. Gallen bewegt. Er berichtete, dass sich Hubmaier dem Gelehrten Hans Denk in Augsburg angeschlossen hatte. Unter ihrer Führung wuchs die Kirche der Gläubigen in dieser Region schnell. Man berichtete schon davon, dass es dort tausend Nachfolger gebe. Hans Hut, der früher bei den revolutionären Kräften in den Bauernkriegen war, hatte sich bekehrt und taufen lassen. Er war nun ein sehr beliebter Redner und ein äusserst tüchtiger Evangelist. „Aber“, sagte Falk, „Grebel ist besorgt, weil manche Männer die Betonung zu sehr auf das Individualistische und Spiritualistische legen und dies verbreiten. Er sagt, du aber sollst in klarer, biblischer Lehre weitermachen. Er hat einige Bedenken wegen des Spiritualismus der beiden, sowohl Denk als auch Hut. Wie du früher auch schon gesagt hast, ist er besorgt über Hubmaiers Bereitschaft, das Schwert zu verwenden.“

„Ich bin mit Konrad einig“, rief Felix aus. „Wir bauen nur auf dem Wort Gottes, auf der Liebe und dem Frieden Christi.“

Ende Juni hatte Felix einen starken inneren Impuls weiterzureisen. Seine Sicherheit war eher gewährleistet, wenn er ständig unterwegs war. Er verabschiedete sich von Georg und von den vielen Freunden und machte sich auf den Weg nach Basel, ungefähr hundert Kilometer nach Westen. Zunächst aber wollte er nach Zollikon. Trini zu sehen war das Risiko wert. Der Besuch musste auf jeden Fall kurz sein. Die beiden hatten nur einen langen Nachmittag Zeit, den sie mit einem Spaziergang in den Hügeln und mit viel Gespräch verbrachten. Felix erzählte ihr alles über seiner Arbeit und seine Reisen, woran er sich erinnern konnte, und auch sie erzählte von ihrem Leben. Und dann redeten sie von ihren Zukunftsplänen, von Heirat und von Kindern. Es war schmerzlich, dass sie nicht zusammen leben konnten, aber ihre Liebe hatte nicht abgenommen, trotz der grossen Entfernung voneinander.

Trinis Vater gab Felix Namen von Personen, die er in Zofingen, im Südwesten des Aargaues auf dem Weg nach Basel besuchen konnte. Zögerlich zwang er sich wieder auf die Reise zu gehen. Die ersten Tage der Reise verbrachte er in den Hügeln und Tälern des Jura. Er wandte sich nordwärts, um die Stadt Zürich zu umgehen, dann ging er nach Westen, traf auf die Limmat und folgte ihr einige Kilometer. Nachdem er das Tal verlassen hatte, wanderte er wieder bergauf. Er kletterte gern über die rauen Bergkämme, die ihm zusätzliche Muskelkraft abverlangten. Danach wurde er mit einem Blick aufs Tal belohnt, das sich wie eine Steppdecke unter ihm ausbreitete.

An vielen Bauernhöfen machte er für ein Getränk oder einen kleinen Imbiss Rast, und manchmal wurde er dort herzlich willkommen geheissen und gebeten, das Evangelium zu lehren. Viele wollten es unbedingt hören, aber manche, da sie streng katholisch waren, hatten kein Interesse und er drängte sich ihnen auch nicht auf. Anstatt sich auf der belebteren Strecke nach Baden im Nordwesten zu halten, wählte er den südlichen Weg nach Aarau, weil er diesen als sicherer empfand.

Was Felix bei seinem kurzen Aufenthalt in Zofingen erlebte, sollte für ihn zu einer der schönsten Erinnerungen werden. In der Stadt hatte sich schon eine bemerkenswerte freikirchliche Gemeinschaft entwickelt und sie nahmen Felix begeistert auf. Ulrich Teck, sein ehemaliger Mitgefangener im Züricher Turm, war früher dort gewesen und hatte Bibelstunden gehalten. Vielleicht war es durch die Berichte Tecks über die Ereignisse in der freien Kirche, dass Felix Manz' Ruf so einen erkennbaren Einfluss auf die Gruppe hatte, als er dort war. Sie freuten sich über seine Anwesenheit und anerkannten ihn als einen ihrer wichtigsten Führerpersönlichkeiten. Von seiner Überzeugung, seinem Leiden, seinen Gefängnisaufenthalten und von der Wirkung seiner Lehre war ihnen schon berichtet worden. Es fiel ihm irgendwie schwer, diese Beliebtheit zu anzunehmen und er erinnerte die Gemeinschaft der Gläubigen, dass er einfach einer von ihnen war, und dass er ihren Glauben stärken und neue Gläubige zum Glauben an Christus rufen möchte.

„Leiterschaft", sagte er, „ist kein Status, sondern eine Dienerrolle. Wir lieben einen Leiter, den Herrn Jesus Christus, und unter ihm sind wir alle auf gleicher Ebene, auch wenn wir verschiedene Berufungen haben."

In den wenigen Tagen, die er sie lehrte, diskutierte und betete die Zofinger Gruppe mit ihm über ihre Missionsstrategie. Ihre einzigartige Lage ermöglichte es ihnen, dass sie nordwestlich nach Basel und südlich und westlich nach Bern gehen konnten. Felix betrachtete diese Gemeinde als Nervenzentrum für die Region von Basel und ermutigte sie, dass sie auf die Nachfolge als höchsten Auftrag grössten Wert legten. So sehr es ihm in Zofingen gefiel, wollte er doch unbedingt weiter in das Gebiet von Basel. Da er die Gegend dort recht gut kannte, hoffte er, dass die Freikirche dort zumindest toleriert würde. Mit dem Humanismus von Erasmus, den Meditationsversuchen von Oecolampadius und seinem Freund Wolfgang Capito von Strassburg könnten die Täufer in Basel geduldet werden, was ja in Zürich nicht möglich war. Als er das mit der Gruppe der Zofinger Brüder besprach, bevor er wegging, war er desillusioniert. Man sagte ihm, es gebe in dieser Stadt sehr viel mehr Konfliktstoff, als ihm bewusst war.

Die wirkungsvolle Arbeit von Lorenz Hochrütiner hinterliess einen starken Eindruck in Basel. Schon vor einem Jahr wurde eine Disputation in Oecolampadius Haus abgehalten. Bei dieser Zusammenkunft hatte der Reformer die Täuferbewegung gründlich abgelehnt. Ein Zofinger Bruder hatte ein gedrucktes Exemplar vom Debattenverlauf und Felix las es sorgfältig. Es war für Felix klar, dass Oecolampadius in seiner Identifikation mit Zwingli fest überzeugt war. Er wurde auch informiert, dass erst vor kurzem, nämlich am zweiten Juni, in Basel eine Vollmacht gegen die Täufer herausgegeben wurde. Darin stand, dass „wer immer sich wiedertaufen lässt, samt seiner Familie geächtet wird, und dass er im Umkreis von acht Kilometern der Stadt fernbleiben muss."

Mit diesen Informationen und Wegbeschreibungen von der Gruppe machte sich Felix auf nach Nordwesten zu Johann Hausmann. Sein Haus war ungefähr acht Kilometer südöstlich von Basel entfernt, östlich des Flusses Birs. Es war früh am Abend, als er zum Haus hinaufging. Sein Gastgeber begrüsste ihn herzlich. Später am Abend lud Hausmann Lorenz Hochrütiner zu sich ein. Das war ein freudiges Wiedersehen, obwohl sie nur wenig Zeit für persönliche Gespräche hatten. Felix erfuhr, dass Lorenz' Familie mit ihm in Basel war, ausser seinem ältesten Sohn Jacob, der zu einem Leiter in der Bewegung der Kirche der Gläubigen in Bern geworden war. „Weiter", sagte Lorenz, „würdest du bestimmt gern Simon Stumpf treffen. Er ist hier in Basel, arbeitet aber mit Oecolampadius und mit Capito in Strassburg zusammen. Wir haben ihn vielleicht aus den Augen verloren."

Mit Lorenz waren weitere Leute zu Hausmann gekommen, die aktiv in der Bewegung der Kirche der Gläubigen mitarbeiteten. Felix wurde Hans Seckler, Hans Romer, Volkmann Fischer und anderen vorgestellt, die brennende Verfechter der Freikirche waren. Es war erfrischend, mit Leuten Gemeinschaft zu haben, die den gleichen Glauben hatten, und er merkte wie sein Geist im Innern erneuert wurde.

Am nächsten Abend gingen sie zu Michael Schurer, einem Bruder, dessen Haus regelmässig für die Täuferversammlungen benutzt wurde. Felix wurde durch den gütigen und freien Geist der Leute ermutigt. Eine grosse Gruppe hatte sich versammelt, unter ihnen viele Vertreter der gebildeteren Männer und Frauen der Gesellschaft. Matthias Graf, ein Drucker, und seine Frau Katrina waren ein Ehepaar, zu dem Felix sofort Zugang fand. Seine Erfahrungen Jahre zuvor, als er für den Basler Drucker Cratander arbeitete, machten ihm das Gespräch leicht. Er nahm ihre angebotene Gastfreundschaft an und willigte ein, einige Zeit mit ihnen zu verbringen. Er traf Ulrich Bolt und wurde dessen Bekannten Elise Müller und Barbara Grüninger vorgestellt. Seine Gedanken waren bei Trini und er wünschte, sie wäre hier bei ihm in Basel.

Die paar Stunden, die sie beisammen waren, sang die Gruppe gemeinsam Loblieder für Gott, studierte unter Felix' Leitung die Bibel und hielt Gebetsgemeinschaft. Felix führte sie durch eine sorgfältige Betrachtung des sechsten Kapitels des Römerbriefes. Dabei betonte er den Charakter des neuen Lebens in Christus, den endgültigen Bruch mit dem alten Leben und das aktive Streben nach Gerechtigkeit und Frucht der Heiligkeit.

„Worum es wirklich geht, ist", sagte Felix, „Christus in jedem Lebensbereich nachzufolgen und ihm als dem Herrn ähnlich zu werden. Die Taufe ist ein Zeichen dieses Glaubens und nur ein Zeichen. Sie soll denen gegeben werden, die das neue Leben teilen und die im Leben der

Auferstehung wandeln." Die Versammlung wurde abgeschlossen, aber die persönlicheren Gespräche dauerten bis spät in die Nacht.

Während der folgenden Woche hatte Felix freien Umgang mit den Gläubigen. Er ging sogar durch die vertrauten Strassen von Basel, besuchte die St. Martinskirche, in der er Erasmus gehört hatte, und natürlich ging er auch zur Universität. Hier traf Felix Capito, den Reformator von Strassburg.

„So, du bist also Felix Manz! Ich habe von deiner Gelehrsamkeit von Glarean gehört. Es tut mir Leid, dass ihr, du und Zwingli, Gegenspieler seid, denn du hast so viel zu bieten."

„Mein Freund, „erwiderte Felix, „ich würde gern mit ihm auf der Grundlage der Schrift zusammenarbeiten, aber es geht nicht."

Capito nickte. „Zwingli hat sich festgelegt. Es ist nicht einfach für einen Mann in einer Machtposition, offen an der Wahrheit festzuhalten. Ich habe das von unserem gemeinsamen Freund Simon gelernt."

Nach einigen weiteren Worten entschuldigte sich Felix und eilte davon. Er sollte die Stadt rasch verlassen, bevor andere von seiner Anwesenheit erfahren. Es könnte unweise sein, Simon jetzt zu kontaktieren, dachte er. Vielleicht später. Denn jetzt würde er weiter an den Aktivitäten der Gruppe in der Region südlich und östlich von Basel teilnehmen. Als er sie dazu brachte, nach dem Glauben zu streben, taufte er alle, die in ihrer Hingabe an Christus das Zeichen verlangten. Felix freute sich, wenn er häufig lehren konnte, er hörte aber auch gerne zu, besonders einem Bruder namens Hans Pfistermeyer, einem sehr tüchtigen und redegewandten Evangelisten. Hans begleitete Felix und Lorenz auf verschiedenen Reisen im Süden, wo sie dienten, gewöhnlich in Bauernhäusern in der Hügellandschaft des Jura.

Am 24. Juli musste die Gemeinschaft der Gläubigen mit einem weiteren Schock fertig werden. Der Rat von Basel gab eine zweite Vollmacht heraus. Felix war sich ziemlich sicher, dass die zunehmenden Aktivitäten der Brüder bekannt geworden waren. Diese Vollmacht verbot Täuferversammlungen im vorher festgesetzten Radius von acht Kilometern, irgendwo im Umland der Stadt! Das betraf besonders Lorenz Hochrütiner und Hans Pfistermeyer und gab ihnen offiziell Bescheid, dass sie aus der Stadt verbannt waren. Beiden Männern wurde kurz mitgeteilt, dass sie damit aufhören sollen, ihre Täuferlehre in Basel zu verbreiten. Wenn das auch eine andere Strategie war als Verhaftung und Gefängnis, war es doch ein Hauptangriff auf die junge Gemeinde. Diese Brüder waren die tüchtigsten Leiter.

Als Lorenz mit seiner Familie Basel verliess, kam er zu Grafs Haus, um Felix zu treffen. Er drängte Felix, mit ihm zu gehen, damit er nicht entdeckt würde. „Bei dem intensiven Widerstand gegen deinen Dienst, bei den andauernden Spannungen zwischen dir und Zwingli und bei deinen letzten Erfahrungen in Zürich, Felix", sagte er, „sperren sie dich hier in Basel ein, wenn sie dich finden." Auch weitere Brüder ermutigten Felix, mit Lorenz zu gehen. „Ihr beide", sagte Graf hastig, „seid wertvoller, wenn ihr frei seid und unter den neuen Gemeinden hin und herreisen könnt." Sie drängten sie, nach Süden zu gehen und schlugen die Region Biel des Kantons Bern vor.

Und so, wie es oft geschah, packte Felix seinen Rucksack binnen einer Stunde. Sie würden in vertrauten Häusern im Jura Aufnahme finden. Lorenz' Sohn Jakob arbeitete in Bern und so würde Lorenz seine Familie dorthin schicken. Er kannte auch ein paar Anhänger der Freikirche, die schon in der Region Biel arbeiteten, sodass man sie finden würde. Er hatte erfahren, dass sie sich beim „Grossen Stein" trafen, und er war sicher, dass er ihn sofort finden würde. Nach einem tränenreichen Abschied machten sie sich auf den Weg über die Hügel.

Als sie vorsichtig ihren Weg durch den Jura gingen, trafen sie sich gelegentlich mit kleinen Gruppen in Bauernhäusern. Beim Sonnenberg sandte man sie zu einer kleinen Höhle am Bergrücken als Unterschlupf. Ein paar Leute, die sie gesehen hatten, als sie in einem kleinen Dorf einkauften, kamen später in die Höhle, um an einer Lehrveranstaltung teilzunehmen. Sie nannten das „Ziegenkirche", denn sie mussten wie die Ziegen durch die Felsen klettern, um zur Höhle zu gelangen. Felix war begeistert von diesen ernsthaften Leuten, die solche Anstrengungen auf sich nahmen, um das Evangelium zu hören.

Einige Männer aus Solothurn drängten sie, sich ein paar Tage Zeit zu nehmen, um sie in ihre Stadt zu begleiten, denn ihre Familien dort sollten ihre Worte auch hören. Sie gingen vorsichtig mit ihnen. Es war das Risiko wert, dessen war sich Felix sicher. Ein paar Leute bekehrten sich und er und Lorenz tauften einige Männer und Frauen, die zum Glauben an Christus gekommen waren.

Nach einigen Tagen waren sie wieder unterwegs. Um die Hauptstrassen zu meiden, gingen sie wieder auf ihrem gewohnten Pfad hoch in den Hügeln. An jenem Nachmittag begegneten sie einer Gruppe von Brüdern auf einer Steinbrücke südlich des Sonnenberges. Es war ein ziemlich sicherer Treffpunkt, denn wenn jemand die Versammlung entdecken würde, konnten sie einfach die Schlucht hinauf oder hinunter verschwinden. Hier, unterhalb der Brücke, beteten sie gemeinsam an. Still und ehrfürchtig beendeten sie hier ihre Zeit der Gemeinschaft, indem sie miteinander das Brot brachen und es als Zeichen des Todes des Herrn verteilten. Dann teilten sie den Wein als Symbol des Bundes.

Felix und Lorenz trafen schliesslich in Biel am See ein. Müde, wie sie waren, brauchten sie eine Unterkunft und gingen sogleich zum Geschäft eines Schneiders. Sie hofften, er würde ihnen etwas von den Vorgängen in der Stadt erzählen, während er einen Riss im Ärmel von Felix' Jacke zunähte. Sie erkundigten sich vorsichtig, wo der „Grosse Stein" sei, und der Schneider konnte ihnen das recht gut erklären. Als sie eine Weile geredet hatten, während sie sehr sorgfältig in ihrer Wortwahl waren, fanden sie zu ihrer Freude heraus, dass er auch ein Täufer war. Durch seinen Bekanntenkreis wurden sie schon bald mit einer Reihe von Leuten bekannt gemacht, die sich regelmässig an diesem Wahrzeichen zur

Anbetung trafen. Ihre Namen wurden bald von einem Kirchenangehörigen zum anderen weitergegeben und sie erzählten, dass sich Felix in der Gegend aufhielt. Folglich kamen am zweiten Nachmittag viele zum Grossen Stein, um Felix und Lorenz zu hören und nahmen ihren Dienst mit offener Wertschätzung auf.

Felix sprach über einen Text aus Matthäus, Jesu Bergpredigt, und legte die Betonung sowohl auf die Einstellung wie auch auf die Taten wahrer Jünger Christi. An diesem Nachmittag, dort, im Schatten des Grossen Steines, tauften Felix und Lorenz acht Leute. Jeder machte seinen Glauben an Christus fest und versprach, in der Nachfolge zu leben. „Dies“, rief Felix aus, „ist das Fundament für eine Kirche der Gläubigen in Biel.“

Felix und Lorenz verbrachten die letzten Julitage im Umkreis der Stadt. Sie waren ständig damit beschäftigt, die wachsende Gemeinde zu lehren und zu ermutigen. Anfang August kamen sie durch ihre Arbeit weiter nach Osten in den Kanton Bern. Als sie mit den Einheimischen redeten, wurde ihnen die ausgedehnte Macht des Kantons Bern und seiner grossen besetzten Gebiete erst richtig bewusst. Jörg Schad hatte Felix und Lorenz erzählt, wie der Rat von Zürich sich wegen des Todesurteils für die gefangenen Brüder in Grüningen an Bern gewandt hatte. Da sie wussten, dass sich Bern, Zürich und St. Gallen in ihrem Widerstand gegen die Täufer einig waren, liessen sie besondere Vorsicht walten, was die öffentliche Bekanntmachung ihrer Versammlungen betraf. Und doch wussten sie, dass Gott sie hierher geführt hat, damit sie ihren Glauben mitteilen. Sie tauchten in der Stadt Bern unter und fanden, dass sie eine der schönsten Städte der Schweiz war. An die Biegung des Flusses Aare geschmiegt war es eine Hauptstadt der hübschen Schweizer Architektur, ein überquellender Brotkorb und ein internationales Kulturzentrum.

Felix und Lorenz arbeiteten fleissig in Bern und tauften und lehrten neue Gläubige, jedoch nur eine Woche lang. In der Gewissheit, dass die Kirche in Bern ihren Weg ging und mit dem Gefühl, dass ihre Mission erfüllt war, reisten sie weiter nach Osten und hielten im Dorf Langnau. Hier wurden sie herzlich von einer kleinen aber lebendigen Täufergruppe begrüsst, die in Bauernhöfen rund um die malerische Stadt wohnte. Der Ort war schon früher durch die evangelische Predigt von Hans Pfistermeyer von Basel aufgewühlt worden. Viele hatten darauf reagiert und suchten eine tiefere Bedeutung des Glaubens, die über ihre katholischen Erfahrungen hinausgeht. Die Leute hier hatten wenig von Zwinglis Reformation gehört, aber als traditionelle Katholiken hungerten sie nach der Realität rettenden Glaubens.

Für Felix und Lorenz war es ein Vorrecht, der Gemeinde zu helfen, Menschen offen zum Glauben an Christus aufzurufen, viele zu taufen und sie zu lehren. Felix leitete die Versammlung wirkungsvoll, indem er entsprechend begabte Leute zum Dienst in der Leiterschaft berief. Er war froh, helfende Hände zu finden, die die Zukunft der Kirche in dieser Region mitgestalteten.

Im August war es in Bern heiss, aber hier im Hügelland in den Erhebungen des Berner Oberlandes war es nicht so warm und feucht. Felix mochte den Wind, der durch die Tannen wehte, wenn er auf dem Weg von einem Bauernhof zum anderen war. Er dachte oft an Trini, an ihre Liebe und ihre Pläne und träumte davon, mit ihr verheiratet zu sein. Sie gehörten einander und deshalb gehörten sie zusammen. Vielleicht lag er falsch, grübelte er, auf ein bestimmtes Mass an Frieden zu warten. Sie sassen ja beide im selben Boot. Was für einen Preis sie für ihre Überzeugung zahlen mussten! Er hatte mit Lorenz darüber geredet und erinnerte sich lange an dessen Worte: „Manche von uns sind dafür bestimmt, für den Herrn und sein Königreich verzehrt zu werden.“

Immer wieder sprachen Felix und Lorenz darüber, was sie als Nächstes unternehmen sollten. Als sie weitergingen und beteten, waren beide mehr und mehr davon überzeugt, zurück in den Osten nach St. Gallen, dem Heimatgebiet von Lorenz, zu gehen. Felix spürte, dass sie im Kanton Bern nicht mehr gebraucht wurden und aus Sicherheitsgründen sollten sie immer unterwegs sein. Aus Sorge um Konrad und wegen seiner Beziehung zu Vadian sah er sich genötigt, nach Appenzell zurückzugehen. Er hoffte, immer noch Konrad und Georg dort zu finden.

Während Felix immer noch wissen wollte, was in der östlichen Region der Schweiz vor sich ging, wollte er auch mit seinen engsten Freunden wieder beisammen sein. Sie benötigten jetzt eine Strategie, zum Wohle der Bewegung die verstreute Freikirche zu vereinen. Wegen der Gefahr, die ihm in Zürich drohte, dachte Felix, dass es für ihn vielleicht besser wäre, im südlichen Bayern oder Österreich zu arbeiten. Trini konnte mit ihm gehen und sie könnten nach Osten ins österreichische Tirol ziehen, predigen und die Bewegung dort verbreiten. Er lächelte, als er daran dachte.

Weil sie so weit südlich waren und es Spätsommer war, ohne Gefahr von Schnee in den Bergen, gingen Felix und Lorenz nach Osten durch das malerische Oberland. Ihre Route führte sie durch die schöne katholische Stadt Luzern. Sie genossen den Anblick des majestätischen Pilatusberges, als sie an seinem Fuss ihr Lager aufschlugen. Felix fiel ein, dass Konrad davon erzählte, den Berg mit Vadian und Myconius bestiegen zu haben. Er dachte auch darüber nach, was wohl in den paar Jahren geschehen war, seit er auf dem Hin- und Rückweg nach Rom diese Stadt durchquerte.

Sie wanderten nach Süden und Osten und kamen so an die südlichen Ufer des Zürichsees, wo sie ein Boot mieteten. Beim Überqueren konnten sie den Fluss sehen, der nach Chur fliesst, und Felix erzählte Lorenz von der Reise nach Chur, wohin er als freier Mann gekommen und als Gefangener zurückgekommen war. Sie zahlten die Gebühr und machten sich auf den Weg nach Norden durch die Hügel und Wälder der Toggenburg und weiter in die Region Appenzell mit den hügeligen Feldern. Nun konnten sie häufiger bei Leuten Unterkunft finden, die ein offenes Ohr für ihre Lehren hatten.

Als sie schliesslich in Appenzell ankamen, war es Anfang September. Der Herbst war in all seiner Pracht eingezogen. Die Blätter mit den leuchtenden Farben und die kühlere Luft belebten und stärkten Felix. Es war, als hätte sich die Erde geöffnet und orangefarbenes und goldenes Licht wäre herausgetreten, das von den Bäumen und dem bewölkten Himmel aufgefangen wurde. Als aber die Neuigkeiten erzählt wurden, war es, als wäre die ganze Welt nichts weiter als verwesendes Laub, eine Fassade, um das Hässliche zu übertünchen.

Felix und Lorenz trafen Ulimann kurz nach ihrer Ankunft und wurden herzlich begrüsst.

„Es ist so gut, dich zu sehen, Felix, und dich hier zu haben, besonders jetzt, nachdem Konrad gegangen ist“, sagte Ulimann.

„Gegangen?“, fragte Felix. „Wohin?“

„Oh, du hast nichts davon erfahren“, erwiderte Wolfgang. „Konrad Grebel ist an der Pest gestorben.“ Er brachte es schwer heraus.

Felix fiel in den nächsten Stuhl. Sofort schossen ihm die Tränen in die Augen. „Die Krankheit verbreitete sich im Kanton Appenzell und Konrad floh nach Maienfeld zu seiner Schwester, in der Hoffnung verschont zu bleiben. Er wusste, dass er nicht die Kraft gehabt hätte, der Pest zu widerstehen. Aber sie erwischte ihn dann doch und binnen paar Tagen starb er daran."

Felix war von Kummer übermannt. Sein guter Freund war nicht mehr, der Kollege, mit dem er von Anfang an in der Bewegung engagiert war. Felix war zumute, als wäre ein Teil von ihm selbst gestorben. In seiner Trauer war die Gemeinschaft der Gläubigen im Appenzell eine grosse Unterstützung. Sie gaben ihm die Gewissheit, nun von vielen kompetenten Führerpersönlichkeiten umgeben zu sein, obwohl er als Einziger von den ursprünglichen Gründern der Bewegung übrig geblieben war.

Von seinen Nachforschungen erfuhr er, dass Konrads Frau Barbara mit den Kindern schliesslich die Gastfreundschaft Vadians angenommen hatte. Zu seiner Überraschung hörte er auch, dass Vadian nach Konrads Heimgang sehr klar gesagt hat, wie aufrichtig sein Schwagers gewesen war, und dass Vadian Zwingli bat, mit der Täuferbewegung behutsamer umzugehen. In ähnlicher Weise hatte sich Konrads Vater an den Stadtrat gewandt und ihnen gesagt, dass der Tod seines Sohnes und die schlimme Lage der Waisenkinder grösstenteils mit der Verfolgung zusammenhing, die vom Rat auf so harte Weise gegen die Freikirchenbewegung ausgetragen wurde. Jakob Grebel selbst wurde nun zunehmend von Zwingli und seinen Verbündeten angegriffen. Vielleicht als Vergeltung für seine Aussagen wurde er jetzt beschuldigt, ein Sympathisant der häretischen Wiedertäuferbewegung zu sein.

Durch Konrads Tod fühlte sich Felix jetzt zunehmend verantwortlich. Georg war nach Grüningen gegangen und Wilhelm war in Strassburg. Felix erkannte, dass sie Leiter waren, von denen man den grössten Einfluss auf die Entwicklung der Freikirche erwartete. Mit seiner

Lehrgabe und seinem Ruf war Felix von seinen Brüdern und Schwestern als Führerpersönlichkeit anerkannt. Er war froh darüber, aber er sagte ihnen auch, dass Leute wie Lorenz, Michael Sattler, Jakob Falk, Hans Hotz und viele andere ebenfalls grosse Führerqualitäten entwickelten.

Bei zunehmender Vorsicht hielt Felix dennoch seine Predigt- und Lehrtätigkeit aufrecht. Seine Betonung auf die Freiwilligkeit der Kirchenmitgliedschaft half den Menschen, ihre eigene Verantwortung vor Christus und seiner Kirche zu erkennen. Als die Bewegung weiter wuchs, wusste er, dass er den Widerstand der Obrigkeit umso mehr riskierte. Dass er ein anerkannter Leiter war, vergösserte die Wahrscheinlichkeit seiner Verhaftung, sogar hier in St. Gallen.

Die eigentliche Freude bei seiner Arbeit fand Felix durch die Leute, die zu Christus kamen und um die Taufe baten. Unter den kürzlich Bekehrten war Martin Baumgartner, ein Mann, der sich in der Region von Will schon als bedeutender Leiter auszeichnete. Felix verbrachte nur kurze Zeit dort und unterwies ihn. Der Erfolg, den er und Georg zuvor schon in dieser Stadt hatten, schien Felix zu einem bekannten Mann zu machen. Die Menschen hatten die Geschichten, die Georg ohne Zögern und Beschönigung erzählt hatte, nicht vergessen, nämlich wie Gott ihre Gebete auf wunderbare Art erhört hatte, und wie sie vom Engel des Herrn aus dem Gefängnis befreit wurden. Felix hatte kichernd gesagt: „Der Engel war ziemlich irdisch, ein Wächter, der vergessen hatte, die Türen zu verschliessen. Wir haben es aber so verstanden, dass Gott es gelenkt hat.“ Das Volk jedoch erinnerte sich an solche Geschichten und erzählte sie auf eine Weise, die sie noch ungewöhnlicher erscheinen liessen, als wären besondere Wunder Gottes geschehen.

Ende September wurde Felix durch die Ankunft von Jakob Schopfelberg, einem Bruder aus Grüningen, sehr ermutigt. Er hatte das Evangelium angenommen und war getauft worden, als Felix und Georg in diesem Gebiet einige Monate zuvor gearbeitet hatten. Er war jetzt aus Grüningen geflohen, um Abstand von Magistrat Berger zu gewinnen. Um im Glauben zu wachsen, wollte er mit Felix in der Region Appenzell arbeiten. Felix hatte sich schon darauf eingestellt, mit so vielen neuen Leuten zu arbeiten, die sich bekehrt hatten und in die Kirche gekommen waren, dass er diese neue Partnerschaft begrüsste.

Am 12. Oktober waren die beiden in St. Gallen und lehrten und verkündigten das Evangelium in einem grossen Haus von vornehmen Leuten. Plötzlich, ohne Vorwarnung, waren der Magistrat in der Tür und Felix und Jakob wurden verhaftet. Als sie ins Gefängnis geführt wurden, sagte Felix: „Das kommt wirklich nicht überraschend. Wir haben uns in dieser Stadt in gesellschaftlichen Kreisen bewegt, und zwar auf eine Art, die nicht lange unentdeckt bleiben konnte. Mein einziges Gebet ist, dass sie uns nicht nach Zürich ausliefern.“

Glücklicherweise war ihre Gefängniszeit in St. Gallen kurz. Zu Felix‘ Überraschung kam Vadian ins Gefängnis und organisierte ihre Freilassung. Er zahlte in der Tat eine Kaution an den Magistrat selbst!

Felix grübelte, ob Barbara vielleicht ihren Schwager bedrängt hatte, um nach dem Willen Konrads milde zu sein. Während Felix und Jakob sehr dankbar dafür waren, hatten sie keine Möglichkeit dies Vadian gegenüber auszudrücken. Sie wurden einfach aus der Zelle geführt und vom Magistrat informiert, dass sie frei seien. Sie sollten aus dem Gebiet verschwinden, denn sie waren aus St. Gallen verbannt. Als sie die Gefängnishalle entlangliefen, bemerkte Felix ein Stück entfernt Vadian. Felix wusste, dass das eine Art Versuch von Vadian war, zum Schein ein gnädiges Gedenken an Konrad zum Ausdruck zu bringen. Sie konnten nicht mit ihm sprechen aber Felix' Gesichtsausdruck teilte ihm seine Dankbarkeit und sein Verständnis mit.

Nachdem sie sich von Lorenz verabschiedet hatten, verliessen er und Jakob St. Gallen. Nun war die Frage, wohin sie jetzt gehen sollten. Sie zogen nach Süden und Jakob versicherte Felix, dass es im Gebiet von Grüningen viele Häuser gab, wo sie Aufnahme finden konnten und vor dem Magistrat verborgen waren. „Es ist auch möglich, dass Georg zurück ist und im Wald von Grüningen evangelistisch arbeitet."

Anfang November waren sie im Wald in der östlichen Region von Grüningen, als sie vom Schicksal von Konrads Vater hörten. Zwingli und der Rat hatten sich über den Wunsch des Ältesten Grebel nach Toleranz gegenüber den Wiedertäufern sehr geärgert, sodass sie Beschuldigungen gegen ihn aufgebauschten, die eine Verhandlung nach sich zogen. Jakob Grebel wurde wegen Sachen verhört, die man aufgeblasene Anklagen nennen könnte. Der Rat behauptete, dass das Geld, das der König von Frankreich Jahre zuvor als Stipendium für Konrads Ausbildung bestimmt hatte, für Jakobs eigenes Geschäft und seine Familie verwendet wurde. So wurde Jakob Grebel wegen Veruntreuung von Geldern verklagt und zum Tode verurteilt. Am 30. Oktober wurde Jakob in Zürich durch Enthauptung schnell hingerichtet. Gerüchten zufolge hätte Zwingli dieses Verfahren angezettelt, weil Jakob sich für einen milderen Umgang mit den Wiedertäufern eingesetzt hatte.

Georg und seine Frau waren in der nördlichen Region von Grüningen und lebten in einem Haus im Wald nordöstlich der Stadt. Felix konnte die Blaurocks öfters besuchen. Er und Georg dachten über die Neuigkeiten aus Zürich nach. Sie machten sich keine Illusionen über die harte Haltung des Züricher Rates. Beide erinnerten sich nur zu gut, dass der Rat am 7. März entschieden hatte, dass jeder, der eine Person tauft, die letzte Taufe erhalten wird! Sie waren sich jetzt sicher, dass diese Todesstrafe vollzogen wurde.

Felix begann sorgfältig die Risiken eines Besuchs in Zollikon abzuwägen, um Trini zu sehen. Es war schon Ende November und Felix und Georg taten Dienste in mehreren dutzend Orten im und um den Haslibergwald herum. Bei jeder Versammlung wurde die Schrift gelehrt. Sie hielten das Abendmahl und neue Gläubige wurden getauft. Durch ihre Lehre gab es nun einen deutlichen Unterschied zwischen den gewalttätigen Reaktionen der Bauern gegen den Kirchenstaat und der gewaltlosen Einstellung der Nachfolger Christi, wie sie durch Felix und Georg dargestellt wurde. Die Wiedertäufer waren grundsätzlich zur Gewaltlosigkeit verpflichtet. Es war bekannt, dass sie dagegen waren, wenn Christen ein Amt in der Regierung hatten, da diese das Schwert benutzte, und dass sie an Frieden, Liebe und Gewaltlosigkeit gebunden waren. Ihre Lehre aus der Bergpredigt, die andere Wange hinzuhalten und die zweite Meile zu gehen, war im ganzen Gebiet bekannt. Sogar Magistrat Berger selber anerkannte: „Wäre es nicht so, dass diese Bewegung in seinem Bruch mit dem Rat die Macht der Kirche herausfordert, so wäre der Lebensstil der Leute und die Ausübung ihres Glaubens sehr akzeptabel, wenn nicht sogar ratsam!" Aus politischen Gründen aber erlaubte Magistrat Berger in Grüningen keinen anderen Kurs als den, der in Zürich verfolgt wurde.

Am 3. Dezember sprachen Felix und Georg zu Geschwistern in einem kleinen Dorf, einige Kilometer von Grüningen entfernt. Irgendwie hatte Magistrat Berger von dieser Versammlung erfahren und er umzingelte mit seinen Truppen das Haus, wo die Täufer versammelt waren. Felix ärgerte sich zutiefst über die Verhaftung, obwohl sie ihn überhaupt nicht überraschte. Er hatte sich darauf vorbereitet, war es gewohnt. Er war nun schon so viele Male aufgegriffen worden, dass es nicht mehr wie beim ersten Mal war – Herzklopfen und ein flaues Gefühl im Magen. Es war eher eine Plage, eine Quelle des Ärgers und der Entmutigung.

Die Verhaftung erfolgte schnell und vorschriftsmässig, sogar auf eine höfliche Art. Berger befahl Felix und Georg mitzukommen und eskortierte sie rasch zurück nach Grüningen ins Gefängnis. Sie wurden in die Stadt auf der kurzen Strasse in Grüningen in das ihnen vertraute Gefängnis geführt. Viele ihrer Freunde in den Feldern und entlang der Strasse riefen ihnen ermutigende Worte zu. Berger ignorierte die Rufe, als er die Gefangenen in ihre Zellen brachte.

Während der nächsten paar Tage brachten die Brüder und Schwestern Essen ins Gefängnis. Sie waren darauf bedacht, sie mit Worten zu stärken und sicherten ihnen Fürbitte zu. Aber die Gefangenen sollten nicht lange in dem milden Gefängnis von Grüningen bleiben. Magistrat Berger handelte schnell, um sie nach Zürich zu bringen, damit er nicht mehr dafür verantwortlich wäre, sie festzuhalten. Felix und Georg schlossen daraus, dass er sich nicht in eine Lage begeben wollte, wo der Rat ihn wieder bitten konnte, Gefangene hinzurichten.

Felix empfand eine übermächtige Verzweiflung, als sie an Zollikon vorbei nach Zürich marschierten, die Limmat entlang und zum Turm. Als sie die Zugbrücke überquerten, blickte er in den Wassergraben, wo er und seine Mitstreiter damals einen Ausbruch gewagt hatten. Und wieder einmal wurden die beiden prominenten Kirchenführer in die dunklen, feuchten Zellen des Wellenbergturmes gesteckt. Es war kalt, bitterkalt, denn es war Anfang Dezember. Sie sassen auf einem kleinen Haufen Stroh und teilten den einzigen Komfort, der ihnen erlaubt war. Sie beteten zusammen und inspirierten einander, standhaft im Glauben zu bleiben.

Felix dachte an die letzten acht Monate zurück – acht Monate der Freiheit, der Arbeitsmöglichkeit an vielen verschiedenen Orten unter vielen verschiedenen Menschen. Jetzt glaubte Felix, seine Arbeit sei höchstwahrscheinlich zu Ende. Er und Georg waren Realisten und sie nahmen es ernst, was vor ihnen liegen konnte. Felix wusste, dass ihm die letzte Taufe bevorstehen könnte.

Kapitel vierzehn: Die letzte Taufe

Das Geräusch der Zellentür brachte Felix augenblicklich zum Leben. In seine einzige Decke gewickelt lag er ausgestreckt auf dem kärglichen Haufen Stroh und versuchte, ein wenig zu schlafen. Der Wächter stand in der Türöffnung, aber hinter ihm waren die Gesichter der Frauen, die Felix am meisten liebte, Trini und seine Mutter Anna. Sie hatten Zutritt bekommen, um den Gefangenen Essen zu bringen. Der Gefängniswärter hatte sich an frischen Brötchen und Käse selbst bedient, aber es war immer noch genug für Felix und Georg übrig. Der Wächter stand daneben und gestattete Felix, Trini zu umarmen und dann seine Mutter. Die Frauen weinten. Der Wächter ging zurück in seine Kammer und liess sie allein. Eine Weile konnte keiner von ihnen ein Wort sagen. Felix hielt Trinis Hand und streichelte sie sanft. Seine Mutter wischte sich die Tränen von den Augen ab und sagte:

„Felix, du bist der wichtigste Leiter einer Bewegung, die Zwingli auszulöschen versucht. Ich fürchte, von ihm ist keine Gnade zu erwarten. Er muss dich brechen, um ein Exempel zu statuieren, wenn er die Verbreitung dieser Bewegung aufhalten will."

Trinis Augen füllten sich erneut mit Tränen. „Felix", sagte sie, „was auch immer geschieht, ich bin mit dir in meiner Liebe, meinen Gebeten und meinem Glauben." Sie hielt inne und fasste sich wieder. „Gott hat dich zu einem besonderen Dienst gerufen, und gemeinsam müssen wir in der Gewissheit ruhen, dass es sein Ruf ist."

Felix blickte von einer zur anderen. Sein Herz wurde durch ihren Glauben und ihre Liebe erwärmt. Er umarmte alle beide gleichzeitig und stand mit gebeugtem Kopf zwischen ihnen. „Ich bin so dankbar für euch beide." Er wandte sich an seine Mutter. „Für dich, Mutter, die mich auf die Welt gebracht hat und mir geholfen hat, mein Leben auf diese Stunde vorzubereiten. Und Trini", seine Stimme hatte all die Zartheit Gefühle, und seine Augen zeugten von den Emotionen des Augenblicks. „Du hast mich gelehrt, was es heisst, jemanden ausser mich selber zu lieben. Mit dir hätte ich gern das Leben geteilt. Wegen deinem Verständnis und deiner Liebe bin ich ewig dankbar. Alles, worum ich nun bitten kann, ist dein Vertrauen und dein Gebet. Du kannst unsere Geschwister anspornen, mit Georg und mir in dieser Prüfungszeit zu bestehen."

„Es hat keine Verhandlung gegeben", sprach er weiter, „und es ist kein Datum für eine Verhandlung angesetzt. Wir sind nicht sicher, was das heissen soll. Es kann sogar bedeuten, dass uns gar keine Verhandlung gegeben wird und dass das vorherige Urteil einfach vollstreckt wird. Ich bete, dass wir zumindest eine Gelegenheit bekommen, in irgendeiner Form unseren Glauben von der Heiligen Schrift mitzuteilen. Wir können Zwingli und seine Verbündeten nur daran erinnern, dass auch sie auf die

Schrift eingehen und letztlich dem Herrn der Schrift, unserem Meister antworten müssen.“

„Wir werden dafür beten“, sagte seine Mutter. Der Wächter war zurückgekommen und hatte die Tür geöffnet.

„Die Zeit ist um“, sagte er. Felix umarmte seine Mutter fest und wandte sich Trini zu. Er küsste sie warm und hielt sie eng an sich gedrückt. Als sie gingen, hielt er noch immer ihre Hand und fühlte, wie sie ihm langsam entschlüpfte, als sie die Zelle verliess.

Die Wochen waren wie Jahre. Felix und Georg wurden in getrennten Zellen gehalten, eingesperrt im kalten Gefängnis. Sie wussten, dass Weihnachten vor der Tür stand, und lauschten den Geräuschen der Stadt. Wenn der Wind in ihre Richtung wehte, konnte man die fröhlichen Stimmen von der Strasse deutlich hören, ein schmerzlicher Kontrast zur eintönigen Leere in der Zelle. Und doch freuten sie sich darüber und sie dachten an die Freude in ihrem Innern – die Freude über ihre Beziehung zu Christus.

Am Nachmittag an Heiligabend kamen Trini und Anna mit Felix’ Bruder Heinrich zum Turm. Sie brachten Essen, Geschenke und ermutigende Botschaften von vielen Freunden aus Zollikon. Trotz der Umstände waren sie in festlicher Stimmung und feierten den besonderen Tag in der Zelle. Felix versuchte so fröhlich wie möglich zu sein, doch - und davon erzählte er niemandem - er fühlte, dass es das letzte Mal war, wo er seine Lieben sah. Er achtete darauf, dass die Gespräche unbeschwert waren, denn er wollte, dass sie eine schöne Erinnerung behielten. Viel zu früh war es für sie Zeit, wieder zu gehen. Da gab es Lächeln mit Tränen, gute Wünsche in Schmerzen, Festhalten und Gehen lassen.

Zwei Tage nach Weihnachten kam Zwingli ins Gefängnis. Als Ulrich und Felix sich trafen, war es wie eine flüchtige Rückkehr zur damaligen Zeit, als sie gern zusammengearbeitet hatten. Sie begrüssten sich mit dem bekannten „Schalom“, das sie so oft benutzt hatten, als sie Hebräisch studierten. Aber die Kluft zwischen ihnen machte jetzt das Wort „Friede“ zur Fassade.

Zwingli drückte sein Bedauern aus: „Felix, du und ich waren einst grossartige Kollegen. Wir sind gleichaltrig. Deine Begabungen für Theologie und Sprachen waren anregend und eine Herausforderung für mich. Es ist zu schade, dass sich unsere Wege getrennt haben.“

„Die Veränderung, Ulrich, ist nicht meine Entscheidung. Wir waren zusammen als Jünger Christi auf dem Weg der *sola scriptura*. Unser grundsätzlicher Unterschied jetzt ist, ob sein Wort Autorität ist oder ob der Stadtrat die Richtung der Kirche angeben soll.“

„Fang nicht wieder damit an“, Zwingli war schnell gereizt. „Du weisst sehr wohl, wie wichtig es für die Kirche ist, die Macht des Stadtrates zu haben, damit wir unsere Reformation durchführen können. Ohne dessen Macht wären wir unter den Fersen Roms zertreten worden.“

„Aber Kirche und Gesellschaft sind nicht gleichzusetzen. Es gibt keine biblische Grundlage dafür, dass das gesamte Sozialsystem aus Christen besteht. Die Menschen müssen ihren eigenen Glaubensschritt tun, um in die Gemeinschaft mit Christus zu kommen."

Ihr Gespräch dauerte über eine Stunde. Schliesslich sagte Felix: „Ulrich, es ist ein Gebot, dass die Kirche wahrhaft seine Kirche ist, dass sie ihr Leben nach dem Auftrag Christi ordnet. Wir von der Kirche sollten den Staat Staat sein lassen, auch wenn er in seiner Funktion dem Willen Christi widerspricht. Wenn, wie du sagst, Christen zur Obrigkeit gehören, sollten sie verantwortungsvoll handeln und der Kirche die Freiheit ermöglichen, nach dem Willen Gottes zu wirken. Mit solch einer Trennung und gegenseitigem Respekt wird die ganze Gesellschaft besser."

Ulrich sah Felix fast mit Abscheu in seinen Augen an. „Du bist ein Idealist!", spuckte er. „Jetzt muss ich mich von dir verabschieden. Möge dein Glaube dir die Erfüllung geben, die du brauchst." Mit diesen Worten schritt er aus der Gefängniszelle hinaus.

Da Felix einige seiner Geschenke verkaufen konnte, war er in der Lage, vom Gefängnisaufseher Schreibpapier zu erstehen. Er würde zumindest eine Ermutigung an seine Brüder schreiben. Wenn es keine weitere Möglichkeit zum Austausch mehr gab, so würde er zumindest eine geschriebene Botschaft senden, seine letzten Worte. Nach einer kurzen Einführung begann er, sein Herz auszuschütten.

„Mein Herz freut sich in Gott, der mir viel Erkenntnis und Weisheit gibt, dass ich dem ewigen und niemals enden wollenden Tod entfliehen kann", schrieb er. „Deshalb preise ich dich, Herr Jesus Christus vom Himmel, dass du meine Sorgen und meine Traurigkeit hinwegnimmst. Du, den Gott mir als Retter gesandt hat und als Vorbild und Licht, und der mich in seinen Himmel berufen hat, noch bevor mein Ende gekommen ist, auf dass ich ewige Freude mit ihm haben und ihn und seine ganze Gerechtigkeit lieben werde, die hier und jetzt existiert und für immer andauern soll, und ohne sie ist alles unnütz und besteht nichts. Doch werden so viele, die diese Wahrheit nicht haben, durch eine vage Hoffnung verführt.

„Aber oh weh! Wie viele rühmen sich heute des Evangeliums, reden darüber, lehren und predigen es, sie sind aber voller Hass und Neid und haben die Liebe Gottes nicht in sich. Ihr Betrug ist in der ganzen Welt bekannt. Und wir haben es in letzter Zeit erfahren, dass die, welche zu uns in Schafskleidern kommen, reissende Wölfe sind und die Frommen auf der Welt hassen und den Weg zum Leben und zum wahren Schafstall versperren. Das tun die falschen Propheten und die Heuchler dieser Welt, die mit demselben Mund fluchen und beten, deren Leben aber nicht in Ordnung ist. Sie rufen die Behörden, um uns zu töten, und damit zerstören sie den wahren Kern der Christenheit.

„Aber ich werde den Herrn Christus preisen, der mit uns so viel Geduld hat, denn er lehrt uns mit seiner göttlichen Gnade und liebt alle Menschen, dem Wesen Gottes gemäss, seines himmlischen Vaters, wozu keiner der falschen Propheten fähig ist.

Hier müssen wir den Unterschied festhalten, dass die Schafe Christi Gott preisen wollen. Das tun sie freiwillig und sie belasten sich nicht unnötig mit Reichtümern und zeitlichen Gütern, denn sie halten an Christus fest. Der Herr Christus zwingt niemand, in seine Herrlichkeit zu kommen. Nur wer willens und vorbereitet ist, nimmt teil durch wahren Glauben und Taufe."

Felix legte die Feder nieder, ging in der kleinen Zelle auf und ab und dachte nach. Es gab so vieles, was er sagen wollte. Er schrieb weiter.

„Wann immer eine Person wahre Früchte der Busse hervorbringt, so ist der Himmel der ewigen Freude für ihn gekauft und eröffnet durch Jesus Christus, durch das Vergiessen seines unschuldigen Blutes, das er so bereitwillig vergoss. Dadurch hat er uns seine Liebe gezeigt und uns mit der Kraft seines Geistes bekleidet, und wer immer empfängt und es verwendet, wird wachsen und in Gott vollkommen gemacht werden.

„Nur die Liebe zu Gott durch Christus wird bestehen und überwinden, nicht das Rühmen, Verraten und Bedrohen. Allein die Liebe gefällt Gott. Wer keine Liebe zeigen kann, sollte nicht vor Gottes Angesicht stehen. Mit der wahren Liebe Christi schliessen wir Freundschaft mit dem Feind. Wer mit Christus Erbe ist, hat gelernt barmherzig zu sein, wie der Vater im Himmel barmherzig ist.

„Christus hat nie jemanden angeklagt, so wie es die falschen Lehrer heute tun. Dadurch wird offenbar, dass sie die Liebe Christi nicht haben, noch sein Wort verstehen. Und doch sind sie Hirten und Lehrer, aber am Ende werden sie verzweifeln, wenn sie herausfinden, dass ewige Qual ihr Lohn sein wird, wenn sie sich nicht ändern.

„Christus hat auch nie jemanden gehasst, noch haben es seine wahren Diener getan, sondern sie sind Christus weiterhin auf dem wahren Weg nachgefolgt, den er ihnen vorgelebt hat. Das Licht des Lebens haben sie vor sich und sind froh, darin zu wandeln. Wer aber voller Hass und Neid ist und daher bösartigen Verrat übt, anklagt, schlägt und streitet, kann kein Christ sein. Es gibt solche, die vor Jesus Christus als Dieb und Mörder wandeln und durch Falschaussagen unschuldiges Blut vergiessen. Dadurch wissen wir, dass sie nicht auf der Seite Christi stehen. Denn als Kinder Belials von Neid getrieben zerstören sie das, was Jesus Christus angeordnet hat, so wie Kain seinen Bruder Abel erschlug, als Gott das Opfer Abels annahm.

„Damit will ich meinen Diskurs beenden und wünsche, dass alle Frommen auf den Sündenfall Adams achten. Als er den Rat der Schlange befolgte und gegen Gott ungehorsam wurde, wurde er mit dem Tod bestraft. Das soll auch denen geschehen, die Christus nicht annehmen, sondern ihm widerstehen, die diese Welt lieben, und die Liebe Gottes nicht haben. Damit schliesse ich, dass ich mich fest an Christus halte und ihm vertraue, der alle meine Nöte kennt und mich befreien kann. Amen."

Felix schloss seinen Brief mit dem Vermerk verschiedener Schriftstellen wie 1. Petrus 5, 1; Johannes 16, 20; Galater 5, 21; Johannes 5, 42; Matthäus 7, 15;
2. Thessalonicher 3, 7; Johannes 10, 3; Apostelgeschichte 2, 38; Lukas 6, 36; Johannes 5, 42. Nachdem er mit Schreiben fertig war, zeigte er es

Georg und dieser wiederum zeigte Felix, was er seinerseits geschrieben hatte.

Der Mörderturm war während der nächsten paar Tage still. Aber am Nachmittag des 5. Januar, als sie eben ihr Mittagsmahl, eine Schüssel Suppe, fertig gegessen hatten, wurden ihre Zellentüren geöffnet. Felix und Georg wurden hinausgebracht, um vor einigen Mitgliedern des Rates und Beamten des Magistrates zu stehen. Ein Ausrufer kündigte an, dass sie nun die Entscheidungen „meiner Herren" des Züricher Stadtrates hören sollten. Ein Urteil wurde vorgelesen, das beide verklagte, gegen den Willen der Kirche und des Rates der Stadt Zürich die Irrlehre der Wiedertäufer zu vertreten.

Die Strafe für Georg Blaurock wurde als Nächstes vorgelesen. Er sollte öffentlich ausgepeitscht und von der Stadt verstossen werden und durfte bei Todesstrafe niemals zurückkommen. Felix atmete erleichtert auf. Georg konnte weiterarbeiten. Der Richter wandte sich nun an Felix und begann zu lesen:

> Weil Felix Manz, entgegen der christlichen Ordnung und Tradition, die Wiedertaufe angenommen und vollzogen und auch andere so gelehrt hat, weil er ein Führer und Anstifter dieser Machenschaften geworden ist, weil er gestanden hat, gesagt zu haben, diejenigen zu sammeln, die Christus annehmen und ihm folgen wollen, und weil er sich mit ihnen durch die Taufe eins machen will und die Übrigen nach ihrem Glauben leben lassen will, weil er und seine Nachfolger sich von der christlichen Kirche losgesagt haben und dabei sind, eine eigene Sekte vorzubereiten und aufzubauen unter dem Vorwand einer christlichen Versammlung und Kirche, weil er die Todesstrafe verdammt hat, und weil er, um die Zahl seiner Anhänger zu erhöhen, sich gewisser Offenbarungen aus den Paulusbriefen rühmt, und weil derartige Doktrinen der einheitlichen Verwendung im Christentum schaden und zu Ärgernissen, Aufstand und Volksverhetzung gegen die Regierung, zur Störung des allgemeinen Friedens und der brüderlichen Liebe und der zivilen Zusammenarbeit und zu allem Bösen führen, deshalb wird Felix Manz dem Scharfrichter übergeben, der seine Hände zusammenbinden, ihn in ein Boot bringen und zur unteren Hütte fahren soll. Dort soll er seine gebundenen Hände über die Knie streifen und einen Stock zwischen die Knie und Arme schieben, und so soll er ihn ins Wasser stossen und ihn im Wasser umkommen lassen. Dadurch wird er nach Recht und Gesetz gebüsst haben. Auch sein Eigentum soll von meinen Herren beschlagnahmt werden.

Georg und Felix standen für einen Moment still. Felix konnte keinen Gedanken fassen, sondern war nur resigniert, fast erleichtert, dass es vorbei war. Er spürte, wie Georgs Arme ihn umgaben, und die Tränen des grossen Mannes auf seinem Gesicht.

„Gott wird mit dir sein“, sagte Georg. „Und Gott sei mit dir.“

Für alles andere war keine Zeit mehr. Die Beamten führten Georg zum Auspeitschen weg, wozu er verurteilt war. Zwei Beamte traten vor, links und rechts neben Felix. Einer hatte ein Seil und der andere legte Felix' Hände nach vorn zusammen. Schnell banden sie seine Hände an den Gelenken fest. Für einen Moment geriet Felix in Panik, aber er schloss die Augen und atmete tief durch und betete um Kraft und Trost.

Die Ratsmitglieder drehten sich um und schritten zur Tür hinaus. Die Beamten folgten und geleiteten Felix aus dem Gefängnis. Vom Wellenbergturm führten sie ihn die Strassen hinunter zum Fischmarkt. Die Nachmittagssonne prallte golden auf den dunklen Wassern der Limmat. Sie beleuchtete die engen Gassen der Stadt, und obwohl Felix' Augen sich immer noch nicht ans Licht gewöhnt hatten und er kaum in der Lage war, Gesichter zusehen, konnte er erkennen, dass viele Leute am Weg standen, um die düstere Prozession zu beobachten. Plötzlich warf Felix seinen Kopf zurück und begann mit starker und klarer Stimme Lobeshymnen zu Gott zu singen. Als sie an kleinen Gruppen von Leuten vorbeikamen, erzählte er sein Zeugnis und sagte ihnen, dass er dabei ist, für die Wahrheit zu sterben.

Als sie die Brücke am Fischmarkt zur anderen Seite des Flusses Limmat überquerten, vollendeten die Beamten das Binden von Felix' Händen und Fussgelenken. Einer von Zwinglis Predigern kam an seine Seite und redete mitfühlend auf ihn ein. Er drängte ihn, sich zur offiziellen Kirche zu bekehren und das Wiedertäufertum aufzugeben. Aber eine andere Stimme übertönte die des Priesters. Es war Felix' Mutter, die aus der Ferne zu ihm rief. Er suchte nach ihr und fand sie mit seinem Bruder Heinrich am Ufer der Limmat stehend. Sie rief ihm zu, getreu und standfest für Jesus zu sein!

Felix wandte sich an den religiösen Mann neben ihm und sagte: „Jesus fragte seine Jünger: ‚Könnt ihr mit der Taufe, mit der ich getauft bin, getauft werden?' Heute werde ich an dieser Taufe des Todes teilhaftig als Jünger meines Meisters.“

Noch einmal hörte er die Stimme seines Bruders zusammen mit seiner Mutter ihm Ermutigungen zurufen. Er erwiderte mit voller Stimme. Laut und klar sang er: „Ich gebe mein Leben als Opfer dem Herrn. In manus tuas, Domine, commendo spiritum meum. In deine Hände, Herr, befehle ich meinen Geist.“

Voller Freude sang Felix den Lobpreis Gottes, als sie ihn ins Boot legten. Sie streiften seine Arme über seine Knie und steckten einen Stock hindurch, damit er sich nicht bewegen konnte. Dann stiessen sie ihn über den Bootsrand in das eiskalte, strömende Wasser der Limmat.

Sein Körper wurde herausgefischt und auf dem Friedhof von St. Jakob in Zürich begraben. Sein Geist war nach Hause gegangen. Er wartet mit den Erlösten auf die Vollendung der Werke seines Meisters, der ein Volk um seines Namens Willen herausruft.

Der Autor

Myron S. Augsburger wurde 1929 in Delphos, in Ohio geboren. Seine Schulbildung erfuhr er am Mennonite College and Seminary und am Goshen Bible Seminary. Er diente als Pastor in mehreren Kongregationen in der Mennonitenkirche in Florida und Virginia. Als junger Mann begann er einen evangelistischen Dienst in interkirchlichen Versammlungen, den er noch immer tut. Anfang der 60er Jahre vollendete er die Ausbildung als Master und Doktor der Theologie am Union Theological Seminary in Richmond, Virginia.

Von 1965 – 1980 diente Myron als Präsident des Eastern Mennonite College and Seminary in Harrisburg, Virginia. Nach einem Jahr als Gelehrter am Princeton Theological Seminary gingen er und seine Frau Esther (Kniss) nach Washington D. C. Unter der Leitung einiger Mennonitenmissionen gründeten sie Mennonitengemeinden am Hügel des Capitols. 1988 begann er als Präsident der Christian College Coalition, während er in der Kongregation in Washington als Diener am Wort arbeitete.

Augsburger hatte eine Anzahl Bücher über inspirierende und theologische Themen geschrieben, Kommentare über Bücher im Neuen Testament und einige historische Novellen, die von der Herald Press publiziert wurden. Eines davon, „Pilgrim Aflame“, wurde als Film von „Schwestern und Brüder“ produziert, einer jungen Filmproduktionsgesellschaft, die mit der Mennonitengemeinde assoziiert ist.

Bestellungen bitte an:

Breakthrough Publisher
Saglianes
CH-7212 Seewis
e-mail: info@breakthrough.ch
Internet: www.breakthrough.ch

Die Hauptsache

von Ted Haggard

In den 90-er Jahren hat sich das Gravitationszentrum des amerikanischen Evangelikalismus anerkanntenermassen nach Colorado Springs verschoben. Dutzende von christlichen Werken haben sich dort niedergelassen, weil das evangelikale Klima so gesund ist. Wesentlicher Anteil an dieser Entwicklung hat Pastor Ted Haggard, der sein Leben dafür einsetzt, dass die Christen einer Stadt zu einer Einheit werden. Ted Haggard erklärt in diesem Buch wie es in Colorado Springs dahin gekommen ist, dass heute mindestens 10% der Bevölkerung wiedergeborene Christen sind.

Preis: Fr. 21.00 / Euro 12.00

Gemeindebau im nachchristlichen Europa

von Johan Lukasse

Von einem Europäer für Europa geschrieben. Von einem Praktiker für die Praxis. Johan Lukasse ist Gründer und Leiter der Belgien Evangelical Mission BEM, die in Belgien etwa 70 Gemeinden gegründet hat. Das Buch vermittelt einen umfassenden Blick für die Gründung einer Gemeinde und deren Weiterführung. Es deckt aber auch Ursachen für "tote" Gemeinden auf und zeigt Wege zur Wiederbelebung.

Preis: Fr. 23.00 / Euro: 13.00

Gemeinde im Sturm

von Andrea Xandry

Aus dem Vorwort: "Das vorliegende Büchlein ist kein Massenprodukt. Es ist nicht ein Ausdruck einer der modernen christlichen Trends: Bete noch mehr, faste noch mehr, werde heil, werde glücklich, die Erweckung kommt, wenn.. Es handelt sich um eine hoch interessante prophetische Auslegung von Apg. 27-28. Sie spricht einerseits direkt in unsere Zeit hinein, anderseits enthält sie eine Menge Weisheiten, die immer brauchbar sind. Andrea Xandry behandelt diese Kapitel als eine Art Gleichniserzählung für unsere Zeit. ,,Ein Schiff, das sich Gemeinde nennt, fährt durch das Meer der Zeit..,,". Jens Kaldewey, Kingdom Ministries, Bibellehrer und Berater

Preis: Fr. 12.80 / Euro 8.00

Eheführerausweis Kategorie E – Ehe!

von Jens Kaldewey

Eine praktische und inspirierende Kassettenserie (8-teilig) von Jens Kaldewey für Paare und Ehepaare jeden Alters (inklusive 40 Arbeitsblättern). Jens Kaldewey predigt und lehrt seit vielen Jahren zum Thema Ehe und Familie. Er ist übergemeindlich als Lehrer und Berater tätig und ist Mitarbeiter bei Kingdom Ministries. Er ist verheiratet mit Kathi Kaldewey und Vater von vier erwachsenen Kindern.

Preis: Fr. 65.00 / Euro 43.50